Es lebe die Lust!

Liebe Leserin,

der vorliegende Roman war ursprünglich nur für mich persönlich gedacht. Ich habe mehrere Jahre immer wieder daran geschrieben – einfach, weil es mir Spaß gemacht hat.

Dann machte ich bei einem Gespräch mit einer guten Bekannten den „Fehler", ihr von meinem Manuskript zu erzählen. Sie hat mich dazu motiviert, es zu veröffentlichen. Das ist der Grund, warum Du diese Geschichte nun lesen kannst.

Mein Text ist so geschrieben, dass sehr viel Platz für die eigene Phantasie bleibt. Im Gegensatz zu anderen Romanen habe ich den Geschlechtsakt selten detailliert ausformuliert. Mir waren die Rahmenhandlung und die zwischenmenschliche Interaktion wichtiger, als das.

Im Hinterkopf hatte ich beim Schreiben erotische Geschichten und Romane, die ich wegen ihrer Abwertung der darin vorkommenden Frauen einfach nur schrecklich finde. Es gibt mehr als genug Romane und Filme, mit deren „Heldinnen" ich absolut nichts anfangen kann, weil sie sich durchwegs selten dumm benehmen und/oder nicht wissen, was sie wollen. Manches ist vielleicht dem Alter der Protagonistinnen geschuldet. Natürlich wollen im Grunde fast alle Frauen einen starken Mann. Aber ein starker Mann schließt eine ebenfalls starke Frau nicht aus, nicht wahr?

Geschmack ist vollkommen verschieden und soll es auch sein. Was ich mir allerdings bei Romanen aller Genres – vor allem aus der Feder von Frauen – wünsche, ist, dass es mehr Frauen und Männer geben soll, die auf Augenhöhe miteinander agieren. Denn, wenn die Autorinnen unter uns aus persönlichen (und von mir nicht nachvollziehbaren) Gründen den Respekt vor ihrem eigenen Geschlecht vermissen lassen, wie soll dann eine Gesellschaft insgesamt lernen, hochachtungsvoll miteinander umzugehen und ein für Frauen oft lebensgefährliches Patriarchat, das wir leider in vielen Bereichen immer noch zementiert haben, hinter uns zu lassen?

Viel Lust beim Lesen wünsche ich Dir!
Deine Donna BellaVita
Oberbayern, im Oktober 2020

Donna BellaVita

Es lebe die Lust!

Books on Demand, Norderstedt

Bibliografische Information der Deutschen Nationalbibliothek
Die Deutsche Nationalbibliothek verzeichnet diese
Publikation in der Deutschen Nationalbibliografie; detaillierte
bibliografische Daten sind im Internet über http://dnb.d-nb.
de abrufbar.

Impressum

ISBN-13: 9783751976329

© 2020 Donna BellaVita, alle Rechte vorbehalten.

Bilder: © Klitoristörtchen und Vulvacookies von Isabell
Buttron, Basel. Fotografiert mit einer Canon EOS 90D.

Satz und Layout: Donna BellaVita

Herstellung und Verlag: Books on Demand GmbH,
Norderstedt

Das Leben ist unser wertvollstes Gut,
lasst uns jede Sekunde davon genießen!

ES LEBE DIE LUST!

Erotischer Roman
von Donna BellaVita

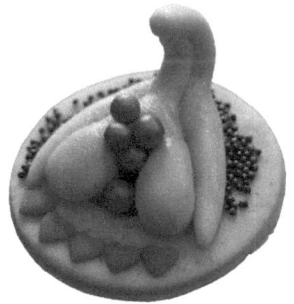

EDUKATIVES VORSPIEL

Vulva und Vagina ... Seien wir mal ehrlich, hier fangen die Probleme doch schon an. Erschreckend viele Frauen und mindestens ebensoviele Männer können den Unterschied zwischen Vulva und Vagina nicht erklären. Hier also ist er: Die Vulva, das sind die äusseren Teile der weiblichen Genitalien, die den Venushügel, die Klitoris, und die Vulvalippen (der Begriff „Schamlippen" gilt als veraltet) umfassen. Die Vagina wiederum, das ist der Tunnel, der ins Innere führt und der beim Geschlechtsakt den Penis des Partners aufnehmen kann.

Die Klitoris liegt weitgehend verborgen und ist deutlich grösser als die meisten Menschen ahnen. Die Schenkel der Klitoris ziehen ins weibliche Becken hinein, während die sogenannten Bulben den Eingang zur Vagina gleichsam umarmen. Auf https://de.wikipedia.org/wiki/Klitoris gibt es eine gute Illustration dazu. Nur die äusserste Spitze der Klitoris ist sichtbar und liegt wie eine kleine Perle verborgen unter einer schützenden Hautfalte. Das ist wichtig, denn mit rund 8.000 sensorischen (= empfindenden) Nervenenden ist die Spitze der Klitoris doppelt so empfindlich wie der Penis des Mannes. Die direkte Berührung kann daher ganz schön schmerzhaft sein. Die Klitoris ist ein bemerkenswertes Organ, denn ihre einzige Aufgabe ist die sexuelle Erregung ihrer Besitzerin.

Umso bedauerlicher ist es, dass die Klitoris noch immer so wenig Beachtung findet. Oder so selten gefunden wird, glaubt man manchen Männern, nach deren Aussage die Klitoris ähnlich schwer aufzuspüren sei wie der Yeti und mindestens so furchteinflössend. Doch im Grunde sind manche Männer wohl einfach nur zu faul und berufen sich auf die gerne gebrauchte Ausrede „Frauen sind halt so kompliziert gebaut.". Wohlgemerkt, das sagen oftmals dieselben Individuen, die das Innenleben eines CLS 450 4MATIC im Details erklären können.

Also bitte.

Das Vorspiel ist wichtig. Sex ohne Vorspiel läuft für gewöhnlich auf männliche Onanie hinaus, wobei eben zufällig noch eine Frau anwesend ist. Üblicherweise erfolgt nach dem Vorspiel der „Stellungskrieg", der mitunter interessante Blüten treibt (einige auch in diesem Buch nachzulesen). Erlaubt ist natürlich alles, was beiden Spass macht. Sollte sich die Frau dabei aber langweilen, so ist vielleicht ein Versuch mit der CAT zu empfehlen. CAT steht für „Coital Alignment Technique", also koitale Ausrichtungstechnik. Dabei wird die Klitoris der Frau stärker stimuliert als bei z. B. der klassischen Missionarsstellung und das Ergebnis scheint, wenn man den Umfragen glauben mag ... durchaus befriedigend.

Tipps und Anleitungen findet die geneigte Leserin im Internet.

Viel Vergnügen!

Isabell Buttron
Basel, im September 2020

WIE ES BEGANN

Regina stand breitbeinig in ihrer Haustüre, die linke Hand in die Hüfte gestemmt und die rechte Hand schützend über die Augen gelegt, da die Sonne schon recht tief stand. Mit Staunen und Stolz in den Augen ließ sie ihren Blick über ihr Anwesen schweifen. Noch immer konnte sie es nicht glauben. Ehrfürchtig dankte sie den Mächten, die ihr geholfen hatten, dies alles zu ihrem Eigentum – und sie zu einer rundum zufriedenen Frau – zu machen.

Sie war glücklich, wie noch nie zuvor in ihrem Leben. Ihre Haltung erzählte davon, dass sie hier zu Hause war und tief im Boden verwurzelt. Dabei hatte sie über 50 Jahre ganz woanders und auch unter anderen Umständen gelebt und war erst später hierhergezogen.

RÜCKSCHAU

Liebe hatte es nicht gegeben in ihrem vorherigen Leben. Freunde und Zuneigung, das ja – und sogar gut verteilt auf mehrere Länder, aber Liebe und somit einen festen Partner, auf den sie sich auch verlassen konnte, das hatte Regina nie kennengelernt.

Wenn sie in den letzten Jahren einen attraktiven Mann sah, dann meistens mal in einem Film oder in einer Zeitung. Sie konnte sich noch an die letzten zwei wirklich attraktiven Kerle erinnern, die sie kennengelernt hatte. Der erste sollte am nächsten Tag heiraten und der andere war bereits verheiratet. Regina machte grundsätzlich keine Männer an, die bereits in festen Händen waren. Das eine oder andere Mal hatte sie ein (eher unbefriedigendes) Intermezzo mit hübschen, jungen Herren, die sie weder gut kannte, noch besonders mochte.

Wie sehr hatte sie sich immer eine eigene Familie gewünscht! Doch diesem Wunsch hatte sie schon vor Jahren traurig ade gesagt. Nein, eine alte Mutter wollte sie nicht sein – und auch nicht mit einem Mann, an dem ihr nichts lag. Dann besser gar keine Kinder. Außerdem hatte das Single-Leben durchaus auch sehr angenehme Seiten. Sie hatte sich damit im Laufe der Jahre bestens arrangiert und war nicht unzufrieden. Es war nicht viel, was ihr fehlte, nur hin und wieder tiefere Gefühle.

Von Zeit zu Zeit hatte Regina Lotto gespielt. Meist nur um den Mindesteinsatz. Das Schicksal meinte es am Ende gut mit ihr. Zuerst war Regina so von den Socken, dass sie es gar nicht glauben konnte. Sie hatte tatsächlich gewonnen! Es waren einige Millionen. Und somit war sie im Besitz einer großen Menge Geld, worüber sie frei verfügen konnte. Das erste Mal in ihrem Leben brauchte sie beim Einkaufen nicht zu rechnen, hatte keine Geldsorgen und war frei zu tun, was sie wirklich wollte.

Man sagte immer „Geld macht nicht glücklich". Aber das stimmte so nicht. Regina war sehr wohl auf ihre Art glücklich. Zum ersten Mal seit vielen Jahren hatte sie ein gutes Gefühl, ein Gefühl der Freiheit, wenn sie an Geld dachte. Nicht mehr diese Beklemmung, die über viele Jahre hinweg immerzu an ihrer Seite gewesen war. Das war für sie eine riesige Erleichterung. Und dieses Glück strahlte sie auch aus.

Obwohl neben ihrer besten Freundin und ihren Eltern (sie hatten auch einen guten Teil erhalten) noch kaum jemand von ihrem Gewinn ahnte, war sie schnell mehrmals gefragt worden, ob sie denn verliebt sein. Anders konnten sich die Leute ihre neue Ausstrahlung nicht erklären.

Regina fuhr immer noch ihr bisheriges Auto und wohnte immer noch in der gleichen Wohnung, in einem Haus mit schönem Ausblick und den netten Nachbarn. Außerdem arbeitete sie noch freiberuflich. Sie half bei Event- und Marketingagenturen aus, wenn diese einen Engpass hatten. Aber sie nahm nur noch Aufträge an, die sie auch gerne bearbeitete. Es war ja nicht so, dass sie nicht arbeiten wollte. Sie hatte nur zu lange zu viele Dinge für zu wenig Geld getan, die sie gar nicht machen wollte – unter Vorgesetzten, die immer noch dem Mythos Meritokratie[1] aufsaßen. Das konnte sie immer weniger tolerieren.

Ihre neue finanzielle Freiheit gab ihr ein sehr gutes Gefühl. Sie fühlte sich pudelwohl und genoss es sehr, hier und dort ein unerwartetes Geschenk zu machen oder einmal ein besonders gutes Trinkgeld zu geben, wenn sie eine Dienstleistung sehr schätzte. Dass sie damit auch andere Menschen an ihrem eigenen Glück teilhaben ließ, machte sie selbst noch glücklicher.

DIE BERÜHRUNG

Bisher war es eine ganz normale Woche gewesen. Gerade hatte Regina einen lukrativen Auftrag erhalten, der ihr ein paar Monate ein sehr gutes Einkommen bescheren sollte.

Sie setzte sich beschwingt an den Computer und arbeitete den ganzen Vormittag konzentriert. Am selben Tag sollte sie noch eine Begegnung haben, die ihrem Leben nochmals eine völlig andere Richtung gab.

Am frühen Nachmittag startete Regina zu einem Supermarkt, um ihre Vorräte aufzufüllen und frisches Obst und Gemüse zu besorgen. Denn der Kühlschrank war üblicherweise nur mit haltbaren Lebensmitteln wie Bier, Sekt, Butter und Sahne bestückt. Da sie eigentlich nie sagen konnte, wann sie das nächste Mal zu Hause essen bzw. sich etwas kochen würde, hatte sich Regina angewöhnt, nur kurzfristig einzukaufen.

Sie konnte sich nachher nicht mehr genau erinnern, vor welchem Regal es passierte. Ein Mann stand dort, mit dem Rücken zu ihr. Sie beachtete ihn nicht besonders, obwohl ihr auffiel, dass er einen wohlgeformten Körper hatte – groß, schlank und mit einem offensichtlich muskulösen Oberkörper. Und er hatte volles, schwarzes Haar, das seinen Kopf in halblangen Wellen umrahmte. Regina wünschte sich auch immer Locken oder Wellen, welche sicher einfacher zu handhaben wären, als ihre glatten und feinen Haare. In dem Augenblick, in dem sie, wie üblich schnellen Schrittes, hinter dem Mann vorbeigehen wollte, trat er zurück – und ihr auf die Zehen. Um nicht zu fallen, klammerte sie sich instinktiv an ihm fest, während ihr ein Wehlaut entglitt.

In dem Moment versteifte sich der Körper des Mannes, er trat vor und Regina in die andere Richtung, so schnell sie konnte. Ihre Hände ließen ihn frei, als hätte sie sich verbrannt. Verwirrt starrte sie ihn an. Und er sie genauso. Er war ein atemberaubend schöner Mann. Vermutlich einige Jahre jünger als sie selbst und offensichtlich ein Tourist, denn er entschuldigte sich nach den ersten Schrecksekunden wortreich in Englisch bei ihr, bevor er zur deutschen Sprache wechselte.

Noch immer starrte Regina ihn an. Dieser Mann war sozusagen der Traum ihrer jahrelangen schlaflosen Nächte und stand hier, ihm Supermarkt einer bayerischen Provinzstadt, plötzlich vor ihr. Seit vielen Jahren hatte sie bei der flüchtigen

Berührung, um ihr Gleichgewicht zu halten, zum ersten Mal wieder einen Schwarm Schmetterlinge im Bauch gefühlt.

Oder war es überhaupt das erste Mal? Sie konnte es nicht sagen. Regina taxierte den schönen Mann und musste dann schmunzeln. Er war bestimmt mindestens zehn Jahre jünger als sie selbst und sah wirklich zum Anbeißen aus. Gerne hätte sie ihn sofort in ihre Wohnung bzw. ins nächste Bett geschleppt, als sie ihn von oben bis unten musterte, bevor sich ihr Blick wieder zu seinen schönen schwarzen Augen hocharbeitete.

Hallo? Solche Gedanken habe ich doch noch nie gehabt! Wie komme ich dazu, mir einen real existierenden Mann im Bett zu wünschen? Da gefriert ja erst ein Vulkan, bevor mir so was passiert – dachte ich zumindest immer.

Er ließ seinerseits die Frau, die für seinen Geschmack recht hübsch aussah – und das auch ohne Maskenbildner –, mit ihren rötlich-brünetten Haaren und grünlichen Augen, nicht aus den Augen. Sie war nicht groß, schlank, ohne dünn zu wirken, und hatte sanfte Rundungen an den richtigen Stellen. Er konnte das beurteilen. Wer sonst, wenn nicht er! Nein, sie war keine explizite Schönheit, aber ihre Berührung hatte in ihm etwas ausgelöst, was er verloren geglaubt hatte und ihre Ausstrahlung zog ihn magnetisch zu ihr hin.

So was passiert doch mir nicht! So einen toll aussehenden Mann habe ich überhaupt noch nie live gesehen! Regina unterdrückte den Wunsch, laut zu lachen.

Plötzlich veränderte sich ihr Gesichtsausdruck von überrumpelt und verwirrt zu schelmisch grinsend. Ihre Augen glänzten warm und sie schien sich zu amüsieren. Ob über sich selbst oder ihn, das war ihm nicht klar. Doch nun wurde sie ihm noch sympathischer und er dachte wieder an die erste Reaktion seines Körpers bei ihrem Zusammenstoß, deren Fehlen ihm die letzten Monate beinahe zu einem psychischen Wrack gemacht hatte.

Er hatte tatsächlich eine Erektion. Und was für eine! Sie schmerzte richtig. Er war überwältigt von der völlig unerwarteten Empfindung.

Sie musste es bemerkt haben. Oder doch nicht? Die Jeans saßen ziemlich eng. Egal. Er war in diesem Moment so glücklich, dass er, ohne nachzudenken, auf sie zustrebte und diese fremde Frau in seine Arme zog, mit einer Hand an ihrem knackigen Po, um sie ganz nah an sein Geschlecht zu drücken. Diese Aktion entlockte ihm ein Stöhnen und er dachte sofort an die vielen verschiedenen Stellungen, die ihm jetzt Vergnügen bereiten würden.

Seine andere Hand zog ihren Zopf nach hinten, so dass sie gezwungen war, ihm ihre Lippen zu bieten. Er küsste sie hart und hungrig und schob sofort seine Zunge in ihren Mund. Und sie reagierte im gleichen Augenblick instinktiv auf ihn – genauso hungrig wie er. Eine Hand wühlte sich in sein Haar und die andere hielt seine Pobacke.

Noch nie habe ich so heftig auf einen Mann reagiert. Und noch nie zuvor habe ich auch nur ansatzweise einen Kuss genossen. …Trotzdem – spinnt der? Wer meint er eigentlich, wer er ist?

Nach mehreren Sekunden, in denen beiden die Hitze in den Kopf gestiegen war, bekam Regina ihre Arme soweit in ihre Gewalt, dass sie ihn von sich schieben und ihm eine saftige Ohrfeige geben konnte. Wie eine Walküre stand sie daraufhin vor ihm: Mit leicht gespreizten Beinen und den Händen in den Hüften. Dazu ein Ausdruck im Gesicht, der offensichtlich zwischen Überraschung und Ärger schwankte.

„Was soll das! Unverschämter Kerl!“

Er sah sie erst leicht irritiert an, als ob er aus einem Traum erwache, und fiel dann vor der Frau auf die Knie, die ihm kräftemäßig sicher nicht viel entgegensetzen konnte, da sie so viel kleiner war als er. „Ich entschuldige mich vielmals für meinen stürmischen Übergriff. Wenn ich Sie damit bedrängt oder beleidigt habe, tut es mir leid. Ich wünschte mir allerdings die Chance, Ihnen den Grund meiner Reaktion zu erklären. Bitte nehmen Sie meine Entschuldigung und eine Einladung zu einem Abendessen an.“

Sie musterte ihn nun nochmals sehr genau. Ihr gefiel ausnehmend gut, was sie sah. Welche Frau konnte schon von sich sagen, einen Gott vor sich knien zu haben, der sie nur Sekunden vorher geküsst hatte, als würde er sie alleine – und sonst keine andere – wollen? Einen Moment lang überlegte sie. Dann dachte sie daran, wie daneben diese skurrile Situation gerade war und konnte sich das Lachen kaum mehr verkneifen.

„Na gut.“ Sie gluckste, während sie ihm winkte, wieder aufzustehen. „Ich muss zugeben, sie haben meine Neugierde geweckt, weshalb ich Ihre Entschuldigung erst mal akzeptiere und die Einladung zu einem Abendessen annehme. Wann und wo?“

„Passt Ihnen um 19:00 Uhr im Grand Hotel? Und darf ich Ihnen meinen Freund und Chauffeur schicken?"

Sie schmunzelte. „Ort und Uhrzeit passen. Nein danke, für den Chauffeur kenne ich Sie nicht gut genug. Ich traue im Allgemeinen keinen Fremden. Und schon gar nicht solchen, die sich zu sexuellen Übergriffen in Supermärkten hinreißen lassen, um sich daraufhin vor mir auf die Knie fallen zu lassen, als wollten sie mir einen Heiratsantrag machen." Dabei funkelten ihre Augen belustigt und sie hatte nun sichtlich Mühe, ein Auflachen zu unterdrücken.

Nun war es an ihm, erleichtert zu grinsen. „Danke. Ich warte in der Lobby auf Sie." Er nahm ihre rechte Hand und führte sie an zärtlich an seine Lippen. Dann tat er etwas Unerwartetes. Er ging nochmals in die Knie und legte sich ihre Hand auf den Kopf, wie um ihr zu sagen, er sei ihr Diener und füge sich ihrer Gewalt. Eine Geste, die sie nur aus Ritterromanen kannte.

Völlig perplex entzog sie ihm ihre Hand schnell, wandte sich halb um, zögerte, sah ihm nochmals wie prüfend in die Augen. „Na dann, bis später."

Er sah ihr nach und bemerkte den federnden, weit ausgreifenden Schritt und diesen toll geformten Arsch, der sich so wunderbar fest angefühlt hatte.

Als er seine Einkäufe abgeschlossen hatte, ging er beschwingt auf den Parkplatz, auf dem sein bester Freund in ihrem Leihwagen wartete und stieg ins Auto.

„Was ist los?" fragte der Freund sofort.

„Ich hatte gerade einen Steifen."

Der andere riss ungläubig die Augen auf. „WAS?"

„Du hast richtig gehört, Julien. Ja, ich hatte gerade eine phänomenale Erektion. Bin mit einer Göttin zusammengestoßen. Es war wie ein Stromschlag. Sofort hatte ich einen Mordssteifen! Dabei hatte ich sie in dem Moment noch nicht mal gesehen."

Julien sah seinen Freund mit glänzenden Augen an. „Gott sei's gedankt, meine Gebete wurden erhört! Was ist mit der Frau? Wer ist sie?"

„Wir haben uns nicht vorgestellt. Aber sie kommt zum Abendessen ins Hotel. Ich hoffe es zumindest sehr!"

„Wie ist sie?"

„Hübsch ist sie, vermutlich ein paar Jahre älter als ich. Sie hat rötliche Haare und sprechende Augen, und eine Figur mit

Rundungen, die genau in meine Hände passen. Außerdem riecht sie sehr gut, ohne parfümiert zu sein. In meiner Euphorie habe ich sie geküsst und sie hat wunderbar geschmeckt. Ich glaube, sie hat diesen Stromschlag auch gespürt, weil sie erst auf meinen Kuss ganz heiß reagiert hat, bevor sie mir eine runtergehauen hat. Das lässt mich sehr hoffen."

Julien lachte, als er sich die Situation vorstellte. „Dann hoffe ich mit dir. Und wenn du sie nur einmal ins Bett bekommen würdest, wäre dir und deinem inzwischen ganz schön angeknacksten Selbstbewusstsein schon sehr geholfen. Ich bete für dich, mein Freund." Fröhlich pfeifend legte Julien den Gang ein und sie machten sich auf den Rückweg zum Hotel.

Regina fuhr währenddessen aufgewühlt wie noch nie zu ihrer Wohnung. Ein Abendessen in einem sündhaft teuren Hotel! Dort, wo Prominenz aus der ganzen Welt abstieg! Was sollte sie nur anziehen? Zum Glück hatte dieser Frühling schon sommerliche Temperaturen und sie konnte ein hübsches Kleid tragen. Dazu hatte sie sogar passende Schuhe. Sie rasierte noch ihre Beine und stutzte ihren Intimbereich und fühlte sich dann wunderbar und voller Vorfreude

Blöde Kuh – als wenn du schon jemals nach so einer Essenseinladung mit einem Mann ins Bett gestiegen wärst. Der will sich doch nur entschuldigen, um sein Gesicht zu wahren. Dieser Gott ist nicht scharf auf dich, Regina! Dem bist du doch viel zu alt und sicher auch nicht attraktiv genug. Der kann sich doch die schönsten Frauen reihenweise aussuchen. Aber der Kuss, … so hingebungsvoll wurde ich noch nie geküsst. Und wenn ich ehrlich bin, bin ich mehr als scharf auf ihn. Das ist der erste Mann, den ich wirklich im Bett haben möchte!

Also zog sie einen hübschen BH und ein passendes Höschen an. Dann machte sie sich eine fesche Frisur, legte noch dezent Schminke auf und fuhr pünktlich los. Das Hotel lag gute 10 km von ihrer Wohnung entfernt. Sie jagte ihr altes Auto die enge Straße zu dem erhöht thronenden Hotel hinauf.

DAS TREFFEN

Zwei Minuten vor der Zeit betrat Regina die Lobby. Sofort standen zwei Männer auf, die in einer Ecke zwei Sessel belegt hatten und kamen auf sie zu. In dem einen Mann erkannte sie wieder diesen „Gott" vom Supermarkt. Auch der zweite Mann sah ausnehmend gut aus und war ihr auf den ersten Blick sympathisch mit seinem netten Lächeln. Beide hatten Abendanzüge an und sahen darin einfach klasse aus.

Als sie sich gegenüber standen, ergriff der Mann, mit dem Regina zusammengestoßen war, ihre rechte Hand, beugte sich über sie und küsste diese in formvollendeter Art und Weise. Von unten sah er in ihre Augen und sie meinte, in seinen eine Frage lesen zu können. Dann sagte er in seiner angenehm tiefen Stimme „Bitte entschuldigen Sie, dass ich mich erst jetzt vorstelle. Können wir das Gespräch auf Englisch führen?" Sie nickte und schaute noch interessierter drein.

„Mein Name ist Gabriel Morton – für Sie natürlich Gabe. Und das ist mein bester Freund und Reisegefährte Julien Forbes."

Regina stellte sich ihrerseits den Männern vor. Juliens Händedruck war kräftig und warm.

„Ich war ehrlich gespannt auf die Frau, die auf meinen Freund Gabe so einen Eindruck machen kann. Und ich bin angenehm überrascht. Sie sehen umwerfend natürlich aus." Julien schmunzelte.

„Danke, ich höre gerne Komplimente – wenn sie ernst gemeint sind."

„Ich meine es genau so, wie ich es sagte."

„Ich schlage vor, wir nehmen einen Aperitif an der Bar zu uns, bevor uns Julien wieder verlässt." Das war eine klare Ansage von Gabe.

Sollte ich da vielleicht einen Anflug von Eifersucht gehört haben? Aber nein, so etwas passiert keiner Frau wie mir, die viel zu selten in ihrem Leben wirklich als weibliches Wesen wahrgenommen wurde. Oder wenn doch, von Menschen, die mir nichts bedeuteten.

Die drei plauderten zuerst über Allgemeinplätze. Regina erfuhr, dass ihre Gesprächspartner aus Kanada kamen. Gabe erzählte, er wäre Schauspieler und Julien Kameramann. Sie würden oft bei Produktionen zusammenarbeiten.

Julien erzählte begeistert von seiner Arbeit. „Ich liebe es, die Gesichter zu filmen, die Mimik der Darsteller. Den Fokus auf die Augen zu legen ist spannend. Manche Augen sagen alles über die Gefühlsregung des Menschen aus. Sie haben auch wunderschöne Augen. Nicht so gleichmäßig, wie die der meisten Menschen. Augen mit Charakter.

Ich muss sagen, dass ich enormes Glück mit meinem Arbeitgeber habe. Die Regisseure sind verpflichtet, mir in manchen Einstellungen freie Hand zu geben. Mit deren grob umrissenen Anweisungen und meiner gestalterischen Freiheit werden die Filme meist wirklich super. Aber auch Kameramänner brauchen Zeit zum Ausspannen.

Gabe hat in der letzten Zeit sowieso zu viel von sich verlangt und hatte einfach mal Urlaub nötig. Da wir seit Jahren freundschaftlich verbunden sind, habe ich eine Reise gebucht in diese ruhige Gegend mit schöner Natur."

Nun schaltete sich Gabe ein. „Außerdem bin ich ein wenig auf Spurensuche. Meine Großeltern mütterlicherseits kommen ursprünglich aus dieser Gegend. Meine Geschwister und ich sind daher zweisprachig aufgewachsen."

„Ach, deshalb die guten Deutschkenntnisse. Wie lange seid ihr schon hier? Was habt ihr schon gesehen und erlebt?"

„Wir sind jetzt fünf Tage hier und werden noch weitere sechs Tage bleiben. Natürlich waren wir schon in der Stadt bummeln und haben in einer Therme geplanscht und das eine oder andere Highlight besichtigt. Einen wundervollen Spaziergang haben wir auch schon gemacht. Und ein klassisches Konzert im Konzerthaus in der Stadt haben wir auch besucht."

Nach weiteren 20 Minuten, in denen das Gespräch angenehm dahinplätscherte, verabschiedete sich Julien charmant von Regina und ging von dannen. Regina glaubte, ein gewispertes „Good Luck" von Julien zu hören, als sich die beiden Männer kurz umarmten.

Gabe führte seine Begleiterin formvollendet in einen kleinen Privatsalon, in dem nur ein Tisch für zwei Personen eingedeckt war. Die Einrichtung war erlesen und sofort standen zwei Kellner zur Verfügung.

Gabriel – der Filmstar

Als sie ihre Bestellung aufgegeben hatten und die Kellner sich entfernten, kam Gabe zur Sache. Diesmal wählte er die deutsche Sprache. „Ich möchte keinen falschen Eindruck erwecken. Das wäre nicht fair dir gegenüber. Daher werde ich dir genau erzählen, was mich hierher gebracht hat und was unser Aufeinandertreffen heute im Supermarkt mit der ganzen Sache zu tun hat.

Ich bitte dich nur, dir meine Geschichte bis zum Ende anzuhören und diese Einladung einfach zu genießen, auch wenn dir vielleicht nicht gefällt, was du zu hören bekommst. Denn ich wünsche mir, dass der Abend für dich angenehm ist, weil ich dir sehr dankbar bin.“

Regina zog eine Augenbraue in die Höhe und nickte dann.

„Ich bin Schauspieler. Das ist richtig. Und ich bin im Ausland auch sehr bekannt in meinem Genre. Um Missverständnissen gleich vorzubeugen: Ich bin eher Erotik- als Pornodarsteller, auch wenn manches von uns wohl unter den Begriff Pornografie fallen würde. Unsere Filme haben hohen ästhetischen Wert – und auch einen sinnvollen Inhalt. Also Erotik mit Tiefgang.“

Er brach ab und beobachtete Reginas Reaktion. Sie hob nur ein weiteres Mal leicht eine Augenbraue und sah ihn einfach interessiert an. Ihm fiel ein Stein vom Herzen und er bemerkte, dass er die Luft angehalten hatte.

„Sprich weiter“, forderte sie ihn auf.

Diese Filme muss ich sehen, dachte sie. *Klar, dass so ein Typ seinen göttlichen Körper der Allgemeinheit nicht verwehren kann.*

„Danke für deine Coolness. Die macht es mir leicht, dir meine Geschichte zu erzählen. Da ich dir vertraue, wird sie etwas länger. Aber wir haben Zeit.

Ich bin in ziemlich einfachen Verhältnissen aufgewachsen. Meine zwei Geschwister und ich waren dennoch glückliche Kinder einer alleinerziehenden Mutter. Unser Vater war weg, als meine kleine Schwester vier Jahre alt war. Mom hat als Chefsekretärin in einem Konzern gearbeitet und konnte uns ein gutes, wenn auch kein reiches Leben ermöglichen. Mein älterer Bruder hat studiert und ist inzwischen ein erfolgreicher Anwalt. Er ist ein sehr kluger Kopf und ein Ass in seinem Beruf.

Als er mitten im Studium war und ich noch auf der Schauspielschule, hatte unsere Mutter einen nicht verschuldeten

Unfall. Sie konnte längere Zeit nicht mehr arbeiten gehen. Nun mussten unser aller Leben und unsere Ausbildungen aber finanziert werden. Und wir haben auch noch eine jüngere Schwester, die den Traum hatte, Tierärztin zu werden.

Schon als Kind zeigte Bridget enormes Geschick, mit Tieren aller Art umzugehen. Und bald sollte sie auf die Universität. Sebastien hatte viel zu lernen und wollte seinen Abschluss so schnell wie möglich machen. Er jobbte natürlich, aber das reichte gerade mal, um sein Studium und etwa die Hälfte der Lebenshaltungskosten für ihn selbst zu bezahlen. Ich jobbte auch, konnte damit aber auch gerade mal etwas mehr als meine Studiengebühren decken."

Gabe brach seine Erzählung ab, weil die Getränke kamen. Regina winkte beim Wein ab, obwohl ihr Gastgeber anbot, entweder Julien oder ein Taxi zu schicken, um sie wieder heim zu bringen. Dann sprach er weiter.

„Als ich eines Abends von der Schauspielschule auf dem Heimweg war, wurde ich von einem älteren Herrn angesprochen. Er hatte die Ausstrahlung eines Lords und faszinierte mich. Daher ging ich mit ihm in ein nobles Restaurant gleich um die Ecke. Als wir Platz genommen hatten und der Ober uns alleine gelassen hatte, kam er zur Sache.

,Sie kennen mich nicht.', sagte er zu mir. ,Aber ich kenne Sie und ich weiß, dass Sie Geldsorgen haben. Ich habe einen äußerst gut bezahlten Job für Sie. Ich erzähle Ihnen alles darüber und Sie überlegen sich gut, ob Sie es machen wollen, bevor Sie mich anrufen.' Dabei überreichte er mir feierlich eine Visitenkarte.

Er erklärte, er wäre Produzent für Erotik- und Pornostreifen und immer auf der Suche nach neuen Darstellern.

,Mit Ihrem Aussehen und ihrem Können, das sie hinlänglich bewiesen haben in Ihrem Kurs, können Sie ein Star werden und das große Geld verdienen. Sie müssen sich allerdings wohl fühlen bei dem, was sie tun, sonst bringt es nichts. Bei uns läuft das in der Erotiklinie so, dass der Zuschauer zwar nicht zu viele Details sieht, aber die Penetration wird in vielen Fällen durchaus original durchgeführt wie bei den Pornos – allerdings mit Schutz. Anders bekommen wir keine solch wundervollen Gesichtsausdrücke und die Intimität kommt auch nicht richtig rüber. Kommen Sie uns einfach mal bei einer Aufnahme besuchen und entscheiden Sie dann. Wir können auch gerne eine

Probeaufnahme mit Ihnen machen. Es gibt immer Damen, die sich gerne auf neue Männer einlassen.

Ach ja, falls sie sich positiv entscheiden und nicht überall erkannt werden wollen, dann lege ich Ihnen nahe, sich gleich eine gut passende Perücke zu besorgen. Und zwar noch vor dem ersten Kontakt mit dem Team.'

Na ja, ich überlegte ungefähr eine Woche lang hin und her. Ich wägte ab: Ich vögelte damals gerne und oft mit hübschen Frauen. Dazu musste ich – wie die meisten Männer wohl – keine innige Beziehung zu ihnen haben. Es macht mir Spaß, Frauen zu verwöhnen und zum Höhepunkt zu bringen. Jeder weibliche Orgasmus ist für mich ein persönlicher Sieg. Aber ich hatte auch Bedenken um den Ruf meiner Familie. Und ich war mich unsicher, ob ich es vor einer Kamera treiben könnte.

Also sprach ich mit meinem Bruder Sebastien, zu dem ich eine enge Verbindung habe. Im ersten Moment stand er der Sache ablehnend gegenüber. Doch dann überließ er mir die Entscheidung. Mit drei Vorgaben: Sollte ich mich für den Job entscheiden, müsste ich ihn den Vertrag prüfen lassen, für die Aufnahmen meine Haare anders tragen und von Anfang an ein Pseudonym verwenden – auch am Set sollte niemand meinen richtigen Namen wissen.

Die Neugierde brachte mich dann doch noch auf das Set. Alle Anwesenden redeten auf mich ein. Die Frauen bezirzten mich und auch die Männer redeten mir gut zu. ,Mit so einem Körper und Aussehen ist man eigentlich fast schon verpflichtet, Pornos zu drehen.', meinten ein paar damals. Alle waren natürlich darauf erpicht, gut zu verkaufen und Starstatus zu erhalten.

Nur wenige Tage später – nach einem Gesundheitstest – wurden Probeaufnahmen gemacht. Erst mal nur mit einem hübschen Mädchen, das sich freiwillig meldete, dem alten Herrn im Hintergrund und Julien hinter der Kamera. Ich fühlte mich gut dabei, war gar nicht gehemmt. Die Aufnahmen wurden gut und von diesem ersten Tag an entwickelte sich eine wunderbare Freundschaft mit Julien. Denn in seiner Gegenwart kann ich völlig entspannt sein.

Wenn ich ehrlich bin, war er es, der mir die Scheu genommen hat. Seit dem Tag bin ich Gabriel Morton. Der alte Herr war mit meinen Vorgaben einverstanden und hat bisher auch dicht gehalten. Denn vom ersten Tag an hatte ich immer eine braune Gelfrisur und farbige Kontaktlinsen bei den Drehs.

Beides verfremdet mich so gut, dass mich noch nie jemand auf meinen Job angesprochen hat, wenn ich privat unterwegs bin. Du bist nun eine der Wenigen, die mein richtiges Aussehen kennen und mein Pseudonym."

Inzwischen hatten Regina und Gabe schon die Vorspeise gegessen und widmeten sich nun der Hauptspeise.

„Ich habe weiter die Schauspielschule besucht und bin zusätzlich zu den Aufnahmen zu verschiedenen Filmen dabei gewesen. Ich hatte Spaß mit zahlreichen wunderschönen Frauen, manchmal nur mit einer und manchmal mit mehreren gleichzeitig. Hier und dort sind auch mehrere Jungs dabei. Ich habe alles Mögliche ausprobiert und kenne vermutlich ziemlich alle Sextechniken. Allerdings überwiegend vor der Kamera. Die meisten Frauen, die ich in meiner Freizeit traf, bekamen es mit der Angst zu tun, als sie von meinem Beruf hörten. Ich kann und will in dieser Sache einfach nicht lügen.

Etwa drei Jahre nach dem ersten Dreh kam der Durchbruch mit einem Film, in dem ich die Hauptrolle spielte. Und seither bin ich wirklich berühmt und das Geld sprudelt nur so. Sebastien ist inzwischen ein spitzenmäßiger Anwalt geworden und unsere Schwester Bridget steht im Moment kurz davor, eine eigene Praxis als Tierärztin zu übernehmen. Mutter kann wieder arbeiten und alles ist klasse gelaufen.

Oder, alles sollte eigentlich so sein. Aber vor ein paar Monaten bekam ich Depressionen. Ich musste nämlich feststellen, dass zwar Frauen mich umschwärmen wie Motten das Licht, aber nur wegen Sex und/oder Geld. Meist handelt es sich dabei sogar um verdammt gut aussehende Frauen. Aber diese können oder möchten teilweise gar kein intellektuelles Gespräch mit mir bestreiten und sind oft unheimlich egoistisch oder sogar grausam.

Doch Sex ist in meinem Leben nicht mehr ganz so wichtig wie früher und Geld als Anker einer Partnerschaft ist noch weniger erstrebenswert. Ich möchte mich mit einer Partnerin auch unterhalten können, einfach das Leben mit ihr genießen.

Das ist mit diesen ausgesuchten Schönheiten ziemlich schwierig. Sie wollen ständig hören, wie toll sie aussehen und brauchen einen gutaussehenden Mann an ihrer Seite, den sie herzeigen können und der möglichst auch noch nach ihrer Pfeife tanzt. Ja, und sie gehen immer nur shoppen, als ob es keine anderen Beschäftigungen gäbe. Und ich war im

Schlepptau von diesen Damen auf unzähligen unglaublich langweiligen Partys mit Menschen, die ich nicht als meine Freunde betrachten würde.

Ich sehne mich nach dem Gefühl, dass eine Frau gerne mit mir zusammen ist, weil ich in ihren Augen eine liebenswerte Person und nicht, weil ich ein toller Hengst und ein Sexobjekt mit Geldbonus bin. Ich brauche nicht nur körperliche Nähe sondern auch eine geistige und seelische.

Versteh mich richtig: Sex ist immer noch ein sehr wichtiger Punkt, aber hier strebe ich inzwischen die innerliche wie auch äußerliche Verschmelzung mit meiner Partnerin an. Die Depression ging soweit, dass ich eines Tages – und das war zum Glück ein rein privates Erlebnis – keine Erektion mehr bekam. Ich bekam die letzten Wochen meinen Schwanz einfach nicht mehr hoch, egal, was ich anstellte.“

Gabe wurde leicht rot. Regina fiel das auf und in dem Moment flog ihm ihr Herz zu. Er war also gar nicht so abgebrüht, sondern sehr menschlich. Sie mochte ihn wirklich, stellte sie fest. Aus einem Impuls heraus nahm sie seine rechte Hand in ihre und drückte sie kurz, bevor sie ihn wieder entließ und von Gabe ein warmes Lächeln geschenkt bekam.

„An dem Abend konnte ich es zum Glück auf den Alkohol schieben und schauspielerte dementsprechend. Da ich die Dame trotzdem befriedigen konnte, hatte der Zwischenfall kein Nachspiel.

Die Ärzte sagten, es wäre nichts und ich wäre vollkommen gesund. Mein Problem wäre vermutlich psychischer Natur. Kann ja sein, aber wie sollte die Situation wieder normal werden? Ich mag meinen Job und ich bin ein Mann, der Sex auch als wichtig empfindet.

Die Aufnahmen für den neuesten Film wurden vor fast zwei Monaten abgebrochen und ich habe täglich alles Mögliche angestellt, um wieder einen hochzukriegen. Aber erfolglos. Und da kommen wir zu unserem Zusammentreffen heute im Supermarkt.

In dem Moment, als deine Hände mich berührten und ich deine Brüste an meinem Rücken spürte, bekam ich eine ultraharte Erektion. Dabei hatte ich dich noch nicht einmal gesehen. Es war wie ein Stromschlag, der durch mich ging.

Und das ist der Grund, warum ich dir so dankbar bin: Ich weiß jetzt, dass in meinem Schwanz noch Leben ist und kein körperlicher Defekt vorliegen kann. Jetzt muss es allerdings wieder vor der Kamera klappen."

Regina sah ihn an und ließ die Luft aus, die sie angehalten hatte. „Wow! Das ist also das Geheimnis deiner überschwänglichen Reaktion. Ich konnte mir nicht vorstellen, was für ein Ereignis eine solche Aktion mit Kuss und Kniefall hervorrufen könnte."

Gabe griff nach ihren Händen. Er streichelte sie leicht mit seinen Daumen und sofort wurde ihre Atmung schwer. „Danke, dass du nicht mit Ekel reagierst, wie so viele nette Frauen, sobald sie wissen, was ich tue."

Sie musste sich konzentrieren auf seine Worte. „Warum sollte ich? Hast du schon Menschen umgebracht oder mutwillig anderweitig ins Unglück gestürzt?" Er schüttelte lächelnd den Kopf.

„Dann gibt es keinen Grund für Ekel oder Abscheu."

„Der einzige Grund, der unter Umständen Ekel hervorrufen könnte, ist bei unserer Filmfirma unter strenger Kontrolle. Wir verwenden immer Präservative bei den Drehs und haben wöchentliche Tests beim Arzt. Sobald einer der Schauspieler privat ein Verhältnis hat, muss der Partner sich auch untersuchen lassen. Und daher kann sich unsere Firma auch rühmen, zum Beispiel noch niemanden an AIDS verloren zu haben."

Die Nachspeise kam. Danach entschuldigte sich Regina und verließ Gabe für ein paar Minuten. In ihrem Kopf rasten die Gedanken. Seit Jahren hatte sie so etwas nicht mehr gespürt. Sie stand vor dem großen Spiegel in der Damentoilette und betrachtete sich.

Regina, du siehst heute wirklich verdammt gut aus. Solche Gefühle hattest du schon lange nicht mehr. Ach was, du hast so was noch nie gespürt. Du warst weder jemals richtig verliebt, noch hat dich ein Mann auch nur ansatzweise so angemacht wie dieses leckere Exemplar. Von sexueller Befriedigung wollen wir da noch gar nicht reden. Gib zu, dass du dir nichts sehnlicher wünschst, als mit ihm im Bett zu landen!

Der beste Orgasmus des Lebens

Als Regina wieder klare Gedanken fassen konnte, ging sie zurück zum Tisch. Gabriel hielt ihren Blick fest. „Ich weiß kaum, wie ich es sagen soll. Als du wieder durch die Türe tratst – ich habe auch jetzt eine Wahnsinns-Erektion. Ich kenne nur drei Möglichkeiten, damit umzugehen: Entweder, erstens: du siehst zu, dass du ganz schnell Land gewinnst; zweitens: wir verschwinden gemeinsam flott in meiner Suite oder drittens: ich stürze mich gleich hier auf dich."

Er wurde leicht rot im Gesicht „Entschuldige, aber nach so langer Zeit erzwungener Enthaltsamkeit bin ich anscheinend jetzt wirklich notgeil." Er grinste schief.

Reginas Gedanken wirbelten durcheinander. Einem Mann, den man wirklich anziehend fand, sollte man nie beim ersten Treffen nachgeben, hieß es immer.

Dadurch habe ich mir schon viel entgehen lassen, dachte sie. Ich will jetzt meinen Traum leben, sonst gehen nochmals 20 Jahre ins Land und ich bin tatsächlich eine alte Frau. Und ich wollte schon immer einen bartlosen Mann, der jünger ist, mit toller Figur und auch sonst allen Attributen eines Traummannes. Und bei Gabe passt zum ersten Mal alles zusammen. Er hat nicht nur die äußeren Attribute, sondern ist auch ein interessanter und intelligenter Mann. Dieser Mann hat eine Anziehungskraft auf mich wie kaum ein anderer. Ich kann ihm nicht widerstehen. Und ich will es auch nicht! Was hält mich also von einem One-Night-Stand zurück? Schließlich bin ich Single und er praktischerweise auch. Außerdem verschwindet er in ein paar Tagen sowieso aus diesem Erdteil.

Also sah sie ihm tief in die Augen. „Dein Zimmer – und nur mit Schutz. Ich hoffe, du hast was.", sagte sie und stand auf. „Aber ich muss dich warnen: Trotz meines Alters mangelt es mir an sexueller Erfahrung. Vor allem an positiver."

Überrascht blickte Gabe sie an. Er konnte es nicht fassen, dies aus dem Mund einer attraktiven Frau zu hören, der Frau, der er an diesem Tag schon die dritte Latte verdankte. „Dann komm. Du wirst heute einiges aufholen. Ich verspreche dir wundervolle Erfahrungen – vorausgesetzt meine Erektion bleibt mir erhalten."

Gemeinsam gingen sie schnellen Schrittes zu seiner Suite. Auf dem Weg dorthin achtete er darauf, sie nicht zu berühren. Die Türe war noch nicht ganz hinter ihnen zugefallen, als er sie zu sich drehte und wie besinnungslos küsste, während seine Hände buchstäblich überall waren – und das mit einer Zärtlichkeit, die sie so nicht erwartet hatte.

Sie genoss jeden Augenblick, wie nichts zuvor in ihrem Leben und ließ sich innerlich richtig fallen.

Gegenseitig streiften sie sich hastig die Kleider vom Leib und Gabe trug Regina zum Bett. Dabei hob er sie hoch, als wenn sie nichts wiegen würde. Als er sich auf das Bett kniete und über sie beugte, sah sie erst richtig seine enorme Erektion. Es war wirklich ein beeindruckender praller und vor allem langer Schwanz, der über ihr prangte und vor Ungeduld zu zittern schien, nachdem Gabe ihm in Windeseile einen Gummi über-gezogen hatte.

Der ganze Mann ließ sie schwindeln: Gabe war groß, hatte breite Schultern und einen trainierten Körper. Dagegen wirkte sie wie ein Kind. Nirgends war Fett zu sehen. „Du bist schön, Gabe. Einfach wunderbar anzusehen." Alles Muskeln, aber nicht wie bei einem Bodybuilder, sondern einfach nur schön, wie bei einem römischen Gott – diese wunderschönen Statuen, wie man sie in Florenz betrachten konnte! Sie musste ihn an-starren und sein herrliches Bild in sich aufnehmen. Und sie merkte, wie sie innerhalb kürzester Zeit unter seinen Küssen und streichelnden Händen triefend nass geworden war in Erwartung auf das, was folgen sollte. Ihr Unterleib zog und sie spürte eine Notwendigkeit und eine Leere, die ausgefüllt werden wollte.

„Darf ich dich lecken?", fragte Gabe unvermittelt.

„Natürlich, das liebe ich." Regina war schon aufgefallen, dass Gabe vor allem, was er tat, ihr aktives Einverständnis einholte. Das fand sie unheimlich sexy. Sie fühlte sich angenommen und wertvoll, denn dieser Mann nahm sie wirklich wahr und ihm war offensichtlich wichtig, dass sie mochte, was er tat.

„Es ist das erste Mal, dass ein Mann mich vor allen Handlungen fragt, ob ich das auch will. Danke, Gabe, das gibt mir ein ganz wunderbares Gefühl."

„Ich möchte, dass du dich wohlfühlst. Außerdem gibt es so weniger Missverständnisse. Du glaubst nicht, was man beim Sex alles missverstehen kann. Ich fühle mich auf diese Weise auch viel sicherer, deshalb mache ich es."

Er rutschte nach unten zwischen ihre Beine und begann, mit einer Passion, die man sicher suchen musste, ihre Muschi zu lecken. Innerhalb kürzester Zeit hatte Regina einen Orgasmus – und noch einen – und noch einen. Gabe war ein Götterbote! *Er ist so himmlisch. Ich glaube, zu träumen! So einen Mann habe ich noch nie erlebt.*

„Du hast einen wunderbar weichen und schönen Frauenkörper mit samtener Haut. Und du bist sehr schnell feucht." Gabe sah Regina bittend in die Augen. „Es ist normalerweise nicht meine Art, das Vorspiel so kurz zu halten, aber ich kann kaum länger warten. Ich muss dich jetzt sofort ausfüllen. Es tut zu weh. Bitte."

Regina zog seinen Kopf zu sich und suchte mit ihrem nach seinem Mund, während sie ihm ihre Beine um die Hüften schwang und ihn einlud, in sie einzudringen. Sie war mehr als bereit. Als er das realisierte, konnte er nicht mehr an sich halten und stieß seinen prallen Schwanz mit solcher Wildheit in sie, dass Regina im ersten Moment nach Luft schnappte. Die Entschuldigung, die er ihr dafür anbot, erstickte sie in einem Kuss. In einem wilden Rhythmus kamen sich die beiden Unterleiber immer wieder entgegen.

Sie fühlte sich das erste Mal überhaupt richtig ausgefüllt von einem Mann. Gabes Schwanz passte prfekt zu ihr. Und erstmalig fühlte Regina auch mehr bei einer Penetration. Die Stimulierung überwältigte sie.

Er merkte, wie sie nach dem ersten Moment der Anspannung locker wurde. Sie nahm ihn in seiner Gesamtheit vollkommen auf, was für sich alleine bei ihrer Körpergröße schon bedeutend war.

Und sie war zudem so eng, dass das Sinneserlebnis für beide einfach berauschend war. Eine Woge zog die beiden Körper mit sich. Sie war gewaltig und fiel über das Paar mit Wucht herein. Beide kamen gleichzeitig zum Höhepunkt und gaben einen Schrei der Erlösung von sich, den sie mehr oder weniger gelungen durch einen Kuss erstickten.

Gabe fühlte sich, als schwebe er auf Wolken. Er war erschöpft von diesem gigantischen Orgasmus, der seinesgleichen suchte. Doch er war auch aufgestachelt von diesem wunderbaren Erlebnis. Nein, er würde jetzt nicht einschlafen. Das konnte er seiner herrlichen Partnerin nicht antun.

So stützte er sich neben ihr auf einen Ellbogen und betrachtete seine Retterin. Dann küsste er sie ganz zart auf ihre Lider und den wohlgeformten Mund mit dem zufriedenen Lächeln.

Sie begann, ihn sanft wie eine Feder am ganzen Oberkörper bis hinunter zu seinem jetzt erschlafften Glied zu streicheln.

Gabe brach das Schweigen zwischen ihnen. „Danke. Jetzt fühle ich mich wieder wie ein Mensch. Irgendwie wie neu geboren. Ich kann gar nicht ausdrücken, wie dankbar ich dir bin. Ich hatte gerade den geilsten Höhepunkt meines Lebens."

Sie riss die halb geschlossenen Augen auf und starrte ihn ungläubig an und er begann zu grinsen.

„Doch, das ist wahr. Du bist die erste Frau, bei der zwei Dinge zusammenpassen: Du bist eng und tief. Du nimmst meinen Schwanz ganz und gar, ohne offensichtlich Schmerzen zu haben, auf und versprichst zudem geile Reibung. Glaub mir, das ist eine Seltenheit und das Beste, das ich bei einer Frau je erleben durfte. Und natürlich mit ein Grund, warum ich mich nicht beherrschen konnte. Ich hoffe, ich habe dir nicht weh getan."

„Oh, wenn ich ehrlich bin, fühle ich mich gerade jetzt zum ersten Mal in meinem Leben wirklich als begehrenswerte Frau. Ich hatte gerade den ersten Orgasmus meines Lebens bei der Penetration von einem Mann und habe die Vereinigung mit dir sehr genossen. Bisher kannte ich Orgasmen nur durch Selbstbefriedigung oder wenn ich geleckt wurde.

Vermutlich liegt der Erfolg an den Ausmaßen deines Schwanzes. Gegen eine Wiederholung habe ich nichts einzuwenden. Weißt du, es ist das erste Mal, dass ich mich richtig gehen lassen konnte und ganz und gar locker war." Sie sah ihn mit Zuneigung an und küsste ihn dann sanft auf die Brust.

„Du bist ein wunderbarer Mann. Und das hat jetzt nur zu einem kleinen Teil mit Sex zu tun. Denn ich wäre niemals mit in dein Bett gekommen, wenn ich anders über dich denken würde. Ich fühle mich sehr wohl in deiner Gegenwart."

„Das ist eines der größten Komplimente, die ich je bekommen habe." Er umarmte sie. „Ich könnte dich immerzu berühren und streicheln. Du hast eine wunderbar weiche Haut. Wie Samt oder die Blütenblätter einer Rose."

„O ja, mach bitte weiter. Es ist wunderschön, von dir gesreichelt zu werden. Streicheleinheiten waren in meinem Leben bisher immer Mangelware."

Kurz danach drehte er sie beide, sodass er unter ihr war. Er hatte eine Hand an ihrem Po, der ihm so gut gefiel, mit der anderen umschlang er ihren Oberkörper und streichelte die weiche Haut ihres Rückens. Sie hatte ihren Kopf auf seiner Brust. Beide lagen einfach nur ruhig da.

„Erzähl mir von deinen Träumen. Was würdest du gerne machen?"

„Ich träume davon, ein Anwesen in einer Gegend zu besitzen, die im Sommer grün und im Winter weiß ist. Es gibt einen Pferdestall und ein weiteres Haus für eine Gastronomie, in dem zudem Platz für vielleicht zwei Ferienwohnungen im Obergeschoss ist.

Das Haupthaus hat neben mindestens zwei Schlafzimmern und einem Büro einen Bauerngarten und eine Obstwiese, eine sonnige Bibliothek und eine urgemütliche Küche mit einem großen alten schwarzen Holzofen mit Chromhandläufen und vielleicht sogar einem Aga[2]. Ich habe mehrere Pferde und reite beinahe jeden Tag."

Gabe begann, sie leicht zu streicheln.

„Klingt gut bis hierher. Erzähl weiter."

„Es gibt große Koppeln und einen Wald sowie eine Quelle mit Wasserlauf auf dem Grundstück. Und einen großen Brotbackofen, in dem wöchentlich die Frauen der Umgebung backen können.

Außerdem gibt es neben meinen Freundinnen einen Mann, oder auch mehrere, die mir gute Freunde, Gesprächs- und Sexpartner sind und mich immer wieder besuchen, mich aber nicht mit ihrer Anhänglichkeit und Eifersucht erdrücken."

„Willst du das alles alleine stemmen?"

„Natürlich habe ich Angestellte für die Gastronomie, im Stall und die grobe Arbeit im Haus und dadurch Zeit, wieder mehr Musik zu machen, vielleicht sogar Romane zu schreiben, Bücher zu lesen, zu singen, zu zeichnen, vielleicht Liköre und andere tolle Dinge herzustellen ... ach ja, das ist mein großer Traum."

„Das ist ein wunderschöner und großer Traum. Ich wünsche mir für dich, dass er zur Wirklichkeit wird und für mich, dass ich ein regelmäßiger Gast und dein intimster Partner sein darf."

Erstaunt, aber auch erfreut, sah sie ihn an. „Wahre Helden sind in meinem Königinnenreich herzlich willkommen", flüsterte sie ins Ohr.

---

2 Ein Aga ist ein Ofen, der durch stetige Energiezufuhr immer zum Kochen und Backen bereit ist und zudem noch den Raum erwärmt. Reginas Aga hat zwei Kochplatten und zwei Backrohre. Je eine Version mit mittlerer Hitze und eine mit großer Hitze.

Gabe hielt Regina ganz fest in seiner Umarmung und beide fühlten sich geborgen, als würden sie sich schon monatelang kennen, nicht nur ein paar Stunden. Gabe spürte ein Gefühl in sich aufsteigen, das er nicht kannte. Das Gefühl der Heimat. Als hätte er seinen Hafen gefunden. Er genoss dieses wundervolle Gefühl der vollkommenen Zufriedenheit im Hier und Jetzt, obwohl es ihn auch ein wenig ängstigte und er wiederholt schlucken musste.

Auch Regina hatte in dem Moment nicht das Gefühl, getrieben zu sein, wie es sonst eigentlich ständig latent irgendwo lauerte. Sie war angekommen und fühlte sich wunderbar in der Gegenwart gemeinsam mit Gabe.

Erst eine ganze Weile später löste Gabriel sich von ihr und drehte Regina wieder auf den Rücken. Dann fing er langsam an, sie mit den Lippen und seiner Zunge zu erkunden. Er begann bei ihren Ohren und wanderte über die empfindlichen Stellen am Hals über die erregten Brustspitzen immer tiefer. Dabei hielt er ihre Hände fest.

„Ich will dich verwöhnen, mein Engel und meine Königin. Du bist zu meiner Rettung vom Himmel gekommen und hast mich zur Ekstase geführt. Und nun führe ich dich nochmals in höhere Regionen, wenn ich darf."

Und wie er sie verwöhnte! Er bearbeitete ihre Brüste und leckte ihre Vulva, bis sie um Gnade bettelte und er zuerst sanft in sie eindrang, um sich dann kraftvoll in ihr zu bewegen, bis sie beide vor Erregung zitterten. Diesmal milderte er ihr Stöhnen schnell genug mit einem innigen Kuss.

Dann lagen sie eng aneinander geschmiegt und völlig entspannt da und unterhielten sich.

„Gabe, ich bin selig. Sollte ich nie wieder in meinem Leben Sex haben, habe ich zumindest die Erinnerung an eine unvergessliche Nacht mit einem Sexgott."

„Du glaubst doch wohl nicht, dass ich so schnell von meinem persönlichen Engel lasse, der mein Leben gerettet hat und der rein anatomisch so perfekt zu mir passt! Außerdem bist du nicht nur eine äußerlich schöne Frau. Du gibst mir das Gefühl, mich komplett anzunehmen. Mit all meinen Fehlern und mit meinem Job. Das ist ein neues und wundervolles Gefühl für mich.

Du hast in den letzten Stunden eine Leere in mir gefüllt, von der ich gar nicht wusste, wie groß sie war. Bitte lass mich dich noch mehrmals verwöhnen."

Sie nahm sein Gesicht in ihre Hände und hauchte Küsse auf seine geschlossenen Augenlider, die Stirn, die Wangen. „Du hast nicht übertrieben. Heute Nacht habe ich nicht nur eine wundervolle Erfahrung gemacht. Ich konnte mich das erste Mal beim Sex wirklich fallen lassen. Daher bist du für mich so etwas wie ein guter Geist, der die Macht hat, meine üblen Gedanken und negativen Vorurteile Männern gegenüber zu löschen."

Sie küsste ihn sanft auf den Mund und löste sich dann von ihm. „Gabe, ich muss jetzt gehen. Es ist schon weit nach Mitternacht."

„Aschenputtel? Bitte verzeih mir meinen Egoismus. Allerdings würde ich es als eine besondere Ehre ansehen, wenn du mir nochmal helfen würdest, mir von einem weiteren Mega-Ständer Erleichterung zu verschaffen." Ihr Blick folgte dem seinen auf seinen erigierten Penis. „Was, du bist schon wieder bereit?"

„Du hast einen wundervollen Arsch. Ich möchte ihn gerne in Händen halten. Daher würde ich dich gerne von hinten nehmen, wenn du erlaubst."

„Na, dann mal los! Ich bin auch noch immer triefend nass und bereit für dich."

Er half ihr hoch und sie kniete sich an die Matratzenkante, während er sich auf einen Hocker setzte und sie erst mal zart mit den Fingern, dann mit seiner Zunge bearbeitete und ihre Arschbacken knetete, bis sie sich ihm entgegenreckte und zu wimmern begann.

Dann stand er auf, packte ihre Hüften und drang in sie ein. Nach ein paar Stößen pausierte er, während er an ihren Schultern knabberte und zudem ihre Klitoris stimulierte. Nach ein paar weiteren langsamen Stößen, währenddessen er ihre Brust streichelte, richtete er sich auf und steuerte kraftvoll ihrer beider Bewegung, dass sie bei seinem machtvollen Eindringen nur so erbebte.

Mit einer Hand war er an ihrem Kitzler und stimulierte diesen prachtvoll. Immer wieder rastete er in ihr und fuhr dann mit mehr Energie fort. Beide keuchten und wimmerten vor Erregung. Gabe dachte, er wäre im Himmel und diese Frau wirklich ein leibhaftiger Engel, weil sie ihn so vollkommen befriedigen konnte, wie noch nie eine Frau zuvor. Und das vor allem bei dieser Stellung. Er konnte nicht mehr denken, sondern fühlte nur noch. Und seine Gefühle überwältigten ihn. So schrie er seinen Triumph in die Welt, nachdem er sicher war, dass auch sie mithilfe seiner Handarbeit einen phänomenalen Höhepunkt erreicht hatte. Nach diesem Akt lagen sie noch kurze Zeit erschöpft nebeneinander.

„Ich möchte dir noch kurz etwas erzählen. Gabriel Morton ist mein Künstlername. Als dieser habe ich auch ein etwas anderes Aussehen. Mein richtiger Name ist Robin Davidson. Aber bitte behalte alles, was du darüber weißt, für dich."

Regina war überrascht. „Robin gefällt mir. Natürlich erzähle ich das an niemanden weiter. An wen auch?"

Kurze Zeit später war Regina auf dem Heimweg und meinte immer noch, auf Wolken zu schweben, auch wenn ihr Unterleib sensibel war von dem seltenen Sport.

Mein Arzt rät mir schon seit Jahren, mir einen aktiven Mann zu suchen. Ja, dieser wäre ein Segen. Hoffentlich bleibt er mir erhalten. Ich habe mich noch nie in meinem Leben so gut und lebendig gefühlt.

Mit einem seligen Lächeln und Reginas Namen auf den Lippen schlief Robin in dieser Nacht ein, während Regina noch auf dem Heimweg war.

DER MORGEN DANACH

Beim Frühstück saßen sich die beiden Männer gegenüber. „Guten Morgen mein Freund. Endlich sehe ich einen entspannten Ausdruck in deinem Gesicht. Deine Augen funkeln wieder und ich nehme an, dass diese herrliche Frau dir gestern Erleichterung verschafft hat. Laut genug wart ihr ja. Den brünftigen Hirschen kannte ich von dir noch gar nicht. Sie muss echt phänomenal gewesen sein."

Robin grinste und war überhaupt nicht verlegen. „Ja, wir hatten dreimal unglaublichen Sex. Ob du es glaubst oder nicht: noch nie wurde ich in solch schwindelnde Höhen getragen. Wir passen perfekt zusammen. Als ob wir füreinander geschaffen wären."

Julien riss die Augen auf. „Sagst du mir gerade, dass dieses kleine und zierliche Wesen deinen Hengst-Schwanz ohne Probleme komplett aufnehmen kann?"

„Sie ist nicht wirklich zierlich, sondern genau so, wie eine Frau sein sollte. Sie hat Fleisch genau an den richtigen Stellen.

Und yep, das sage ich dir damit. Und sie ist heiß und eng, dass ich halb verrückt werde. Sie bewegt sich instinktiv genau richtig. Das macht mich völlig geil.

Wir sind gestern jedes Mal gleichzeitig gekommen. Es ist wie ein Wunder. Sie ist eine wundervolle Frau – in jeder Beziehung." Verträumt sah er aus dem Fenster.

Dann bemerkte er Juliens fast gierigen Blick, den dieser normalerweise nur hinter der Kamera hatte.

„Ja, das wäre natürlich gigantisch. Aber ich glaube nicht, dass sie sich für Filmaufnahmen hergibt. Außerdem würden die meisten sie für zu alt halten, obwohl sie einen klasse Körper und vor allem feste Brüste hat. Sie ist außerdem als Mensch auch zu schade dafür."

„Das sagst gerade du. Na ja, du liegst sicher richtig. Allerdings bist du auch zu schade für solche Filme, wenn man es genau bedenkt. Aber es gäbe eine Möglichkeit. Und zwar ein Film mit Masken und Perücken. So etwas spukt mir sowieso schon lange im Kopf herum. Da könnte man zum Beispiel Giulietta den normalen Part spielen lassen und für den Geschlechtsakt selbst deine neue Eroberung verwenden.

Die beiden haben meines Erachtens die gleiche Figur und Hautfarbe. Würde keiner jemals erfahren. Und Giulietta wäre vermutlich froh, wenn sie sich nicht mit deinem Schwanz plagen müsste. Du verstehst schon. Die würde sicher nicht plaudern. Und sie wäre auch die Einzige, die überhaupt etwas ahnen könnte. Nicht mal der Chef müsste es wissen. Vorausgesetzt, Giulietta bekäme ihre übliche Gage.

Wenn ich allerdings näher darüber nachdenke – eine Nahaufnahme könnte ich mir da sicher nicht verkneifen. Und dann wäre es ein ausgewachsener Porno, kein Erotikstreifen mehr." Beide hingen schweigend ihren Gedanken zu dem Thema nach.

„Wir sind am Abend bei Regina eingeladen. Sie kocht für uns. Also kein Hotelessen an diesem Abend. Ach, ich würde ja schon gerne gleich wieder mit ihr in die Kiste steigen, aber ich denke, das wird warten müssen, weil sie sicher noch wund sein wird nach der langen Abstinenz vorher. Ich bin richtig glücklich." Er war selbst überrascht über dieses Statement. Aber es fühlte sich wahr und gut an.

„Dann hoffe ich sehr, dass du trotzdem auch bei anderen Frauen in Erregung kommen kannst – oder dass du dir Regina gut genug vorstellen kannst, um zum gleichen Ergebnis zu kommen."

„Und ich wünsche mir, dass Regina nicht nur ein paar Tage lang meine Sexpartnerin ist, sondern wir auch in Zukunft ein Paar sein werden."

Der Satz ließ Julien aufhorchen. So etwas aus dem Mund seines Freundes hatte er noch nie vernommen. „Was meinst du, wie alt sie ist?"

Dieser sah seinem Freund in die Augen und Robin fühlte sich gezwungen, sich zu rechtfertigen.

„Wer fragt schon nach dem Alter? Bei ihr fühle ich mich angenommen und geborgen, wie noch bei keiner Frau zuvor. Ich weiß, dass ich sie erst ein paar Stunden kenne, aber meine Gedanken kreisen nur noch um sie. Mein Verlangen ist nicht nur fleischlicher Natur. Ich möchte sie näher kennenlernen."

„Mein Freund, ich glaube, du bist gerade dabei, dich zu verlieben. Das ist wunderbar. Denn diese Frau scheint mir genau richtig für dich. Ich glaube, sie ist keine der üblichen Tussis, die nur auf dein Geld und deinen Ruhm aus sind. Unterdrücke deine Gefühle für sie nicht. Kann gut sein, dass sie diese erwidert. – Ich muss dir allerdings gestehen, dass diese Frau mich auch gewaltig anmacht."

„Solange du sie nicht als deine Partnerin für dich beanspruchst – du weißt, wie ich das meine – soll es mir egal sein. Lass sie entscheiden. Egal, wie alt sie ist, sie hat eine wundervolle Haut und ist sehr liebevoll." Robin war ein toller Freund, bemerkte Julien wieder einmal. Nein, er würde ihm keine Schwierigkeiten machen bei dieser Frau – selbst wenn es ihn viel kosten sollte.

Regina las am frühen Morgen die WhatsApp, die Robin noch in der Nacht geschrieben hatte:

„... Dein Körper ist zum Niederknien, einfach Wahnsinn ... Dein Po ist so perfekt und straff und Deine Brüste sind richtig fest ... dazu war Deine heilige Yoni[3] so schnell nass und für mich bereit – einfach anbetungswürdig."

---

3 tantrischer Begriff für die weiblichen Genitalien: Vulva, Vagina und Uterus

Sie träumte neben der Arbeit vor sich her. Nur gut, dass sie an diesem Tag keine zu anspruchsvollen Sachen zu tun hatte.

Am Nachmittag allerdings merkte sie, dass ihr die „Radaufhängung" ganz schön weh tat. Sie hatte Muskelkater, und davon nicht wenig.

Die Essenseinladung

Ein wenig später war wieder eine WhatsApp für Regina angekommen gewesen: „... der Sex mit dir hat mir mehr als nur gefallen. Du hast mich einfach süchtig nach dir gemacht und dieses Verlangen ist nur schwer erträglich. Am Liebsten wäre ich jetzt schon wieder zwischen deinen Beinen beschäftigt. Ich bin ganz heiß auf dich – sowohl auf ein neues geistiges Zusammentreffen als auch auf deinen wundervollen Körper. Mein Schwanz reagiert beim kleinsten Gedanken an dich."

Der Abend bei Regina begann mit viel Gelächter. Ganz entspannt nahmen die beiden Männer Platz und tranken einen wunderbaren Rotwein aus dem Rheingau. Regina erzählte von ein paar Anekdoten aus ihrem Reiterleben. Robin und Julien gaben auch einige Erlebnisse zum Besten. Die beiden waren auch begeisterte Reiter. Sie hatten beide schon als Kinder Pferde für sich entdeckt.

Regina hatte nach gutbürgerlicher Küche gekocht. Die beiden attraktiven Männer schlemmten und waren begeistert. „So gut habe ich schon seit Jahren nicht mehr gegessen", schwärmte Julien. „Na ja, zumindest auswärts. Meine Mom ist nämlich eine hervorragende Köchin." Er zwinkerte Regina zu.

Er flirtete ganz offen mit Regina, die darauf erst mal ein wenig irritiert reagierte. Robin bemerkte das. „Regina, wie du weißt, bin ich Erotikdarsteller und treibe es mit allen möglichen Frauen von Berufs wegen.

Ich bin der Letzte, der von einer Frau verlangen kann, dass sie ihm beim Sex treu ist. Und ich kann und will es mir nicht erlauben, eifersüchtig zu sein. Außerdem habe ich kein Anrecht auf dich oder deinen Körper, auch wenn ich mir noch so wünschte, deine Aufmerksamkeiten für mich alleine beanspruchen zu dürfen.

Weißt du, ich habe im Bekanntenkreis erlebt, was Eifersucht und Besitzdenken bei Männern anrichten kann. Es führt jährlich zu zigtausenden von körperlich und seelisch verstümmelten und eingesperrten Frauen, die ihrer Rechte beraubt werden. Zudem zu unglaublich vielen Femiziden[4] weltweit. Diese Frauen haben alle ein Recht, selbstbestimmt zu leben und ihr Leben auch zu genießen. Und warum sollten sie sich nur an einen Mann binden?

Treue ist so eine Sache. Man kann sich im Herzen treu sein und trotzdem mit anderen Sex oder anderweitig Spaß haben – oder einen besten Freund haben, der vielleicht sogar ein paar Geheimnisse kennt, von denen der Partner nichts weiß. Jene Männer, die Frauen als ihr Eigentum betrachten, haben nichts kapiert und keine Frau würde jemals mit ihnen glücklich werden.

Julien ist mein bester Freund. Ich würde nicht erlauben, dass unsere wunderbare Freundschaft wegen einer Frauengeschichte kaputtgemacht wird. Falls du ihn nicht leiden kannst, wird es schwierig. Aber wenn du dich mit ihm vergnügen willst, dann tu es, aber bitte offen. Er ist ein attraktiver und wunderbarer Mann und Mensch – sonst wären wir auch nicht befreundet. Ich wäre allerdings sehr traurig, wenn du ihn mir emotional vorziehen würdest." Er grinste schelmisch, doch sie sah sehr deutlich die Verletzlichkeit in seinen Augen.

Regina sah erst Julien an, dann Robin und wieder Julien. „Ich bin mir gar nicht sicher, wie ich auf dich reagieren würde", meinte sie ehrlich. Julien stand auf und zog sie hoch. Sie ließ es geschehen und war neugierig. Er streichelte sie sanft und drückte genau die richtigen Knöpfe bei Regina. Sie wusste sofort, dass sie auch hier einen Profi vor sich hatte, dem sie sich mit Freuden hingeben würde. Das erschreckte sie im ersten Moment.

Warum erschreckt mich der Gedanke? Ich sollte froh sein, dass ich doch noch Gefühle habe, die ich seit Jahren für verloren geglaubt habe bzw. die ich viel zu gut verdrängt habe, um nicht verletzt zu werden. Vielleicht werde ich es mal darauf ankommen lassen. Mehr als eine Enttäuschung kann es ja nicht werden.

„Nein, nicht heute. Mir tut noch von gestern alles weh, weil Sex in meinem bisherigen Leben die Ausnahmeerscheinung war. Vor allem habe ich einen Muskelkater, der sich sehen

---

4 Femizide werden die Tötungen von Frauen aufgrund ihres Geschlechtes genannt.

lassen kann. Ich bitte euch, über meine Empfindlichkeit hinwegzusehen. Ich bin mir aber sicher, dass ab morgen wieder alles anders aussieht. Allerdings muss ich morgen nochmals einige Aufträge bearbeiten und sollte somit zeitig schlafen gehen. Aber ich kann sicher mittags Feierabend machen. Was haltet ihr von einer kleinen Wanderung am Nachmittag? Auch am Abend habe ich noch keine Termine." Begeistert wurde der Vorschlag von den beiden Männern angenommen.

„Weißt du, dass Robin nicht nur wegen seines Aussehens der Frauenschwarm am Set ist?" Julien begann zu erzählen. „Er ist der einzige Schauspieler, der jeder Frau von der Putzfrau bis zur Adligen mit dem gleichen Respekt begegnet. Alle schmachten ihn an.

Er ist auch der einzige der männlichen Darsteller, der sofort abbricht, sobald er merkt, dass eine der Damen, mit denen er spielt, sich nicht wohl fühlt in ihrer Haut. Und das besonders innerhalb eines Sexspiels. Dafür lieben die Damen ihn alle. Ich glaube, die meisten würden sehr viel für ihn machen, weil sie sich von Robin wertgeschätzt fühlen."

„Na ja, das hat einen angenehmen Nebeneffekt. Ich kann mir meine Partnerinnen wirklich nach Lust und Laune aussuchen, wenn ich die Wahl habe. Außerdem hatte ich noch nie ein Problem mit den Frauen.

Und jetzt habe ich ein Bedürfnis nach menschlicher Nähe. Bitte lass uns einfach kuscheln." Robin zog Regina sanft auf ihrer Couch zu sich und hielt sie in seinen starken Armen vor seiner breiten Brust. Während des Gesprächs streichelte er sie, legte seine Wange an ihre und atmete tief ihren Duft ein. „Du riechst wunderbar. Und außerdem hast du die wundervollste Haut, die ich jemals streicheln durfte." Das sagte er mit einer Hand um eine ihrer Brüste, die er freigelegt hatte. Dass Julien diese Brust immer wieder anstarrte, störte Regina nach ein paar Minuten gar nicht mehr. Er gehörte als Robins Freund einfach dazu.

Ich bin tatsächlich nicht so verklemmt, wie vermutlich viele meiner Bekannten glauben. Für mich ist meine Attraktivität ein Fakt und ich genieße es, dass ich noch gut aussehe. Um schöne Haut und Anziehungskraft zu haben, muss ich schließlich keine Schönheit sein.

Sie gab Robin einen Kuss, hauchzart wie ein Schmetterling. „Danke, in deiner Gegenwart fühle ich mich wunderbar und begehrenswert."

„Ich glaube, das ist für mich sogar noch schöner, als für dich", wisperte er ihr ins Ohr. „Ich hatte schon so lange keine Frau mehr einfach nur im Arm. Vor allem habe ich mich bei keiner Frau bisher so angenommen und geborgen gefühlt." Robin nickte später sogar einmal kurz ein, als er auf der Couch lümmelte, seinen Kopf auf Reginas Schoß, die Arme um ihre Taille.

Am späten Abend fuhren die Männer zurück zum Hotel und Regina schlief gut gelaunt ein.

Die letzten Tage waren jetzt sicher ein Traum und ich wache morgen in meinem altbekannten langweiligen Leben auf. Aber das macht nichts. Es ist ein wundervoller Traum. Den möchte ich weiterträumen.

Im Wald und am See

Den arbeitsreichen Vormittag überstand Regina mehr oder weniger träumend. Um die Mittagszeit zog sie sich ihre Wanderklamotten an. Sie warf zusätzlich adrette Kleidung und Pumps ins Auto. Man konnte ja nicht wissen, was der Abend so bringen würde. Dann holte sie die Männer am Hotel ab.

Zu dritt waren sie kurze Zeit später auf einem Wanderweg durch einen Wald zu einem See. Wald und der durchfließende Wildbach faszinierten die Männer. Julien war froh, auf Anraten von Regina eine handliche Kamera mitgenommen zu haben und filmte die Umgebung, „sein" Pärchen und alles, was ihm vor die Linse lief. Und das war von Hunden über Libellen und Eichhörnchen bis zu Ameisen ganz schön viel.

Regina fiel auf, dass Robin sie oft berührte. Er suchte immer wieder nach einem körperlichen Kontakt mit ihr. Außerdem strahlte er eine ansteckend gute Laune aus und gab ihr das Gefühl, im Mittelpunkt zu stehen. Das gefiel Regina, denn sie hatte es noch nicht erlebt, für einen Mann, der auch ihr sehr wichtig war, wirklich begehrenswert zu sein. Sie blühte zusehends auf und war dann ehrlich überrascht, wie viele bewundernde Blicke sie von anderen Spaziergängern erntete.

„Regina, ich glaube, alle Männer, denen wir bisher begegnet sind, hätten gerne ein intimes Stelldichein mit dir. Sie sehen dich alle an, als wärst du die einzige Frau auf der Welt – und leider vergeben." Julien lachte.

„Sie ist vergeben. Und das ist für mich ein gutes Gefühl", war Robins Statement. Er küsste Regina.

Die Frauen sind vermutlich neidisch, weil ich mit zwei so überaus gut aussehenden Männern unterwegs bin und die Männer – ich weiß es nicht, aber auch die sehen mich tatsächlich komisch an, manche auch offen mit Begierde. Das ist mir ja noch nie passiert.

Julien blieb unvermittelt stehen. Er ließ seinen Blick schweifen. „Ach, ist das schön hier! Ich könnte mir gut vorstellen, auch hier zu leben."

Regina lächelte. „Ja, ich liebe es hier auch. Wobei es auch andere Ecken auf der Erde gibt, die ich wunderschön finde und dort auch gerne eine Weile sein würde. Was ich brauche, sind Wald, Wasser und viel Grün. Außerdem erkennbare Jahreszeiten. Ich könnte niemals länger auf einer Südseeinsel leben, auf der es nie Winter wird."

Julien erschauderte. „Das könnte ich auch nicht. Obwohl es mir im Winter manchmal viel zu kalt ist."

Robin nahm ihre Hand und zog sie schnell eine Kurve weiter. Dann drückte er sie an einen großen Stein und küsste Regina innig, sodass in ihr gleich wieder die Bilder von ihrer ersten Sex-Nacht zum Leben erwachten.

Erst langsam lösten sich die beiden und gingen weiter.

„Ich würde gerne einen eurer Filme sehen. Ich möchte wissen, welche Art von Erotikfilmen das ist und wie Julien mit der Kamera umgeht. Nicht, dass ich eine hohe Meinung von Filmen dieser Art hätte. Die wenigen, die ich bisher gesehen habe, empfand ich jetzt nicht so prickelnd. Na ja, die Erotikstreifen waren zumindest nicht so schlimm wie so manche Pornos und sie hatten sogar eine Handlung. Aber ich kenne euch jetzt soweit, dass ich nicht glaube, ihr gebt euch für Schrott her."

Julien lachte lauthals. „Immerhin hast du schon Pornos gesehen und kennst die Unterschiede. Na klar, wir sehen uns später im Hotel gerne einen an. Ich glaube, die meisten richtigen Pornos sind wirklich nur für Männer toll. Wir geilen uns daran auf.

Dabei ist es auch nicht wichtig, ob die Männer und Frauen darin gut aussehen oder sympathisch sind oder Gefühle schauspielerisch wirklich gut rüberkommen bzw. ob die Leute überhaupt schauspielern können. Die Darsteller können derb und sogar ordinär sein, das gefällt den meisten Männern einfach. Meistens werden in den Pornos auch die Frauen erniedrigt.

Sie werden als Ware begriffen und nicht als eigenständige Lebewesen, die selbst ihre Wahl treffen.

Die Erotikstreifen sind dagegen eher Geschichten mit sexueller Würze. Da ist auch richtige Schauspielkunst gefragt und die Menschen müssen etwas hermachen.

Ich würde allerdings schon auch gerne mal einen richtigen Frauenporno machen. Also einen, bei dem Frauen sich wirklich toll fühlen und vom Zusehen wirklich heiß und feucht werden. Mit starken, schönen Männern, die ihre Damen – und da meine ich wirklich intelligente und starke Frauen – richtig verwöhnen und auf Händen tragen. Nicht nur schnödes Rein-Raus."

„Gut, dann lasst mich solche Dinge erleben und ich schreibe euch das Drehbuch speziell für Frauen mit intelligenten Protagonisten und Dialogen. Und das Beste daran: Die Männer darin werden alles, was sie an Bewunderung und Zärtlichkeit geben, auch zurückbekommen – sich als ganze Kerle fühlen. Dann ist es zwar kein reiner Frauenporno mehr, aber das macht ja nichts."

Am Ufer eines Sees blieben die drei einige Zeit aneinander gelehnt stehen und blickten auf die wundervolle Umgebung. Robin trat hinter Regina und drückte sie ganz nah an sich. Er griff unter ihr Shirt und knetete ihren Busen. Sie spürte seinen Schwanz, der prall in seiner Hose saß, an ihrem Po. „Ich würde mich am liebsten hier auf der Stelle mit dir vereinigen. Mein intimer Freund sagt mir, dass er dringend in die Grotte der Göttin möchte." Er sprach deutsch mit ihr. Julien musste ja nicht alles wissen.

Regina lachte. „Sag deinem intimen Freund, meine nasse Grotte sehnt sich auch nach ihm, aber er muss einfach noch ein wenig warten. Wir wollen hier kein Ärgernis hervorrufen. Ich wohne schließlich in der Nähe und es könnte uns jederzeit jemand begegnen, der mich kennt."

EIN FLOTTER DREIER

Nach einer langen Wanderung und einer Bootsfahrt mit vielen interessanten Gesprächen und noch mehr Gelächter fuhren sie zurück zum Hotel. Dort wurde Regina eingeladen, mit ihren neuen Freunden in Juliens Suite zu speisen. So holte sie ihre Klamotten zum Wechseln und zog sich hübsch an. Das Essen war exzellent und der Wein köstlich. Die Unterhaltung plätscherte dahin.

Als abserviert war, fielen gleich darauf sämtliche Hüllen in einem Film, der für Regina auf einem Laptop gezeigt wurde. Nach einiger Zeit tat sie ihre Meinung kund.

„Hey, der ist ja viel besser, als ich je gehofft hatte. Die Geschichte hat was. Finde ich recht gut gemacht. Sie hat mich teilweise richtig angemacht. Liegt neben dem Hauptdarsteller natürlich auch am Kameramann. Auch, wenn die weibliche Protagonistin viel zu flach gezeichnet ist und kaum Persönlichkeit hat. Das müsste man noch ändern. Und der männliche Part hat meiner Meinung nach schon noch etwas zu viel Macho-Gehabe, um wirklich auf Dauer sympathisch zu sein. Ist noch zu viel Tarzan und Jane drin, um wirklich zu überzeugen, finde ich. Die Musik dagegen ist für mich jetzt wirklich ansprechend."

Verschmitzt grinste sie Julien an. „Nach dem Bechdel-Test[5] würde der Film jedenfalls mit Pauken und Trompeten durchfallen."

Dieser beugte sich zu ihr. „Da hast du ohne Einwände Recht. Regina, Robin hat mir so von dir und eurem wundervollen Sex vor zwei Tagen vorgeschwärmt, dass ich zugeben muss, geil auf dich zu sein. Würdest du mir erlauben ..."

Er vervollständigte seinen Satz nicht, sondern begann, ihren Hals mit Küssen zu übersäen. Regina sah Robin zweifelnd an. Er lächelte ihr zu und nickte. „Wenn es dich nicht stört, zwei Männer zu haben ..."

Nur wenige Minuten später lagen sie alle drei nackt auf dem Bett. Robin hatte sich eine Brustwarze von Regina vorgenommen und sog daran. Eine Hand fühlte sie auf ihrem

---

5 Im Bechdel-Test (nach der Cartoon-Zeichnerin und Autorin Alison Bechdel 1985 benannt) gibt es drei einfache Fragen. Wenn diese alle mit „Ja" beantwortet werden, hat der Film oder das Buch bestanden: 1. Gibt es mindestens zwei Frauenrollen? 2. Sprechen sie miteinander? 3. Unterhalten sie sich über etwas anderes als einen Mann? Neuerdings wird zusätzlich gefragt, ob die Frauen Namen haben.

Oberschenkel, eine zweite und ein Kopf tastete sich zwischen ihre Beine. Sie war innerhalb von wenigen Minuten bereit für einen Schwanz und wartete auf eine Penetration – allerdings ein wenig verunsichert. Obwohl beide Männer sie vor jeder Handlung fragten, ob es für Regina in Ordnung war.

Ich war doch noch nie sexgeil! Aber jetzt denke ich, nicht mehr zur Ruhe zu finden, wenn ich nicht bald ein strammes Glied in mir spüre, das meine feuchte Höhle besucht und meine Sehnsüchte befriedigt. Ich spüre eine Notwendigkeit wie niemals zuvor. Die beiden sind aber auch so wunderbare Menschen!

Julien nahm nach einiger Zeit ihre Beine über seine Schultern und drang sanft, aber bestimmt in sie ein. Auch Robin veränderte seine Stellung und dann bearbeitete Regina seinen erregten Schwanz mit ihrer Hand, während sie von Julien penetriert wurde. Regina fand diese für sie neue Erfahrung sehr anregend. Sie fühlte sich wie in einer Wolke und vollkommen angenommen. In ihr stieg ein Gefühl des großen Erfolgs und Triumphs auf.

Ich werde von zwei richtig klasse Männern begehrt und es erfüllt sich ein Wunsch nach dem anderen. Es fühlt sich so wundervoll an, guten Sex zu haben!

Regina fand es einfach nur herrlich und genoss den Akt mit Julien in vollen Zügen.

Julien ließ sich anschließend auf das Bett sinken und schlief mit einem seligen Lächeln ein. Dagegen war Robin noch hellwach. Mit einem Blick auf seinen Freund bemerkte er: „Könnte sein, dass er dich bis an sein Lebensende verehrt."

Robin ließ sich von Regina von oben bis unten küssen und streicheln und genoss ihre Zuwendung. Dann stieg sie über ihn und ritt ihn ganz langsam, bis er sie an den Hüften packte und ein schnelleres Tempo forcierte. Beide begannen nach einiger Zeit zu zittern und sie schienen zu schweben.

Ich kann es kaum glauben: Bis gestern hätte ich nie gedacht, dass ich mir nichts dabei denke, es sogar als herrlich empfinde, mit zwei Männern im Bett zu liegen und abwechselnd von ihnen penetriert zu werden. Ich fühle mich zum zweiten Mal in meinem Leben wirklich als Frau und begehrt – und genieße und liebe dieses Gefühl!

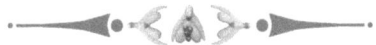

DIE PROBEEINSTELLUNG

Später lagen die Männer links und rechts von Regina, streichelten sie und flüsterten ihr Zärtlichkeiten in die Ohren. „Du bist eine wundervolle Frau", meinte Julien und blickte Regina fest in die Augen. „Ich habe eine große Bitte. Ich weiß, dass Robins bestes Stück für die meisten Frauen zu üppig ist, um ihnen Wohlbefinden zu bescheren. Aber ich würde ihn doch zu gerne mal bei einer Penetration mit dir wie bei einem richtigen Porno filmen. Und ich möchte dabei Robins Gesichtsausdruck. Natürlich so, dass man dich nicht erkennen kann, Regina."

Er sah beide bittend an. Robin zuckte die Schultern und blickte auf Regina. „Na gut, aber nur so, dass ich auf keiner Einstellung so zu sehen bin, dass irgendjemand mich je auf dem Film erkennen könnte. Und auch keine anderen Bilder oder Filme mit mir auf der Speicherkarte – verstanden? Außerdem bin ich die erste, die den Film sieht – und zwar gleich."

„Heiliges Ehrenwort." Julien reichte ihr eine Gesichtsmaske und eine blonde Perücke, die sie anlegte. Außerdem wechselte er vor ihren Augen die Speicherkarte der Kamera.

Robin setzte eine Perücke auf und die Kontaktlinsen ein, sodass Regina plötzlich den Protagonisten des Erotikstreifens vor sich sah. „Du siehst damit wirklich völlig fremd aus. Aber nicht minder gut! Wow, ich habe ein schlampiges Verhältnis mit einem Erotikstar aus Übersee." Die beiden Männer lachten.

Weiß Gott, wo Julien die Verkleidung plötzlich hergezaubert hat. Vermutlich hat er sie gestern bei ihrem morgendlichen Einkauf in der Stadt besorgt. Zutrauen würde ich es ihm, dem Schlawiner.

Und schon beugte sich Robin zu ihrem Unterleib und ließ wieder seine Zunge sprechen. „Was willst du, Julien – sanft oder wild?"

Julien schnappte sich seine große Kamera und drehte sie auf ein Stativ. „Das überlasse ich euch."

Es wurde nach einem lässigen Vorspiel, in dem sich beide leckten, eine wilde Variante von hinten. Fast noch besser als zwei Tage zuvor. Robin und sein bestes Stück bewiesen Stehvermögen. Schon kurz nach der ersten Vereinigung machte er Julien ein Zeichen, drehte Regina zu sich und drang erneut in sie ein.

Währenddessen küsste er sie zärtlich und fordernd. Regina spürte, dass in diesem Kuss mehr war, als die Male zuvor und reagierte darauf sehr stark. Ihr ganzer Körper reagierte. Sie wurde noch heißer und drückte ihren Unterleib ihm entgegen, dass er sie bei jedem Stoß bis zum Anschlag ausfüllte.

Nach einer erschütternden Klimax, der sie beide aufschreien ließ, brach Robin zusammen über seinem Engel, der ihn weiter fest umschlungen hielt und seinen Penis in sich rasten ließ. Robin hatte dabei Tränen in den Augen. Auch das filmte Julien mit seiner Stativkamera.

Julien atmete pfeifend aus. „Wow, so einen Orgasmus hat die Filmszene noch nie gesehen! Das war jetzt so gigantisch, dass ich selbst nur vom Zusehen gekommen bin. Wenn ich mir nicht noch ein Tuch untergehalten hätte, hätten wir jetzt eine riesige Sauerei am Boden.

Regina, du bist die Entdeckung des Jahrhunderts. Wenn wir noch mehr solche Szenen in verschiedensten Stellungen drehen könnten, dann würde das die Revolution des Erotik- und Pornomarkts bedeuten! Du willst nicht zufällig Schauspielerin werden?"

„Im Erotik- und Pornomarkt? Nein, danke. Außerdem bin ich überzeugt, dass es genau dafür bessere als mich gibt."

„Aber nicht für mich!" Robins Worte waren fest und überzeugend.

Gleich darauf sahen sich alle drei gemeinsam die Szene an. „Ich bin absolut sprachlos, Julien." Robin rang um Worte.

„Ich kann nicht glauben, dass ich das bin. Ich hätte nie auch nur im Traum daran gedacht, mich mal so zu sehen. Das überwältigt mich."

Regina starrte wie gebannt auf den Bildschirm.

„Und gefällt es dir auch? Oder hast du negative Gefühle, wenn du das siehst?"

„Komischerweise gefällt es mir sogar sehr gut. Es sieht einfach alles absolut natürlich und erotisch aus. Genau, wie es sich auch angefühlt hat. Von der Kameraeinstellung her gar nicht so, wie in den Pornos, die ich bisher gesehen habe. Es anzusehen, geilt mich schon wieder auf. Mehr als bei jedem ach so toll gestellten Porno."

Schon begann Robin wieder, Regina zu streicheln. Er hob sie hoch und setzte sie sich auf den Schoß, dass sie seinen erigierten Freund unter ihrer Muschi spürte und drang mit einem Finger in sie ein, während sie seine erogenen Zonen am Hals leckte und ihn hier und dort leicht biss.

„Das war absolut perfekt. Auch das Licht hier. Aber am meisten fasziniert mich euer vertrautes Zusammenspiel – ihr kennt euch ja erst den dritten Tag – und der selige Ausdruck in Robins bzw. Gabriels Gesicht.

Den habe ich nämlich noch nie gesehen – egal, wie toll seine Partnerinnen und der Orgasmus waren. Dabei kenne ich ihn jetzt doch schon einige Jahre. Na, vielleicht gibt es doch einen kleinen Unterschied zwischen Privatvergnügen und Drehbuch?"

„Ja, den gibt es definitiv. Dass er allerdings so groß sein kann, das war nicht mal mir bisher bewusst. Seit ein paar Tagen gibt es tatsächlich einen himmelweiten Unterschied. Bitte lass mich dieses Privatvergnügen noch oft erleben, Regina! Ich möchte mich noch häufig so in dir verlieren und mich selig fühlen wie eben jetzt." Zärtlich strich Robin über Reginas Wangen und hauchte einen Kuss auf ihre Nasenspitze. Dann schloss er sie ganz fest in seine Arme.

Etwas später löste sie sich und erhob sich kurz, um seinem Schwanz ein neues Präservativ zu verpassen und ihm das Eindringen in ihren Lusttunnel zu ermöglichen.

Julien hatte die Bewegung bemerkt und hielt sofort wieder mit seiner Kamera darauf, bevor sich Regina gemächlich zu bewegen begann.

„Ich komme langsam zu dem Schluss, dass ihr beide fürein-ander geschaffen seid. Ihr solltet so oft und lange wie möglich beisammen sein und natürlich auch vögeln, was das Zeug hält." Juliens Worte waren ernst gemeint.

Die restlichen Urlaubstage von Robin und Julien verbrach-te Regina noch viel Zeit mit ihrem neuen Lover und seinem Freund. Mit unglaublichem Sex – mit Robin, aber auch mit beiden. Nun hatte sie einen Liebhaber – eigentlich sogar zwei – und konnte niemandem darüber erzählen. Denn ihre beste Freundin war wieder mal nicht zu erreichen. Schade war das.

Nach der Abreise von Robin und Julien fühlte sich Regina verlassen wie noch nie. Hätte sie nicht zahlreiche Fotos und den Film – mit mehreren unglaublichen Sexszenen von sich und Rob – auf USB-Stick von Julien bekommen, sie hätte schon nach kurzer Zeit geglaubt, sie hätte alles nur geträumt.

Rob meldete sich ein paar Tage später, dass die Filmaufnahmen wieder fortgesetzt wurden und alles wunderbar klappte. „Das verdanke ich nur dir. Ich werde dir bis an mein Lebensende dankbar sein. Du fehlst mir, mein Engel." Diese Nachricht machte Regina froh. Und sie entdeckte in seiner Stimme eine Wärme, die sie zu umarmen schien und sie für den Moment wohlig einhüllte.

„Auch du fehlst mir. Deine Nähe, deine Stimme, dein Körper. Ich möchte dich ständig in mir und um mich spüren und du bist so weit weg.

Ich sehe mir immer wieder unseren Film an und erschaffe mir selbst Erleichterung mit einem Dildo. Aber das ist natürlich nicht dasselbe. Weißt du, dass du in mir eine Sucht nach Sex geweckt hast? Dabei fühlte ich mich immer irgendwie geschlechtslos und konnte gut ohne menschliche Nähe leben. Das dachte ich zumindest immer. Jetzt ist das ganz anders. Wenn du nicht hier bist, dann fühle ich micht nicht komplett."

JUNI

DAS GEHÖFT

Wenige Wochen nach diesen heißen Tagen bekam Regina dann einen Anruf von Robin. „Ich habe einen herrlichen Bauernhof für dich gefunden. Er ist perfekt und sieht genauso aus, wie du beschrieben hast. Ich sende dir Fotos per E-Mail. Wenn er dir zusagt, kaufe ihn für dich."

„Wie bitte? Du willst mir einen Bauernhof kaufen? Bist du verrückt? "

„Ja, ich bin verrückt. Verrückt nach dir, mein Engel! Du weißt doch, wie dankbar ich dir bin. Du bist das alles wert. Den Bauernhof und noch viel mehr. Und das mit dem Erwerb des Besitzes auf deinen Namen werde ich für dich regeln. Der Hof ist nicht so arg weit von meinem gängigen Flughafen bzw. Bahnhof entfernt, wäre also auch deshalb schon ideal."

„Du kannst mir gerne die Fotos schicken. Und du darfst dich auch um den Erwerb kümmern, also dass das alles läuft. Aber ich werde mir meine Bleibe selbst kaufen. Wenn er mir gefällt und der Preis passt, ziehe ich gerne etwas näher zu dir. Und weiter werde ich nicht mehr über das Thema schenken diskutieren."

„Wenn du dich dafür entscheidest, werde ich jedenfalls ein noch glücklicherer Mann sein, als bisher. Schließlich hatte ich seit Deutschland zwar oft Sex, aber der mit dir hat eine ganz andere Dimension und Qualität.

Denn du bist die einzige Frau, bei der ich bereit bin, mich völlig gehen zu lassen. Bei der ich sogar regelrecht danach giere, ihr mein ganzes Ich zu Füßen zu legen. Ich vermisse dich schmerzlich: deinen Körper, deine Wärme und unsere Gespräche. Darum würdest du mich glücklich machen, wenn du ja sagst. Sieh dir die Bilder an."

Die Fotos des Gehöfts waren traumhaft. Genau so hatte Regina es sich tatsächlich vorgestellt. Und der Preis war für ihr Budget annehmbar. Sie flog also die Woche nach dem Gespräch nach Kanada und fuhr zu dem Ort, um alles genau in Augenschein zu nehmen. Von Julien wurde sie in der Hotel-Lobby empfangen und in ihre Suite gebracht. Dort wartete Robin schon sehnsüchtig auf sie. „Willkommen in meiner Heimat, mein Engel! Willst du erst etwas Bestimmtes machen, oder hilfst du mir, mich von meinem Ständer zu erlösen?" Er öffnete seine Hose und sein praller Schwanz entfaltete sich auf eine überwältigende Länge.

Na, das kann ja heiter werden, wenn unser Wiedersehen öfter so beginnt. Und ich war tatsächlich schon feucht, bevor ich den herrlichsten Liebhaber meines Lebens nur gesehen habe.

„Ich habe unwahrscheinliche Lust, dieses wundervolle Gerät in mir zu spüren und erlaube dir daher, es ohne Zeitverlust zu gebrauchen. Meiner Muschi trieft schon der Saft aus allen Poren."

Während dieser Worte entledigte sich Regina schnell ihrer Schuhe und der restlichen Klamotten, wendete sich dem Bett zu und lockte Rob. Dieser ließ sich nicht lange bitten. Er zog die Hose und sein Hemd aus, einen Gummi über und drang fast sofort in sie ein.

Dabei küsste er sie innig. Sie fühlte sich geliebt, verehrt – einfach großartig. Und das gleiche Gefühl durchströmte Robin, wenn er mit ihr zusammen war. Beide stellten für sich fest, dass sie ernsthaft verliebt waren.

Während des zweiten Aktes kurz darauf klopfte es zart an der Türe. „Darf ich eintreten?" Es war Julien. „Ja, aber mach die Tür gleich wieder zu." Robins Antwort darauf. Julien betrat die Suite. Er setzte sich bequem in einen Sessel nahe des Betts, packte seinen besten Freund aus und holte sich einen runter, während die beiden noch beim Akt waren.

„Dieses Zweierpack vor mir schafft es schneller und schöner, als alles, was ich kenne, meine Lust zu starten, anzustacheln und sogar irgendwie zu befriedigen! Und wenn das bei mir funktioniert, klappt es auch bei Millionen anderen. Wir müssen euch auf den Markt bringen! Darf ich mich zu euch gesellen?"

Rob keuchte nach dem überwältigenden Orgasmus. „Mach nur, denn ich bin erst mal erledigt." Damit legte ihr Partner sich entspannt neben Regina und schlief sofort auf dem Bauch ein. Regina kniete sich mit gespreizten Beinen auf das Bett und sah auf Julien. Dieser starrte ihr zwischen die Schenkel auf die Vulva und sein eben nach dem Orgasmus noch schlaffer Schwanz erholte sich erstaunlich schnell.

„Wenn du einen Gummi hast, dann komm." Julien zog sich einen über und ging auf Regina zu. Er saugte – noch stehend

– an ihrer Brust, hinterließ eine Spur mit seiner Zunge bis zu ihrem Nabel und drehte dann die Frau seiner Begierde um und legte sie auf den Bauch. Auch ihren Rücken leckte er vom Hals bis zu den Pobacken, bevor er sie an der Hüfte hochzog und sie an der Bettkante knien hieß. Dann drang er in sie ein mit einem Ungestüm, das Regina zeigte, dass sich in Julien einiges aufgestaut hatte. Vermutlich sogar seit ihrem letzten Treffen vor Wochen. Sie hatte keinen Höhepunkt, freute sich aber, dass er einen offensichtlich großartigen hatte.

Hinterher flüsterte er ihr ein „Vielen Dank für deine Bereitwilligkeit. Du hast mich wahrscheinlich vor einer riesengroßen Dummheit bewahrt", ins Ohr.

Noch vor Reginas Abreise wurde das Anwesen gekauft und auf ihren Namen eingetragen. Das musste natürlich gefeiert werden. Und zwar – und das war auch Robins Wunsch – mit einem Dreier. Er kannte seinen besten Freund Julien gut genug, um dessen Hunger zu spüren, obwohl dieser ihm Regina niemals streitig machen würde.

„Wenn Regina es auch möchte, dann feiern wir drei in einem Bett." Rob und Julien blickten die Frau in ihrer Mitte fragend an. „Ihr seid beide wundervolle Liebhaber. Ich möchte heute alles genießen, was ich kriegen kann."

Beide gaben ihr einen Kuss: Julien auf die Wange und Rob einen innigeren auf den Mund. Obwohl die beiden Männer überwiegend heterosexuell veranlagt waren, hatten sie beide auch kein Problem, sich gegenseitig zu streicheln und zu küssen. Nach einer Weile fand Regina sogar dieses für sie ungewohnte Bild ästhetisch.

Regina war fasziniert. Denn solche Männerspiele hatte sie selbst noch nie live erlebt. Und nun sah sie zu, wie liebevoll und spielerisch die beiden miteinander umgingen, bevor sie sich ihr zuwandten.

Beide liebkosten sie, bis sie nur noch wimmern konnte, dann stellte sich Julien vor das Bett und Regina blies ihm einen im Vierfüßlerstand, während Rob sie von hinten penetrierte, bis auch sie völlig erschöpft einschlief – in den Armen von zwei Männern.

ABSCHIED VON DER ALTEN HEIMAT

Robin kam vor ihrer Abreise nochmals zu Reginas alter Wohnung, weil er es – wie er sagte – nicht aushielt ohne seinen Engel. Außerdem wollte er die Chance nutzen, noch ein paar Tage in Bayern zu verweilen und kein Hotelzimmer bewohnen zu müssen. Er fand es irgendwie schade, dass Regina diese Wohnung aufgeben würde. Denn er fühlte sich sehr wohl dort mit ihr. Hoffentlich würde der Hof genauso heimelig werden.

Als erstes wollte Robin, dass Regina alles über ihn wusste. „Dass mein richtiger Name Robin Davidson und mein Pseudonym Gabriel Morton ist, weißt du ja schon. Und auf der Farm mit dir möchte ich nur Robin sein und nicht der Schauspieler Gabriel. Wenn jemand fragt, arbeite ich bei einer Filmproduktionsfirma in Ottawa und pendle. Ich werde dir zwar als Gabe vielleicht auch mal vertrauenswürdige Gäste schicken, aber das werden wir schon handeln.

Du kannst dich an die Erzählung von Julien erinnern, warum alle Frauen auf mich fliegen. Das hätte sehr leicht anders kommen können. Mein Vater hat meine Mutter misshandelt. Es war wohl nicht immer so. Aber er wurde zunehmend ungnädiger, je mehr meine Mutter sich in der Arbeitswelt etablierte. Als ich acht Jahre alt war, Sebastien war neuneinhalb und unsere Schwester fast fünf, da verließen wir alle unseren Vater.

Mein Vater war noch vom alten Schlag. Er meinte, seine Frau wäre sein Eigentum und er könne über sie verfügen. Doch sie konnte – anders wie ihre oder seine Mutter – selbständig eine Arbeitsstelle antreten, wenn sie das wollte. Und das machte sie, sobald Bridget in den Kindergarten und wir beiden Jungs zur Schule gingen. Sie wurde innerhalb von nicht mal zwei Jahren Chefsekretärin und das konnte unser Vater überhaupt nicht verkraften. Vor allem wohl, weil sie mehr Geld nach Hause brachte als er.

Er schlug sie immer häufiger wegen Kleinigkeiten. Ich bin auch überzeugt, dass er sie vergewaltigt hat. Ich kann mich an manche Nächte erinnern, in denen sie zu mir ins Bett geschlüpft ist. Sie erzählte mir zwar immer, Vater würde zu laut schnarchen, aber ich hatte sie vorher regelmäßig im Schlafzimmer gehört. Diese Geräusche, die ich durch die Wand wahrnahm, hatten mich verängstigt. Außerdem hatte sie regelmäßig blaue Flecken, die sie versuchte, zu verdecken.

Wenn ich nicht spurte, bekam ich immer öfter auch von unserem Vater Prügel. Sobald meine Mutter dazwischen ging, ging er auf sie los. Er beschimpfte sie mit den schlimmsten Wörtern, die mal als Kind kennen kann.

Dann kam der Tag, an dem Bridget mir erzählte, sie würde sich vor Vater fürchten und wollte nie wieder mit ihm alleine sein. Ich sagte es unserer Mom und nur ein paar Tage später packten wir die wichtigsten Sachen und zogen zu ihrer besten Freundin. Es war die beste Entscheidung, die unsere Mutter getroffen hatte. Aber Vater stalkte sie und uns und wir mussten umziehen. Weit weg, wo uns niemand kannte. Zu ihren Freundinnen hielt Mutter die ersten Jahre nur aus der Ferne Kontakt. Es muss für sie sehr hart gewesen sein.

Erst Jahre später, als ich schon zur Schauspielschule ging, hatten wir Geschwister ein langes Gespräch mit Mom und sie erzählte alles aus ihrer Sicht. Auch ihre Gefühle, ihre Angst und die Reaktionen ihres Umfeldes. Ich bewundere ihre Stärke und würde niemals wollen, dass eine Frau auch nur ansatzweise so etwas erleben muss wegen mir.

Ich war als Junge auch immer ein kleiner Macho, aber das hat mich kuriert. Ich habe sehr viel nachgedacht und bin erschüttert, dass es immer noch so viel Aggressionen und Gewalt gegenüber Frauen gibt – die zu einem großen Teil auch noch vom eigenen Partner ausgehen. Aber auch im Arbeitsleben müssen Frauen kuschen, wenn sie einen guten Job wollen. Viele Männer spielen ihre Macht aus. Und das vor allem in der Filmbranche. Das habe ich oft genug schon selbst beobachtet oder auch in Gesprächen erfahren."

„Erzählen dir deine Kolleginnen davon, wenn sie z. B. sexuell genötigt werden?"

„Ja, das ist tatsächlich so. Nachdem sich herumgesprochen hat, dass ich mich ggf. auch einmische zugunsten der Frauen, erhalte ich immer wieder Bitten um Gespräche. So habe ich inzwischen auch einen relativ großen Freundeskreis, in dem vor allem viele Frauen eine Rolle spielen.

Ich habe gelernt, dass ich nicht durch Aggression zum Ziel komme, sondern dadurch, dass ich andere Menschen wertschätze. Und langsam lernen es auch andere."

„Ja, das tust du. Ich fühle mich sehr geschätzt von dir, Robin. Für mich bist du mein größter Schatz. " Regina umarmte ihn zärtlich.

Die beiden machten lange Spaziergänge und hatten fast täglich atemberaubenden Sex. Er leckte sie bis zu Reginas Erschöpfung und freute sich an ihren multiplen Orgasmen. Aber auch sein Liebesstab kam nicht zu kurz. Sie half ihm auch hin und wieder mit der Hand oder mit dem Mund, was er genoss. An einem lauen Sommerabend gingen sie auch nochmals in den Wald am See. Robin hatte Regina gebeten, ein Kleid mit einem weiten Rock anzuziehen und einen der geschlitzten Slips, die er ihr mitgebracht hatte.

Hand in Hand wanderten Sie durch den Wald. Irgendwann zog Robin seine Partnerin auf eine Anhöhe, weg vom Weg, an einen Platz, der nicht einzusehen war. Er küsste sie, eine Hand fand unter ihrem Rock und stimulierte ihren Unterleib, bis sie heiß und feucht war, was – wie üblich – nicht lange dauerte.

Dann hieß er sie, sich an einen Baum mit glatter Rinde zu lehnen. „Und jetzt keinen Laut, meine Liebste". Damit verschloss er ihr den Mund mit einem Kuss, der alles versprach. Dann hob er sie hoch, sie spreizte die Beine und legte diese um seine Hüfte. Dann half sie seinem prallen Penis, den Eingang zu ihrer feuchten Spalte zu finden. Er hielt sie fest und stieß in sie, während sie sich an ihn klammerte und sich darauf konzentrierte, nicht zu schreien oder laut zu stöhnen. Es war eine ganz neue Erfahrung für Regina und sie genoss dieses Zwischenspiel, wie sie Geschlechtsverkehr mit Robin immer in vollen Zügen genoss.

„Robin, du bist ein Zauberer. Seit ich dich kenne, ist meine Welt bunt und schön. Vorher war sie eher grau mit nur wenigen kleinen Lichtblicken."

REGINAS TRAUM

So stand Regina also vor ihrem Haus und freute sich des Lebens, das sie auf die Überholspur gebracht hatte. Noch vor ein paar Monaten hatte sie ein in ihren Augen tristes Leben gelebt. Und nun machte sie genau das, was ihr gefiel und war bei all dem sehr produktiv. Und sie konnte sich ihre Liebhaber für wundervollen Sex aussuchen.

Durch den Lottogewinn und Robins Hilfe kam es, dass sie innerhalb kürzester Zeit ihr eigener Herr war und fünf Angestellte hatte: Einen Stallburschen, der auch Gärtnerarbeiten erledigte, einen Koch, zwei Bedienungen je auf Halbtagsbasis und eine Haushaltshilfe für die groben Sachen. Nein, an die Leibwäsche durfte diese Person nicht und in Schränken (Ausnahme: die Küche) hatte sie auch nichts zu suchen.

Das Haupthaus ihres Gehöfts hatte gerade die richtige Größe für einen großzügigen Zweipersonenhaushalt: Im Erdgeschoß rechts, also nach Norden (dort war die Straße etwas weiter weg) und Osten gab es einen Garderobenraum mit Waschmaschine, eine Toilette und eine Speisekammer. Nach Osten und Süden gab es eine große Küche mit einem alten Holzofen, dessen schwarzes Emaille und schimmerndes Chrom vor Sauberkeit blitzten. Daneben eine moderne Kücheneinrichtung mit Elektroherd, Kühlschrank, Geschirrspüler. Außer einem Wasserkocher und einer Küchenmaschine gab es kaum elektrische Kleingeräte in dieser Küche. Die würden nur Platz brauchen. Aber es gab eine Besonderheit, die sie aus Irland kannte: Einen weinroten Aga-Herd, den Regina vor allem in der Übergangszeit und im Winter verwendete. So brauchte sie keine zusätzliche Heizung in der Küche, in der es immer kuschelig warm war. Mehrere Fenster und eine Glastüre zum Kräutergarten im Süden erhellten den Raum sehr schön.

Dann gab es eine Bibliothek mit Arbeitszimmer mit französischen Türen nach Süden und Westen. Darin befand sich neben mehreren Regalen und einem Schreibtisch mit Chefsessel ein Schwedenofen. Vor diesem wiederum standen zwei Ohrensessel mit Fußteil, eine Leselampe und ein Tischchen, auf dem immer mindestens ein Buch lag.

Ein gemütliches Ess-Wohnzimmer mit einem großen Kamin hinter Glas rundete den Wohnbereich im unteren Stockwerk ab. Da sich Gäste am liebsten um dem gemütlichen Esstisch der Küche versammelten, wurde dieses Zimmer meist nur genutzt, wenn auch Sex mit ihm Spiel war.

Im Obergeschoß befand sich im Nordwesten ein Bad mit wunderschönem dunklen Granitboden und Fußbodenheizung, Eckbadewanne und Dusche. Daneben eine kleine Toilette, eine Abstellkammer und über der Bibliothek ein „Winterwohnzimmer". Dieses war auch mit einem gemütlichen Schwedenofen bestückt und einer wunderbar bequemen

Couchgarnitur. Daneben kam ein Schlafzimmer mit einem runden Bett, welches ihre Sexspielwiese war. Dann kamen zwei Räume, die Regina für Gabe reserviert hatte. Einer sollte Büro oder privater Rückzugsort sein, der andere ein kleines Schlafzimmer. Zwischen diesem Schlafzimmer und ihrem eigenen, im Nordosten gelegenen war ein begehbarer Kleiderschrank, der bis dato noch recht dürftig gefüllt war mit einigen von Gabes Sachen und den wenigen Klamotten, die sie sich in den letzten Jahren hatte leisten können und ein paar neuen Sachen, die sie sich nicht hatte verkneifen können.

JULI

Ein neuer Lebensabschnitt

Anfang Juli war Regina in ihrem neuen Heim – mit ihren alten und ein paar neuen Möbeln und einem Pferd aus der Heimat – einem Friesen, den sie unbedingt haben wollte. Es war ihr erstes eigenes Pferd. Für die erste Zeit hatte sie eine Ziege besorgt, damit ihr Wallach nicht alleine im Stall war.

Robin und Julien hatten sich ein paar Tage freigenommen, um ihr zu helfen sich häuslich einzurichten. Sie hatten gemeinsam nach Reginas Vorstellung ein paar Zimmer farbig gestrichen und letztendlich eingeräumt. Ihre Möbel sahen wunderbar aus in diesem schönen Farmhaus aus Naturstein. Allerdings war noch viel zu tun, um alle Räume wohnlich zu gestalten. Aber zumindest ein Schlafzimmer, das Bad, die Küche und das Wohnzimmer waren nach ein paar Tagen mehr oder weniger fertig und strahlten eine heimelige Atmosphäre aus.

„Ich habe schon drei Pferde in der engen Auswahl, die ich gerne kaufen würde. So ein gemeinsamer Ausritt ist sicher toll in dieser Gegend." Robin zwinkerte ihr zu.

„Gut, aber mehr als vier sollen es auch nicht sein, auch wenn mehr im Stall Platz haben. Schließlich wollen die ja auch versorgt und gearbeitet werden."

Nach vier Tagen mit heißem Sex – zu zweit und zu dritt – reiste Julien ab und ließ die beiden „Turteltauben", wie er sie nannte, alleine. Er hatte ihrem Produzenten, den sie sehr schätzten, den Vorschlag mit einem neuen Drehbuch und den Nahaufnahmen gemacht. Denn Regina war in den einsamen Wochen nicht untätig gewesen und hatte ein Drehbuch geschrieben, das sie über ein Pseudonym anbieten wollte. Robin fand es phantastisch. Man müsste es nur noch übersetzen.

Vorher hatte sich Julien nochmals bei Regina bedankt. „Ich wüsste nicht, welchen Blödsinn ich machen würde, ohne deine Bereitwilligkeit, dich mir hinzugeben. Denn seit ein paar Monaten bin ich wieder Single. Ich habe schon längere Zeit keine Frau mehr getroffen, die zu mir passen würde. Und ich bin da ziemlich heikel. Durch dich wurden meine Erwartungen natürlich ins Unermessliche hochgeschraubt. Ich wünsche mir eine Frau, die dir ähnlich ist. Eine, bei der ich mich auch so angenommen fühle." Er lächelte sie etwas nachdenklich an.

„Kopf hoch, du wirst die richtige Frau für dich finden. Und in der Zwischenzeit sehen wir uns ja vielleicht auch wieder. Ich bitte dich nur um eines. Keine Besuche ohne Robin. Ich möchte unsere Partnerschaft nicht aufs Spiel setzen." Julien verstand ihre Bedenken und würde sich daran halten.

Die ersten zwei Wochen ihres Aufenthalts in ihrem neuen Heim genoss Regina vollkommen. Sie fühlte sich geliebt und hatte tiefschürfende Gespräche mit Robin über die unterschiedlichsten Themen. Die beiden hatten sehr oft Sex miteinander, kuschelten aber auch häufig nur. Ihre Gefühle füreinander wuchsen von Tag zu Tag.

Regina kochte mit Leidenschaft und backte Kuchen oder Kekse. Robin war begeistert von allem, was sie ihm vorsetzte. Auch wenn er sich um das Waschen und Aufräumen des Geschirrs kümmern musste. „Du bist eine richtige Küchenzauberin. So gute Dinge habe ich selten gegessen. Allerdings wünsche ich mir zur Abrundung dieses köstlichen Menüs noch eine besondere Nachspeise, die Arme und Beine hat und gerade so aufreizend zu mir herübersieht." Gleich darauf lagen die beiden sich wieder in den Armen.

Robin fühlte sich in der Gegenwart der in seinen Augen eher untypischen Frau so wunderbar, dass er nie auch nur ansatzweise an andere Frauen dachte, obwohl er durchaus zwischendurch für ein paar Drehtage ans Set musste.

Wie viele andere Männer hatte er lange – auch durch den Umgang mit einer bestimmten Kategorie von Menschen – ein wenig das Bild von einer Frau, die öfter mal zickig war, die viel Wert auf Mode und Geld legte, auf teure Urlaube und mit der sich Mann nicht wirklich über die ihm wichtigen Dinge austauschen konnte. Nach und nach war er jedoch darauf gekommen, dass das, was die meisten Männer gemeinhin als zickig bezeichneten, üblicherweise das Ende eines Prozesses beschrieb, der sich langsam aufbaute und oft in einer Abwehr- oder Wutreaktion von Frauen endete, weil sie sich nicht ernst genommen fühlten. Außerdem wusste er, dass auch Männer durchaus übellaunig und dementspechend zickig sein konnten.

Als sie sich Filme auf Video ansahen, erklärte er: „Diese Frauen haben alle nicht dieses besondere Etwas, mit dem du mich anziehst. Ich glaube, ich liebe dich, mein Engel."

Damit nahm er sie ganz fest in seine Arme und liebte sie so zärtlich wie nie zuvor. Und dabei flog ihm auch der Rest von Reginas Herz zu. Zum ersten Mal in ihrem Leben liebte sie und wurde von ihrem Objekt der Begierde wiedergeliebt. Auch sie flüsterte ihm zärtliche Dinge ins Ohr und bekannte ihm, dass sie ihn liebte.

Das war für sie eine wundervolle Erfahrung, die sie über 3o Jahre später machte als die meisten anderen Menschen – naja, zumindest war das die verbreitete Meinung. Ja, sie hatte ein gutes Leben gehabt bisher, aber richtige Liebe hatte es darin nie gegeben. Nur hin und wieder unbedeutenden Sex mit für Regina unbedeutenden Menschen. Ob sie jedoch mit denen tauschen wollte, die schon in ganz jungen Jahren Sex und auch die Liebe kennengelernt hatten, stand auf einem anderen Blatt. Denn sie glaubte nicht, dass diese deswegen unbedingt glücklicher waren. Sie konnten eben mit einer anderen Art von Lebenserfahrung aufwarten.

Als Robin sich dann nach seinem Urlaub verabschiedete, konnte er sich kaum von Regina trennen. „Es tut mir in der Seele weh, dass du nun wieder für einige Zeit darben musst, bis ich wiederkomme, während ich fast täglich Sex mit wechselnden Partnerinnen haben werde. Daher kann es gut sein, dass ich dir mal einen Freund oder guten Bekannten schicke, der sich in einer deiner beiden Ferienwohnungen einmietet. Wenn du mit ihm Spaß haben willst, dann tu es. Wenn nicht, dann lass es. Du weißt ja, die meisten Männer sind immer bereit für Sex mit einer gutaussehenden Frau.

Ich habe zwar inzwischen Angst und Eifersucht kennengelernt, aber es steht mir nicht an, dir etwas zu verbieten oder Befehle zu erteilen. Und ich werde dir nur Leute schicken, die ich sehr schätze. Die mich allerdings fast alle nur als Gabriel kennen. Bitte achte darauf, dass meine Identität nicht auffliegt."

Regina lachte auf. „Du vergisst, dass ich es vor dem Zusammentreffen mit dir schon Jahrzehnte mit verdammt wenig Sex ausgehalten habe." Sie nahm seinen Kopf zwischen ihre Hände, zog ihn zu sich und gab ihm einen innigen Kuss. „Robin Davidson, du bist und wirst immer der Mann in meinem Leben sein, der mir als erster wundervollen Sex geschenkt hat. Und dafür bin ich dir sehr, sehr dankbar. Aber es ist nicht nur der Sex, sondern deine ganze Art, die ich zu lieben gelernt habe. Ich freue mich jetzt schon auf unser nächstes

Wiedersehen und werde deine Nähe in jeder denkbaren Weise bis dahin schmerzlich vermissen – egal, wer oder was kommt."

Als Robin abgereist war, setzte sich Regina hin und schrieb ein Drehbuch, in dem nur zwei Menschen vorkamen, die sich in einem nächtlichen Schlafzimmer eines Palazzo in Venedig während der Zeit des Carnevale zu nächtlicher Stunde heimlich trafen, um ihre Liebe auszuleben. Eine hochgestellte und reiche Witwe mit viel Einfluss und ein Freibeuter, der unsichtbar bleiben musste, da sonst sein Leben auf dem Spiel stand.

Durch die tiefschürfenden Gespräche dieses Paares sollte der Betrachter eine Vorstellung erhalten, wie ihr Leben aussah. Beide durften niemals öffentlich miteinander gesehen werden. Es würde das Ende ihres Einflusses und in seinem Fall sogar den Tod bedeuten. Beide hatten bei ihren Treffen Masken auf. So konnten sie noch einen letzten Rest von Abstand wahren. Oder wie der Freibeuter zu seiner Liebsten sagte: „Wenn ich dein schönes Gesicht bei unseren Treffen immerzu betrachten dürfte, dann könnte ich dich nicht mehr verlassen".

Der zweite Vorteil von den Masken war, dass sich jeder Leser und nachher auch Zuschauer die Menschen hinter diesen Masken selbst imaginieren konnte, genau nach seinen Vorstellungen.

Zeit der Eingewöhnung

Als erstes suchte sich Regina jemanden, der sich mit dem Angebot an schon ausgebildeten Hunden auskannte. Sie wollte sich zwei besorgen. Nach nur ein paar Tagen wurden ihr zwei Australian Shepherds angeboten. Sie lernte bei einem Spaziergang die beiden Hunde kennen und die Sympathie war von beiden Seiten sofort da. Es waren Geschwister, welche die Vorbesitzerin nicht trennen wollte: Luna und Major. Luna war sterilisiert und Major kastriert. Es würde also keinen unerwünschen Nachwuchs geben.

Es dauerte nicht lange, da hatten sich die beiden Hunde gut eingelebt bei Regina. Da sie täglich bei Reginas Ausritten mitgenommen wurden, hatten sie auch nicht die Tendenz, wegzulaufen. Denn sie hatten genügend Auslauf auf dem Gelände. Die

Pferde akzeptierten die beiden Energiebündel vom ersten Tag an und Regina war glücklich, dass alles so wunderbar passte.

Regina wollte ihre Umgebung kennenlernen und fuhr auch öfter in die Stadt. Mal in die Oper, mal ins Musical oder auch in ein Restaurant.

Dann ging sie ins Kino und sah sich eine Literaturverfilmung von „Emma" nach einem Roman von Jane Austen an.

Nach der Vorstellung im Foyer standen noch ein paar Damen beisammen gleich neben Regina. Zufällig bekam sie die Unterhaltung mit.

„Hi Dana, wann tanzt ihr mal wieder öffentlich?", fragte eine der Frauen.

Die Angesprochene antwortete: „Übermorgen. 18:00 Uhr im Park. Haltet uns die Daumen, dass das Wetter hält."

„Machen wir, Dana! Schönen Abend noch."

„Super! Wir werden da sein." Mit diesen Worten gingen die anderen ihrer Wege.

Regina lächelte die noch zögernde Frau an. „Entschuldigen Sie bitte. Ich habe da was von Tanz gehört. Welche Art von Tanz machen Sie denn?"

„Ich gehöre zu einer Gruppe, die Square Dance macht. Wir tanzen hin und wieder öffentlich, einfach nur zu unser aller Freude. Und das nächste Mal übermorgen. Drüben im Park am Pavillon. Kommen Sie doch einfach vorbei und sehen sie zu."

So begann eine Freundschaft. Und Regina begann auch selbst zu tanzen. Es machte ihr enorm Spaß mit diesen Tänzen.

Mit ihrer neuen Freundin Dana unternahm Regina ab dem Zeitpunkt etwas. Mal Kino-Abende, mal Restaurant-Besuche, dann wieder lange Spaziergänge in der Umgebung. Regina baute mit Dana eine richtig gute und von Respekt geprägte Frauenfreundschaft auf. Da Dana sich als versierte Reiterin ent-puppte, war diese auch oft bei Regina, um mit ihr auszureiten.

Außerdem wurde Regina von Business-Frauen und -Männern über Rent a friend gebucht, die alle gut zahlten für ihre Begleitung. In dem Fall war es eine Begleitung, die explizit ohne Sex war. Sie kam mit ihrer Art gut an bei den Kunden und verbesserte so auch ihre Englischkenntnisse nochmals enorm, weil es meistens waschechte Kanadier waren, die sie buchten.

AUGUST

DER KOCH

Nachdem das Haus für Ferienwohnungen und Gastronomie entsprechend umgebaut war, suchte Regina intensiv nach Personal. Dann hörte sie von einem Küchenchef. „Der Mann ist ein Küchen-Genie. Aber er war schon mal im Knast. Es heißt, er war bei einem Raubüberfall dabei. Ist zwar schon sehr lange her und danach hat man nichts mehr gehört, dass er mit dem Gesetz in Konflikt gekommen wäre. Ich bin mir aber nicht sicher, ob man ihm trauen kann."

Regina lud genau diesen Mann zu einem Gespräch ein. Sie zeigte ihm das Haus, in dem ihre künftige Gaststätte beheimatet sein sollte.

„Aber das ist ja alles noch gar nicht fertig." Leo wunderte sich.

„Sehen Sie, Leo, das hier soll die Küche werden. Ich bin nicht aus der Gastronomie, auch wenn es so einige Berührungspunkte gibt. Ich möchte eine professionelle Küche und professionelles Personal, das hier optimal und gerne arbeitet. Darum will ich erst meinen Küchenchef. Der soll bei der Planung und Ausführung involviert sein."

Leos Augen begannen zu leuchten. Als sie ihm sagte, wie hoch das Gehalt sei und dass sie ab sofort zahlen würde, grinste er über das ganze Gesicht.

„Aber bevor ich mich entscheide, möchte ich drei Sachen von Ihnen: Sie geben mir Ihre Vorstellungen der Speisekarte bekannt, kochen etwas für mich und sagen mir außerdem, was an den Gerüchten um Sie wahr ist. Ich sage Ihnen dazu, dass ich es sehr schätze, die Wahrheit zu hören. Ich bilde mir dann meine Meinung schon selbst."

Leo sah Regina lange an. „Ja, ich war als Jugendlicher an einem Raubüberfall beteiligt. Ich war einfach dumm damals und in eine Clique geraten, die nicht gesund für mich war. Durch meine Teilnahme an ihrem Coup dachte ich, ich würde verhindern, dass sie unseren Familienhund ersäuften. Das wiederum hätte meine kleine Schwester nicht ertragen. Sie liebte unseren Franky abgöttisch.

Aber ehrlich gesagt, war ihnen der Hund egal. Sie wollten mich nur davon abhalten, vielleicht abzuspringen und sie zu verraten. Ich wusste zu viel. Außerdem hatten wir damals auch den Glauben, dass uns sowieso niemand ans Leder könne. Ich war einmal dabei und wurde erwischt. Dafür wanderte ich einige Monate in eine Anstalt.

Verdammt, ich war damals gerade mal 17 und hatte echt keinen Plan. Vermutlich war ich auch arrogant und dachte, ich wäre der Beste und Größte. Aber die ganze Sache hängt mir immer noch nach, jetzt, 20 Jahre später."

„Es heißt, Sie wären in der Küche ein Genie. Wenn das wahr ist, dann kann ich Sie gebrauchen. Die Voraussetzungen sind: Ehrlichkeit, Sauberkeit, Zuverlässigkeit und Stillschweigen über alle Personen hier auf dem Hof. Außerdem würde ich gerne das eine oder andere Gericht aus meiner Heimat anbieten, das Sie vermutlich noch nicht kennen. Ich werde jedes dieser Gerichte vorher für Sie kochen, damit Sie wissen, wie es schmecken soll. Die Rezepte erhalten Sie von mir. Können Sie damit leben?"

„Ein Koch, der nicht dazulernen möchte, ist ein Blödmann. Schmackhafte Gerichte werde ich gerne in mein Repertoire aufnehmen!"

„Gut so! Nach einer Probe Ihres Könnens werde ich entscheiden."

Leo überraschte Regina. Denn das Probegericht, das er ihr in seinem eigenen Heim nur wenige Tage später servierte, war ein sehr einfacher Eintopf, aber er schmeckte einfach phantastisch. Die Nachspeise war raffiniert und leicht, wie es Regina liebte. Ganz ohne üppigen Teig.

„Sie sind ein Künstler. Wenn Sie also den Job wirklich wollen, können wir gleich beide den Vertrag unterschreiben."

Leo war mit den Konditionen einverstanden und außerdem begeistert von dem zu erwartenden Lohn für seine Arbeit.

„Sie werden ab morgen bezahlt. Das heißt, sie sollten sich ab morgen auch Gedanken machen, wie die Küche aussehen wird und mir baldigst einen Plan vorlegen."

Es wurde ein Termin ausgemacht, bei dem das Equipment für die Küche besprochen würde und ein weiterer mit dem Küchenbauer.

„Darf ich mir meine Küchenhilfen und die Service-Leute selbst suchen?"

„Ja, aber ich bin beim Bewerbungsgespräch dabei und habe das letzte Wort über die Einstellung.“

„Das ist fair. Danke. Ich freue mich auf den Job und gebe ihnen noch diese Woche die ersten Vorschläge für die Einrichtung der Küche.“

Der Garten

Regina wollte einen Bauerngarten, wie es ihn auch in ihrer Heimat früher oft gegeben hatte. Also lud sie zwei Freundinnen ein, sie in ihrem neuen Heim zu besuchen.

„Du warst so schnell weg von Bayern, dass ich das gar nicht richtig realisieren konnte. Hätte nie gedacht, dass du noch auf einem anderen Kontinent landen würdest.“, meinte Bianka.

„Ja, das hätte ich vor ein paar Monaten auch nicht gedacht. Aber mit dem Hof hier und vor allem mit meinem Freund ist ein Traum in Erfüllung gegangen, den ich mein Leben lang gehegt habe.“

„Zeig uns bitte wenigstens ein Foto von deinem Liebsten. Damit wir uns ein Bild machen können. Wem gehört der Hof?“ Simone war selbstständige Anwältin. Solche Dinge wollte sie immer wissen.

Regina zeigte den beiden mehrere Fotos. „Und der Hof gehört mir. Da könnt ihr beruhigt sein.“

„Also, dieses Exemplar von einem Mann würde ich auch nicht von der Bettkante stoßen. Der sieht echt klasse aus. Ich freu mich sehr für dich – in beiderlei Hinsicht. Du hast es echt geschafft!“

Sie sprachen viel über die Heimat, gemeinsame Erlebnisse, Neuigkeiten von anderen Freunden und Bekannten, aber auch über Politik, Filme und was ihnen sonst noch alles einfiel. Die einzigen zwei Gesprächsthemen, welche nicht erwähnt wurden, waren Mode und Sport. Das interessierte alle drei Frauen nicht besonders. Sie kleideten sich zwar immer ordentlich und auch oft chic, aber ansonsten war Mode einfach ein untergeordnetes Thema. Und Sport machte man oder man ließ es.

Bianka war Gärtnerin und half beim Plan des Gartens. Simone und Regina arbeiteten mit Begeisterung im Garten mit. Alle drei hatten teilweise die Arme voller Erde und ihren Spaß dabei.

Sie pflanzten – obwohl nicht unbedingt die richtige Jahreszeit dafür war – alles, was gerade möglich war und am Ende war die ganze Anlage richtig schön. Es gab nun wunderschöne Blumen, Sträucher und Obstbäume. Auch der Garten, der zur Gastronomie gehörte, hatte enorm gewonnen mit der Umstrukturierung. Einfach wunderbar.

Da nun auch vier Pferde im Stall standen, die sich zum Glück ohne große Machtkämpfe zusammengefunden hatten, machten sie täglich lange Ausritte.

Die drei Freundinnen erkundeten mit den Pferden ziemlich alle Wege der Umgebung und machten auch die Stadt unsicher. Es war eine wunderschöne Zeit. Vierzehn fröhliche Tage, welche die drei Frauen sehr genossen.

Bianka und Simone flogen wieder nach Hause mit einer Menge an Bildern und Geschenken im Gepäck und außerdem zahlreichen Erinnerungen, die sie noch lange begleiten sollten.

SEPTEMBER

Die Tanzveranstaltung

Und dann kam Robin wieder zu ihr. Regina war selig, weil ihr Traummann und ihre große Liebe wieder um sie war. Der erste gemeinsame Weg nach einer innigen Umarmung führte sie in ihr Schlafzimmer. Dort zerrten sie sich gegenseitig die Kleider vom Leib und schon war Robins Zunge an ihrer intimsten Stelle zugange und brachte Regina damit von einem Orgasmus zum nächsten.

Ich bin im Himmel! Es kann gar nicht anders sein, als dass Robin ein Engel ist, der nur zu mir zur Erde kommt, um mir himmlischen Sex zu bringen, meine Gefühle und meinen Körper zum Glühen zu bringen und mich fühlen zu lassen, als wäre ich eine Kaiserin und die wichtigste Person unter der Sonne.

Obwohl Sex ein sehr wichtiger Punkt ihrer Verbindung war und blieb, passten die beiden auch intellektuell sehr gut zusammen. Sie lasen oft die gleichen Bücher, lachten über dieselben Filme, dachten sich gemeinsam Geschichten aus, saßen oft einfach nur eng umschlungen da und spürten ihrer gemeinsamen, stetig wachsenden Liebe nach. Regina schrieb immer wieder Storys über Gott und die Welt, die von Robin rezensiert wurden.

Regina hatte in ihrer Wahlheimat durch ihre neue Freundin Dana Aufnahme in eine Square Dance-Gruppe gefunden, die auch Tanzveranstaltungen veranstaltete. Die Tänze fand sie wunderbar. Es war für sie eine völlig neue Erfahrung. Die Frauen trugen Petticoat-Kleider. Die Herren hatten Hemd und Jeans an und trugen Cowboyhüte.

Regina erzählte von ihren Erlebnissen „Das ist fast wie bei Vom Winde verweht, nur moderner" und zeigte Robin Fotos, auf denen sie seiner Meinung nach einfach phantastisch aussah. „Wo bekomme ich passende Klamotten her und wie kann ich die Tänze schnell lernen?"

„Du möchtest tatsächlich mit? Das habe ich nicht zu hoffen gewagt. Wir fahren heute noch in die Stadt und besorgen was für dich." Minuten nach dem Gespräch hatte Regina zwei Karten für die nächste Veranstaltung am Wochenende in drei Wochen.

Schon am nächsten Abend war Tanzstunde und Robin ging mit. Beide hatten eine Menge Spaß dabei. Da es dort nur Vornamen gab und er als Freund von Regina eingeführt wurde, musste Robin keine Angst haben, erkannt zu werden. So eine hübsche, aber auf den ersten Blick eher unscheinbare Partnerin war für ihn ein Segen, wie er feststellte. Hier konnte er Privatmann und begeisterter Tänzer sein. Er lernte schnell und wurde von der ganzen Gruppe sehr nett aufgenommen.

Drei Wochen später fand dann der Ball statt, bei dem die Tanzfiguren angesagt werden sollten. So konnte Robin ohne Bedenken mitmachen.

Regina trug ein rotes Kleid, das ziemlich auffiel. Unter dem Rock trug sie einen enormen Petticoat, wodurch ihre schlanke Taille noch mehr zur Geltung kam. Eine entsprechende Hochsteckfrisur dazu passte perfekt.

Robin hatte sich dunkle Jeans gekauft, ein Hemd mit Halsbinde, eine Weste. Hut und Stiefel vervollständigten das Outfit. Farblich passend natürlich zu seiner Dame.

„Du siehst umwerfend aus, Liebster! Ich finde überhaupt, dass Männer in Hemden um Klassen besser aussehen als in den unsäglichen T-Shirts."

„Weißt du eigentlich, dass ich mich echt beherrschen muss, nicht über dich herzufallen? Du siehst so verdammt gut aus in dem Kleid!"

„Wer weiß, vielleicht erfülle ich dir sogar am Ende dieses Tages ein paar Wünsche als deine Herzdame ..." Regina lachte über den übertrieben lüsternen Blick, den ihr Robin schenkte.

Nach dem letzten Tanz verabschiedete sich das Paar. Regina entledigte sich ihres Petticoats, bevor sie ins Auto stieg, um nach Hause zu fahren. Beim Sitzen, und vor allem im engen Auto, fand sie ihn eher hinderlich. Als sie etwas später das Haus betraten, spürte sie eine Hand an ihrem Hintern und eine zweite Hand, die sich von hinten um sie wand und in ihr Dekolleté tauchte und ihren Busen daraus befreite. Sie neigte grazil ihren Kopf nach hinten und wurde sofort mit Robins Lippen auf ihrem Hals belohnt.

„Du siehst in dem Kleid so verdammt verführerisch aus, dass ich schon den ganzen Abend größte Lust hatte, meinen Liebesstab in dir zu versenken. Ich halte das nicht mehr aus und muss mir sofort Linderung verschaffen. Bitte lass mich ein."

Mit diesen Worten hob er die nickende Regina hoch, ging mit ihr in die Küche, wo der Aga immer eine angenehme Wärme erzeugte und setzte sie auf die Arbeitsplatte. Sogleich hob er ihren Rock und zog an ihrem Höschen, während sie seinen Kopf zwischen ihre Hände nahm und seinen Mund ausgiebig vereinnahmte.

„Es bedeutet mir viel, dass du dabei warst und dass dir diese Art von Veranstaltung und Tanz anscheinend so viel Spaß machen wie mir. Und jetzt komm und schenk mir Befriedigung. Unverzüglich!" Regina spreizte ihre Beine und legte sie um seine Hüfte, während Robin seine pralle Männlichkeit aus der Hose befreite.

„Je mehr ich über dich lerne, desto faszinierter bin ich von dir, Regina. Ich hätte nie gedacht, dass ich im tiefsten Bayern solch ein Juwel finden würde. Ich bin glücklich, dass du mich in dein Leben einbeziehst – und ich dir Befriedigung schenken darf und kann – und dabei selbst immer wieder ins Paradies sehen darf."

Nach diesen Worten drang er in sie ein und fand bald seinen Rhythmus. Mit kräftigen Bewegungen versenkte er seinen Schwanz völlig in ihr, pausierte dann und gab ihrem Kitzler mit seinen Fingern Stimulierung, bevor er seine Stöße fortsetzte, bis sie außer Kontrolle zitterte. Sie war so warm und weich und gab sich ihm so willig hin, was ihm ein absolutes Hochgefühl gab.

Er war sich sicher, es nur sehr schwer verschmerzen zu können, wenn Sie plötzlich nicht mehr für ihn da wäre. Alles an ihr faszinierte ihn: Sie war ihm willige Kurtisane, Verbündete, umsorgte ihn, kochte wundervoll, gab ihm das Gefühl von Liebe und Geborgenheit und ihr Wesen hatte viele Aspekte, die sich ihm nur langsam offen legten und immer spannend waren. Außerdem war sie eine hübsche Frau mit einer verdammt guten Figur.

Und trotzdem wusste sie genau, was sie wollte und zeigte ihm auch Grenzen auf, die er akzeptieren musste. Sie forderte ihn. Ihm war klar, dass er viel, sehr viel dafür tun würde, um in ihrer Gunst zu bleiben, sich von ihr angenommen zu fühlen.

Seine Mutter hatte ihm einmal etwas gesagt, worüber er nun öfter nachdachte: „Eine Beziehung funktioniert nur, wenn beide Partner daran arbeiten. Manche Menschen meinen, es wäre genug, wenn sie einfach nur da wären. Aber das stimmt nicht. Beziehung ist immerzu Arbeit. Beide müssen viel dafür tun, um die gegenseitige Liebe zu erhalten – ein beständiges Geben und Nehmen. Es kann aber auch wunderschön sein, wenn man sieht, dass der jeweils andere die eigenen Anstrengungen schätzt."

„Du bist wunderschön und die Frau meiner Träume. Du bist hart und weich gleichermaßen und ich kann mich völlig in dir verlieren. Du, meine große Liebe."

Regina fühlte sich wie eine vormals einsame Kaiserin, welche die Aufmerksamkeit eines Kaisers erlangt hatte und mit dem leiblichen Akt zu einer Göttin erhöht wurde. Nachdem er seinen Samen in sie verspritzt hatte, rastete er in ihr und sie küssten sich eng umschlungen innig für eine lange Weile, bis er nach einer Eiermassage durch Regina wieder steif wurde und in eine neue Runde startete. So ging das über längere Zeit. Nach jedem Orgasmus blieb er in ihr, bis sie es durch Raffinesse geschafft hatte, dass sein Schwanz wieder einsatzbereit war.

Ihr Kuss dagegen hatte kein Ende, nur kurze Unterbrechungen. Nicht jeder seiner Höhepunkte zog auch sie mit sich, aber er wusste, dass das auch nicht notwendig war. Sie kam meistens mit ihm und war damit glücklich.

Robin sah immerzu seine wunderschöne Kaiserin an und konnte es kaum glauben, dass diese zu ihm gehörte. Ja, sie war hin und wieder sehr kratzbürstig und wies ihn regelmäßig in seine Schranken. Aber dann war sie auch wieder so willig beim Sex.

Er konnte mit ihr fast alle seine Phantasien ausleben und die Vereinigungen mit ihr waren schlichtweg phantastisch. Und sie stachelte ihn immer wieder an zur Höchstform und hatte offensichtlich dabei genau so viel Spaß wie er. Mit keiner anderen Frau hatte er ein solches Durchhaltevermögen und war sein Schwanz immerzu einsatzbereit. Außerdem entdeckte er immer wieder Neigungen und neue Facetten an ihr, die ihn faszinierten.

Doch nicht nur beim Sex animierte Regina Robin, mehr als ein Mittelmaß zu geben. Sie forderte viel von ihm. Doch andererseits gab sie ihm auch sehr viel zurück. Er hatte nie das Gefühl, derjenige zu sein, der sich mehr in die Beziehung einbrachte. Seiner Meinung nach war das Verhältnis bei ihnen beiden ausgewogen.

„In diesem Kleid bist du noch viel begehrenswerter als in den Sachen, die ich sonst an dir kenne." Zärtlich knabberte Robin an Reginas Ohr. „Obwohl du immer schöne Kleider trägst."

„Das Kompliment kann ich zurückgeben. Du siehst einfach umwerfend aus. Ich liebe dich, Robin, und zwar mit jeder Faser meines Seins."

Seine Küsse machten sie schwindelig.

GERRY

Reginas erster Gast in einer der zwei neu eingerichteten Ferienwohnungen war ein Musiker, dessen Musik sie sehr schätzte. Gerry kam auf Gabes Empfehlung hin. Am ersten Tag sah ihn Regina gar nicht, weil ihm Leo den Schlüssel zur Ferienwohnung ausgehändigt hatte.

Inzwischen war die Küche eingerichtet und der Gastraum strahlte vor Sauberkeit und wies eine besondere Gemütlichkeit auf. Die von Leo gesuchte Küchenhilfe passte Regina wunderbar und wurde eingestellt. Auch die erste Servicekraft war durch Leo an Bord gekommen. Das Team war vorerst komplett und arbeitete gerne zusammen.

Regina freute sich und machte ihrerseits Vorschläge für die Speisekarte und ließ ihre Angestellten Dinge kosten, die diese vorher nicht gekannt hatten. Die Speisekarte war nicht groß, aber sehr abwechslungsreich. Es gab ein paar wenige Gerichte, die es immer gab – Fleisch, Fisch, vegetarisch und vegan – jeweils zwei Gerichte. Andere Gerichte wechselten immer wieder. Alleine durch die nicht so statische Speisekarte kamen schon in der Anfangszeit ein paar Leute öfter vorbei.

Am zweiten Morgen klopfte Regina nach dem Frühstück an Gerrys Türe. Er machte auf. „Willkommen Gerry, ich bin Regina. Falls Sie eines meiner Pferde zu reiten wünschen, können Sie mich morgen früh gerne begleiten. Wenn Sie ein Ohr brauchen, höre ich Ihnen zu. Wir alle möchten Ihnen den Aufenthalt hier angenehm gestalten. Fragen Sie einfach jemanden vom Personal, wenn Ihnen etwas am Herzen liegt."

„Na ja, ich bin kein Reiter. Habe es nie gelernt. Aber ich gehe unwahrscheinlich gerne und lange spazieren. Wenn Sie mich begleiten möchten, wäre es mir eine Freude. Haben Sie gerade Zeit?"

„Ich kann mir die Zeit nehmen. Allerdings sollte ich zumindest die Schuhe wechseln. Ich schlage vor, wir treffen uns in zehn Minuten vor dem Stall. Macht es ihnen etwas aus, wenn ich die Hunde mitnehme?"

„Nein, ich mag Hunde sogar gerne."

Kurze Zeit später waren die beiden gemeinsam mit den Vierbeinern unterwegs. Sie legten einen großen Teil des Wegs schweigend zurück. Beide hingen ihren Gedanken nach. Später sprachen sie über allgemeine Themen. Regina schien es, als wolle er sie austarieren.

„Regina, ich ahne langsam, warum mir Gabe vorgeschlagen hatte, hierher zu kommen. Sie sind eine gute Zuhörerin und ich genieße Ihre Gesellschaft. Sie haben die Macht, Wohlgefühl zu verbreiten. Das ist nicht allen Menschen gegeben.

Sehen Sie, ich brauche im Moment einfach einen Freund. Jemanden, der mir zuhört, mich in die Arme nimmt und mir einfach nur gut tut. Ich glaube, so jemand sind Sie.

Ich habe gerade eine üble Scheidung hinter mir. Die ganze Sache ist noch sehr frisch und tut unheimlich weh. Verdammt, ich war und bin immer noch wahnsinnig verliebt in meine Frau. Aber irgendwann ließ sie mich nicht mehr an sich ran."

Beide setzten sich auf einen Baumstamm am Weg. Gerry sprach mit trauriger Stimme weiter. „Ich wollte wissen, was ich falsch gemacht hatte. Aber sie sagte, sie wäre selbst der Grund und ich könne nichts dafür. Sie hatte sich in einen anderen verliebt und seitdem könne sie es nicht mehr ertragen, von mir berührt zu werden.

Ich versuchte alles, was mir einfiel, aber es nützte nichts. Sie begann, sich mehr und mehr von mir zurückzuziehen und reichte die Scheidung ein. Und dann zog sie mich fast bis aufs letzte Hemd aus.

Ich hätte ihr freiwillig die Hälfte gegeben. Aber am Ende, vemutlich unter dem Einfluss ihres Neuen, wollte sie alles. Und um das zu bekommen, hat sie auch noch gemeine Lügen über mich in die Welt gesetzt.

Warum? Ich habe sie doch immer nur geliebt! Sie hat mein Vertrauen in die Menschheit zerstört und mich als gestrandetes Wrack liegen gelassen. Seit unserer Scheidung vor sieben Monaten konnte ich keine Note mehr schreiben. Ich habe keine Reserven mehr. Wenn das so weitergeht, werde ich am Bettelstab enden."

Verzweifelt sah er Regina an. Sie breitete ihre Arme aus. Er verstand die Geste und ließ sich in ihre Arme schließen. Schluchzend hielt er sich an Regina fest. Er weinte. Lange. Bis er keine Tränen mehr hatte. Dann stand er auf.

„Danke", sagte er und ging zurück zu seiner Ferienwohnung.

Regina blieb noch einige Zeit sitzen und ging dann mit den Hunden zurück zu ihrem Heim. Dort setzte sie sich ans Klavier und begann zu spielen. Es war noch ein wenig hoprig, weil sie lange Zeit nicht geübt hatte, aber es wurde täglich besser.

Am nächsten Tag sah und hörte sie nichts von Gerry. Doch Leo erzählte ihr, er hätte das Keyboard in der Ferienwohnung gehört.

Tags darauf kam Gerry zum Haupthaus. Als Regina ihm öffnete, strahlte er sie an. Er nahm sie bei den Händen und wirbelte sie vergnügt herum.

„Danke, meine liebe Freundin. Das Gespräch mit dir hat mir geholfen, wieder zu mir zu finden. Gestern schwirrten mir plötzlich wieder wie in alten Zeiten Melodien durch den Kopf. Ich musste sie festhalten. Wünsch mir Glück, dass es erfolgreiche Songs werden!"

„Ich freue mich mit dir, Gerry! Und ich hoffe, dass du dein Vertrauen in die Menschheit wiederfindest."

„Ich vertraue dir und Gabe. Das ist schon ein Anfang. Gehen wir spazieren? Ich verspreche auch, dich nicht wieder sitzen zu lassen."

Regina lachte. „Als ob mir das Angst machen würde."

Sie machten noch mehrere Spaziergänge. Auch weinte Gerry sich noch einmal an Reginas Schulter aus. Doch die Sache trug wunderbare Früchte. Gerrys Songs waren herrlich und würden sicher Hits landen.

JACK

Ein Mr. Jack Hyde hatte sich zwei Wochen nach Gerrys Abreise auf Robins Empfehlung in der Ferienwohnung eingemietet. Nach Robins Worten war dieser Mann neben Julien einer seiner wenigen wirklich guten Freunde und kannte auch seinen richtigen Namen. Am zweiten Tag seines Aufenthalts sah Regina ihren Gast zu den Pferdekoppeln schlendern und ging ihm nach. „Reiten sie gerne?"

„Ja. Ihre Pferde sind Prachtkerle." Er nahm seine Sonnenbrille ab und sah ihr in die Augen – und Regina wunderte sich, warum sie nicht auf der Stelle in Ohnmacht fiel.

Vor ihr stand einer ihrer Lieblingsschauspieler. Ein Prachtkerl – wie ihre Pferde, die ihr im Endeffekt Julien bezahlt hatte, als Dank für ihre Bereitwilligkeit zum Sex mit ihm.

„Unser Freund Rob hat mich hergeschickt. Er meinte, in ihrer Gegenwart könnte ich mich völlig entspannen, weil sie so eine wunderbare und positive Person sind, bei der man sich sicher fühlen kann und seine Sorgen einfach vergisst."

„Aha, Robin also. Ich bin kein Psychiater. Aber ich kann ihnen anbieten, morgen früh um 7:3o Uhr einen gemeinsamen Ausritt zu machen und seine Aussage zu prüfen. Heute ist es mir schon zu heiß zum Reiten und am Abend gehe ich tanzen." Er hob nur eine Augenbraue, die sein Erstaunen über die frühe Zeit ausdrücken sollte, nickte dann aber.

Das war also ausgemacht und sie widmete sich wieder ihren Aufgaben. Täglich übte sie eine Weile Klavierspielen, sie ritt frühmorgens aus, saß mehrere Stunden vor ihrem Computer, um Romane und Drehbücher – letzteres für Erotikstreifen und Pornos (durch Gabe hatte sie nun zahlreiche Stellungen und Gefühle kennengelernt. Er hatte ihr auch seine Gefühle beschrieben) – zu schreiben und Texte für Fachseminare und Blogs zu verfassen.

Letztere in Sachen Frauen und Emanzipation. Sie hatte noch nicht vergessen, wie viel sie immer arbeiten musste, um überhaupt über die Runden zu kommen – und wie schlecht die meisten Gehälter von Frauen waren.

Am nächsten Morgen stand Jack – so nannte sich ihr Gast – pünktlich im Stall. Regina hatte gerade zwei Pferde geputzt und gesattelt und war startbereit. Sie gab Jack nur ein paar Infos zum Charakter seines Reittiers und während des Ritts wies sie ihn auf einige landschaftliche Besonderheiten hin. Ansonsten ließ sie ihn in Ruhe. Sie stellte keine Fragen, außer, ob er mit dem Pferd zurechtkäme.

Wieder zurück, sattelten beide in schweigendem Einvernehmen die Pferde ab und führten sie auf die große Koppel zu den anderen.

„Das Wetter ist für die Jahreszeit noch wunderbar sommerlich. Wenn du willst, kannst du in etwa einer Stunde mit mir im Garten frühstücken", meinte Regina nebenbei. Er sah überrascht auf und lächelte ein warmes Lächeln, das ihr Herz hüpfen ließ. „Ja, danke, das würde mir gefallen."

Also saßen sie wenige Zeit später in ihrem wundervollen Obstgarten und frühstückten gemeinsam. Jack hatte auf die Brille verzichtet und sah zum Anbeißen aus. Es fielen nicht viele Worte. Jeder hing seinen Gedanken nach. Regina bemerkte, wie sich ihr Gast nach und nach sichtlich entspannte und war damit zufrieden.

Jack ging nun auf den gemütlichen Freisitz der Ferienwohnung und Regina saß auf der hinteren Terrasse am Computer.

Der Tag verging so sehr angenehm. Auch am nächsten Morgen machten die beiden einen weiteren Ausritt miteinander. Sie machten Halt an einem schönen Aussichtspunkt. Dort stand dann Jack vor Regina und fixierte sie mit seinem Blick. „Darf ich dich in die Arme nehmen? Ich brauche dringend etwas menschliche Nähe", bat er sie.

Er war ihr in den zwei Tagen mit seiner natürlichen und warmherzigen Art immer sympathischer geworden und sie begann, seine ruhige Art zu mögen. Also ging sie einen Schritt auf ihn zu und breitete die Arme aus. Er drückte sie an sich und sie merkte, dass ihm das Herz schwer war. Irgendetwas bedrückte diesen Menschen. *So viel Ruhm – und doch ganz alleine*, dachte sie sich.

Und dann begann er zu erzählen. „Du weißt trotz des Pseudonyms, wer ich bin." Sie nickte an seiner Brust „Ja, das weiß ich".

„Dann ist dir vermutlich auch bekannt, dass es um mich keine Frauengeschichten gibt. Ja, ich bin ein Mann, und ich bin ein Hetero. Aber ich habe ein großes Problem. Mein kleiner Freund ist nicht so gut ausgestattet. Ich habe mich lange nicht getraut, etwas Festes mit einer Frau anzufangen, aus Furcht, dass ich sie nicht glücklich machen könnte. Vor ein paar

Jahren war ich dann sehr verliebt. Wir kamen zusammen – das hast du damals vermutlich in der Presse gelesen. Aber unsere Partnerschaft dauerte nur ein paar Monate.

Oh, am Anfang war alles wunderbar und auch sexuell schien alles gut zu sein. Aber sie lachte mich am Ende trotzdem aus, meinte, wie gerade ich, der Weltstar, so einen mickrigen Schwanz haben könnte, der sie nicht richtig befriedigen würde. Zum Glück hatte sie genug Respekt und Zuneigung für mich als Person übrig, um in der Öffentlichkeit ihren Mund zu halten über dieses leidige Thema."

Regina hatte den Kopf gehoben und strich zart über sein hübsches Gesicht, das so viel Schmerz ausdrückte. Er drückte sie noch fester an sich und sie streichelte beruhigend seinen Rücken.

„Nun weißt du mein Geheimnis und es tut mir gut, dass ich es laut ausgesprochen habe. Ich weiß einfach, dass ich dir vertrauen kann." Er legte seinen Kopf an ihren und sie bemerkte, wie seine Brust sich unter seinen Tränen schüttelte.

Regina war überwältigt von ihren Gefühlen. Sie spürte seinen Schmerz, hatte Mitgefühl, fühlte aber auch eine innige Zuneigung zu ihrem Gast, der ihr gerade sein Innerstes nach außen gekehrt hatte. Sie drückte ihn fest an sich und streichelte ihm den Schmerz weg, bis er sich mit Tränen in den Augen von ihr löste.

Sie hatte bemerkt, dass Jack erregt war, obwohl er es gut versteckte. *Ich mag ihn wirklich,* schoss es ihr durch den Kopf. Sie dachte an Robin. Es würde noch ein paar Wochen dauern, bis er wiederkam. Sie vermisste ihn. Aber er hatte ja für sie gesorgt: Das Haus, die Pferde – und jetzt auch noch der Gast. Carpe Diem war ihr neues Motto, und diesem wollte sie treu sein.

Gedankenverloren stand sie etwas später unter der Dusche und zog sich dann eines ihrer Lieblingskleider an, bevor sie Frühstück für sich und ihren persönlichen Promi machte.

Während des Frühstücks bemerkte sie, wie Jacks Blick immer wieder in ihrem Ausschnitt lungerte. Und sie bemerkte, wie die Atmosphäre sich änderte.

Später, nachdem sie gemeinsam den Tisch abgeräumt hatten, stellte sie sich vor ihn, nahm sein Gesicht in ihre Hände. „Du bist ein wundervoller Mensch und sicher auch ein Mann, der eine Frau sehr glücklich machen kann. Verlier die Hoffnung nicht. Die Frau für dich wird kommen, so, wie nach sehr langer

Durststrecke auch der perfekte Mann für mich gekommen ist. Für den Moment werde ich, wenn du das willst, versuchen, deinen Schmerz ein wenig zu lindern und dir dein Selbstvertrauen zurückzugeben, soweit es in meiner Macht steht."

Damit stellte sie sich auf die Zehenspitzen und küsste ihn auf eine Wange. Seine Augen blitzten überrascht und erfreut auf und er schlang seine Arme um sie, setzte sich und zog sie zu sich herab so auf seinen Schoß, dass sie ihre Beine um seine spreizen musste. Seine Hand fuhr unter ihr knielanges Kleid. Er bemerkte, dass sie kein Höschen anhatte und auch keinen BH. Seine Erregung wuchs noch. „Bist du dir sicher?", fragte er.

„Oh ja, das bin ich. Aber nur, wenn du es wirklich möchtest."

Er knetete leidenschaftlich ihre Pobacken und wollte dann schnell mehr. Mit den Fingern drang er in sie ein und führte sie so zu einem unkontrollierten Zittern.

Kurzerhand zerrte er ihr das Kleid vom Leib und warf es auf den Tisch. Dann hob er Regina hoch, als würde sie nicht mehr wiegen als ein halbwüchsiges Kind, und legte sie vor sich auf ihr Kleid. „Du bist wunderschön. Und deine Haut fühlt sich an wie Seide".

Er streichelte ihre Brüste, leckte die Brustwarzen, biss in sie hinein und bearbeitete währenddessen sanft und doch fordernd weiter mit einer Hand ihre geheime Höhle, bis sie wimmerte. In Windeseile streifte er Shirt und Hose ab, zog ein Präservativ über, das sie ihm reichte, und drang in sie ein. Ja, sein Schwanz konnte sich nicht mit dem ihres Liebsten vergleichen. Er war kürzer, aber dafür nicht weniger prall. Und er war sehr wohl im Stande, Lust zu schenken, wenn auch etwas anders.

Regina zeigte Jack ihre Begeisterung und stachelte ihn damit noch an. Und sie sagte ihm genau, was sie haben wollte. So trieb sie ihn zu einem phänomenalen Orgasmus. Er kam in dem Moment zum Höhepunkt, als auch sie soweit war.

Danach nahm er sie hoch und trug sie ins Haus, ohne sich von ihr zu lösen. Mit ihr auf seinem Schoß setzte er sich auf die Couch. Er sagte lange nichts, vergrub sein Gesicht an ihrem Hals und weinte still vor sich hin. Regina hielt ihn währenddessen umschlungen und streichelte ihn. „Du bist ein wundervoller Mensch und ich wünsche dir, dass bald eine Frau kommt, die es wert ist, von dir geliebt zu werden."

„Danke! Ich habe mich schon lange nicht mehr so vollkommen als Mensch und als Mann gefühlt." Er nahm ihren Kopf in seine Hände und küsste sie zärtlich auf die Nase, auf die Augen und überall sonst.

„Ich habe es genossen. Ich wünsche mir auch Sex, wenn Robin lange nicht kommt. Und du bist ein Mann, in dessen Gegenwart ich mich sehr wohl fühle."

„Und du bist eine wundervolle Frau. Ich bin froh, dass ich auf meinen Freund gehört habe. Bin ich jetzt unverschämt, wenn ich nach mehr frage während meines Aufenthalts?" Er grinste bübisch.

„Wir werden sehen, was sich ergibt. Du hast auf jeden Fall weiterhin die Möglichkeit, Ausritte mit mir zu unternehmen. Alles andere wird sich ergeben. Denk aber immer daran, dass es zwischen uns beiden nicht um Liebe geht, sondern um heilenden Sex und Freundschaft. Denn Robin ist der Mann, den ich von ganzem Herzen liebe."

Mit diesen Worten begann sie, sich sanft und im Rhythmus auf ihm zu bewegen. Sie hatte bemerkt, dass sein Schwanz wieder zum Leben erwacht war, als sie ganz nebenbei an seinen Brustwarzen gespielt hatte. Er stöhnte auf und ließ sie weitermachen, während er mit den Händen überall zu sein schien und seine Lippen an ihren Nacken legte, was sie vollends geil machte, weil er genau DIE Stelle gefunden hatte, auf die ihr ganzer Körper reagierte.

Also wurde es ein wilder Ritt, der mit einem Aufschrei von beiden endete und danach schmiegte sie sich eng an ihn, um seine Nähe zu genießen. Die Nähe eines verletzlichen Mannes, dem sie gerade eine heilende Erfahrung geschenkt hatte.

Am nächsten Morgen gingen Jack und Regina wieder ausreiten. Tags darauf kam er zu ihr und fragte, ob sie spazieren gehen wolle. „Ja gerne. Nur einen Moment noch, ich brauche feste Schuhe."

So gingen die beiden eine ganze Weile – immer wieder umrundet von Reginas Hunden – nebeneinander über die große Pferdekoppel zum Wald. Dort gab es einen kleinen Pfad, der einen Hang hinaufführte. Oben standen in einem Kreis einige Sträucher, über die Regina gerade noch blicken konnte. Und in der Mitte stand eine Buche.

Regina, die sehr wohl bemerkt hatte, dass Jack mit einem Steifen kämpfte, stellte sich unter die Buche und lehnte sich an deren Stamm. Ihr linkes Bein stand auf einem Baumstumpf, der alt aussah. Sie winkte ihm lockend. „Ich habe Augen im

Kopf. Also komm und zeig's mir", sagte sie verschmitzt, hielt einen Gummi hoch und legte außerdem eine Brust frei.

Jack wurde leicht rot an den Wangen und sie sah förmlich, wie sein Schwanz in der Hose nochmals anschwoll. Schnell befreite sie ihn aus seinem engen Gefängnis und streifte ihm den Gummi über. Jack hob leicht ihr Kleid an und sah, dass sie einen geschlitzten Slip trug. Zuerst drang er mit den Fingern in sie ein, bis sie so feucht war, dass es triefte.

Währenddessen bearbeitete er mit der Zunge ihre Brüste, als er auch die zweite mit der anderen Hand aus dem Kleid befreit hatte. Gleich darauf vereinigten sich die beiden am Stamm der Buche.

Na gut, das ist nicht wirklich bequem, aber es macht Spaß, dachte sie sich. *Jede neue Erfahrung hat ihren Wert.*

Gemeinsam sahen sich die beiden an diesem Abend zwei lustige Filme an. Sie lachten, bis ihnen die Bäuche weh taten, aßen Chips und tranken bayerisches Bier. Jack nahm Regina in den Arm und ließ sie lange nicht los. „Deine Nähe tut mir so gut! Ich fühle mich so wundervoll wie lange nicht. Danke für deine Freundschaft! Ich glaube, jetzt kann ich mich auf eine neue Liebe einlassen. Jetzt, da du mir gezeigt hast, dass ich einer Frau auf vielfältige Weise Lust bereiten kann und mir versichert hast, dass ich auch sonst ein wertvoller Mensch bin, bin ich bereit, nochmals etwas zu riskieren."

„Das ist gut so. Denn die Frau, die du damals hattest, hat dich schlichtweg nicht verdient. Du bist ein wundervoller Mensch. Lass dir ja nichts anderes vormachen. Du wirst die große Liebe noch finden. Und in der Zwischenzeit kannst du mich gerne irgendwann wieder besuchen, wenn es dir an einer Freundin zum Reden oder an Sex fehlt. Allerdings möglichst nicht gleichzeitig mit Robin. Seine freie Zeit teilen wir nicht gerne mit anderen."

GREGS ANKUNFT

Nur wenige Tage nach Jacks Abreise meldete sich bei Regina ein äußerst gut aussehender junger Bursche mit einem Empfehlungsschreiben, der sich um die Stelle des Stallburschen bewarb.

Im Schreiben von Jack stand unter anderen: „... Greg ist mein Neffe. Er kam leider in die falschen Kreise und machte ein paar Dummheiten. Da er mich jetzt von sich aus gebeten hat, ihm zu helfen, empfehle ich ihn dir gerne als Stallburschen. Er ist klug und ein wunderbarer Kumpel. Und er liebt Pferde und kann auch gut reiten. Ich denke, bei dir wird er wieder Boden unter die Füße bekommen.

Ich weiß, dass du Hilfe benötigst. Bitte probiere es mit ihm. Wenn es nicht klappt, dann schick ihn weg. Du hast keine Kosten mit ihm. Ich komme für seinen Unterhalt auf. Das ist das Mindeste, was ich für dich tun kann."

Greg gefiel Regina gut. Er war 21 Jahre alt und höflich. „Hat Jack ihnen geschrieben, dass ich Probleme habe?" Er fühlte sich offensichtlich nicht ganz wohl in seiner Haut.

„Ja, das hat er erwähnt. Aber nicht die Art der Probleme. Das interessiert mich nur, wenn es mir aus freien Stücken erzählt wird. Vielleicht erzählen Sie es mir einmal.

Es gibt hier Regeln. Wer für mich arbeiten will, darf jederzeit ehrlich sein und mir auch weniger Angenehmes sagen. Jedoch sollte er oder sie niemals mein Vertrauen missbrauchen oder meine Gutmütigkeit ausnützen. Das nehme ich sehr übel. Über unsere Gäste wird grundsätzlich nicht getratscht. Was hier geschieht, hat niemanden außerhalb dieses Areals zu interessieren. Und allen gegenüber wird ein einwandfreies Benehmen an den Tag gelegt.

Natürlich muss sich niemand ein überhebliches und herablassendes Verhalten von Gästen gefallen lassen. Aber auch hier heißt es sachlich und freundlich zu bleiben.

Wir frühstücken einmal die Woche alle gemeinsam. Das ist eine Pflichtveranstaltung. Jeder soll zum Frühstück beitragen. Und dort werden auch Probleme und Ideen besprochen. Jeder von euch hat das Recht, eigene Ideen einzubringen – und keiner lacht darüber.

Ich denke, wir werden es mal ein paar Wochen ausprobieren und dann sehen, wie wir uns beide damit fühlen. Ist das okay?"

„Ja, danke. Mehr als eine Chance will ich gar nicht."

Greg verstand sich auf Anhieb gut mit den Pferden. Sie mochten ihn alle und begrüßten ihn schon bald wie Regina mit einem Schnauben. Er bezog die halb möblierte Wohnung über dem Stall und fand sich gut in das Gefüge am Hof ein. Regina musste nach weiteren zwei Wochen zugeben, dass sie ihn sehr mochte. Er hatte eine freundliche Art, war hilfsbereit und war auch handwerklich begabt.

Einmal in der Woche wurde es üblich, dass er von seiner Chefin zum Mittagessen eingeladen wurde. Dazu kleidete er sich immer sehr sorgfältig und kam frisch geduscht zu dieser Verabredung. Er freute sich auf die Zeit in der gemütlichen Küche mit dem Aga, den wundervollen Düften und dem köstlichen Essen. Außerdem liebte er die beiden Hunde von Regina – Luna und Major –, mit denen sie gemeinsam nach diesen Mittagessen immer spazieren gingen.

OKTOBER

Die schöne Elaine

Regina und Robin telefonierten viel miteinander. „Liebste, hattest du eigentlich je eine Frau im Bett?" Regina schnaubte. „Frag nicht so blöd. Du weißt sowieso die Antwort."

„Ja, dann wird es Zeit. Denn ich habe hier eine Freundin, die dich wunderbar unterweisen kann. Keine Angst, sie ist bisexuell und tendiert eher zu Männern. Aber ich weiß, dass sie auch Frauen zur Raserei bringen kann. Nächste Woche komme ich dich besuchen und bringe Elaine mit. Ich würde gerne mal mit zwei Frauen, von denen eine du sein sollst. Ist das für dich in Ordnung?"

Regina schluckte. „Na ja, ich kann nicht sagen, dass ich nicht neugierig wäre. Aber ich kann dir auch nicht versprechen, dass es mir gefällt."

„Ich kenne sie übrigens nicht als Schauspieler, sondern bin ihr vor ein paar Jahren mal privat über den Weg gelaufen. Das heißt, sie kennt Robin."

Und so kam tatsächlich in der nächsten Woche Robin in Begleitung einer sehr hübschen Schwarzhaarigen mit unglaublich langen Wimpern und wunderschönen großen Brüsten. Die beiden Frauen waren sich auf der Stelle sympathisch und lachten gemeinsam während eines Mittagmahls im Restaurant.

Während sich Elaine in einer Ferienwohnung einquartierte, kam Robin mit Regina in ihr Haus. Ein langer Kuss gleich im unteren Flur war der Beginn einer wilden Vereinigung, die kurz darauf in der Bibliothek auf dem Schreibtisch passierte. Eigentlich komplett unromantisch, wie Reginas Beine über Robins Schultern hingen und er mit Wucht in ihre heiße Spalte stieß. Doch beide hatten starke Gefühle dabei und dachten keinen Moment darüber nach, wie es aussehen könnte.

Kurz darauf lag Robin rücklings auf dem flauschigen Teppich zwischen Kamin und Schreibtisch und ließ sich genüsslich einen blasen, während seine Hände am Körper seiner Geliebten entlang glitten und ihr Wonneschauer entlockten.

„Du hast erotisierende Hände. Alles an dir macht mich an, dass ich höchste Wonnen fühle."

„Sobald ich dich erblicke, bekomme ich einen Steifen. Wie am ersten Tag unserer Bekanntschaft. Ich glaube, das wird sich nie ändern. Und es ist gut, dass wir uns nur selten in der Öffentlichkeit sehen. Denn so ein steifer Schwanz fällt meistens auf. Und er schmerzt außerdem. Du hast die zarteste Haut von allen Frauen, die ich kenne. Ich könnte dich Tag und Nacht nur streicheln, Regina."

„Du bist eingeladen, gerade dies jederzeit zu machen. Ich mag es, gestreichelt zu werden." Sie lagen noch lange aneinandergeschmiegt da und tauschten Zärtlichkeiten aus.

Am Abend kam Elaine. Als sie den Flur betreten hatte und die Türe hinter ihr zu fiel, ließ sie den Mantel fallen, den sie getragen hatte. Darunter hatte sie ein Mieder an, das ihre üppigen Brüste frei ließ und diese auch noch hob, so dass sie aussahen, wie reife Äpfel, auf einem goldenen Tablett präsentiert. Unten hatte sie einen offenherzigen String, halterlose Strümpfe und Pumps an.

Regina trug auch halterlose Strümpfe und Pumps. Darüber ein langes, vorne geschlitztes, fast durchsichtiges silbrig schimmerndes Kleid mit einem Ausschnitt bis fast zum Nabel. Robin war gekleidet in feine Lederchaps in schwarz und eine Vorrichtung, die seinen ungeschützten Schwanz und die Eier stimulierten. Außerdem hatte er ein weites Piratenhemd an, das vorne bis zum Nabel offen war.

Als Elaine eintrat, kam ihr Regina mit einen Tablett Sekt in der Hand entgegen. Die drei stießen an und tranken auf die bevorstehenden Stunden.

Regina war fasziniert von Elaines Brüsten. Diese bemerkte es, setzte sich auf einen Stuhl und träufelte etwas Sekt auf eine Seite ihrer Brust. Regina ging auf Elaine zu. Sie leckte ihrem Gast die Brust. Diese begann zu stöhnen und reckte ihr den Oberkörper mehr entgegen. Aber auch ihr Unterleib rückte nun an den Rand des Stuhls.

Elaine dirigierte Reginas Hände und Robin flüsterte ihr Tipps ins Ohr, was sie machen konnte. Während Regina mit Elaines Göttinnen-Tor beschäftigt war, stand Robin neben ihnen und ließ sich von Elaine einen blasen. Mit verzückter Miene stand er so neben Regina und keuchte. Sie waren sich so nah, dass sie seine Hitze spürte.

Regina schaffte es, Elaine mehrere Höhepunkte mit ihrer Handarbeit zu verschaffen und diese sank am Ende schlaff an die Lehne des Stuhls. Als sie sich wieder unter Kontrolle hatte, küsste Elaine Regina mit einem gehauchten „Danke" und ließ ihre Hände in deren Ausschnitt wandern und spielte mit deren Brust, bis diese wimmerte.

„Regina, setz dich auf den Tisch." Die Anweisung kam von Robin. Bevor sie noch reagieren konnte, hob er sie hoch, als wäre sie federleicht, setze sie auf die Tischkante, spreizte ihr die Beine und schob unter jeden ihrer Füße einen Stuhl. Dann überließ er Elaine wieder das Feld. Diese stellte sich zwischen Reginas Beine und begann, an einer Brustwarze zu saugen, während sie Reginas Oberkörper mit einem Arm hielt und mit der anderen Hand in ihre Spalte eindrang.

Regina fühlte sich wunderbar, als ob sie schweben würde. Sie ihrerseits streichelte Elaine überall, wo sie konnte, bis ein Höhepunkt sie überfiel. Elaine war mit ihrer Zunge inzwischen an Reginas Spalte angelangt und wirkte dort wahre Wunder.

Als Regina die Augen ein wenig öffnete, nahm sie Robin wahr, der Elaine von hinten penetrierte, während diese mit ihr spielte. Sie spürte die Stöße und Elaines Stöhnen an ihrer Spalte. Alle drei hatten, einen Höhepunkt und daraufhin verließ Robin seinen Platz hinter Elaine.

Nach einer weiteren Welle der Lust bemerkte Regina, dass Elaine ihre Stellung wechselte. Sie nahm nun eine Brustwarze und platzierte eine Hand an Reginas Unterleib. Dann spürte Regina Robins Schwanz in sich eindringen. Als beide ihr gemeinsam zu einem Höhepunkt verhalfen, konnte Regina nicht mehr anders. Sie schrie ihre Lust heraus und wurde Wachs in den Armen ihrer beiden Lustspender.

„Das ist es, was ich an dir so liebe: Du zeigst deine Lust ohne Scheu und lässt mit dir fast alles machen, Regina." Und damit stieß er nochmals kraftvoll zu, versenkte seinen Schwanz tiefer in sie und schenkte ihr so eine noch größere Welle der Lust.

Kurz darauf wechselten die drei die Räumlichkeiten und warfen sich auf das große Bett, welches in der Woche vorher geliefert worden war.

Normalerweise hatten Regina und Robin inzwischen schon ungeschützten Sex, da beide sich auf Krankheiten hatten testen lassen. Bei diesen Spielen jedoch verwendete Robin wieder Pariser. Und zwar welche mit Noppen und verschiedenen Geschmacksrichtungen, weil die beiden Frauen ihm auch einen Blowjob nach dem anderen machten und ihn außerdem bei einer Penetration anders spüren sollten als sonst. Es waren viele neue Eindrücke, die auf Regina niederprasselten.

Diese Nacht war für Regina eine besondere Nacht. Sie lernte viel von Elaine und wurde so oft auf den Gipfel ihrer eigenen Lust getrieben, dass sie am Ende völlig erschöpft war, wie nach der Besteigung eines hohen Berges.

Als Elaine in ihre Ferienwohnung zurück gehuscht war, kuschelte sich Regina in Robins Arme. „Danke, dass du mir diese Erfahrung ermöglicht hast." Er drückte sie fest an sich. „Auch für mich war es eine unvergessliche Nacht! Es ging ein Traum in Erfüllung. Ein Dreier mit zwei wundervollen Frauen, von denen eine du warst."

Am nächsten Abend hatten sie nur das Bett als Spielwiese auserkoren. Robin lag auf dem Rücken und leckte Regina, die über seinem Gesicht kniete. Währenddessen ritt Elaine auf ihm. Die zwei Frauen tauschten anfangs auch noch einen innigen Kuss. Alle drei kamen fast gleichzeitig zum Höhepunkt. Kurz darauf wechselten die Frauen ihre Plätze und wieder waren alle drei am Ende befriedigt.

Auch die kommenden Nächte waren genauso unvergleichlich für Regina und Robin – und auch Elaine. Denn diese wurde auch in Sphären geführt, die sie nur selten zuvor besucht hatte.

Elaine verabschiedete sich nach vier Tagen wieder. Es folgten einige Tage und Nächte zu zweit, bis auch Robin wieder Abschied nahm. Er würde ein paar Wochen ins Ausland reisen müssen für Filmaufnahmen.

GREGS GESCHICHTE

An einem dieser Tage saß Greg unruhig auf seinem Stuhl. Er wirkte abwesend und auch unglücklich.

Regina strich ihm über den Arm und zwang ihn, zu ihr aufzusehen. „Bitte erzähl mir, was dich bedrückt."

Er schluckte: „Ich habe Blödsinn gemacht. Hab mich verplappert bei einem alten Bekannten am Telefon. Er weiß jetzt ungefähr, wo ich zu finden bin. Und jetzt habe ich Angst, dass die anderen irgendwie durch ihn erfahren, wo ich mich aufhalte und die dann kommen. Die sind böse. Richtig böse.

Wenn ich hier bleibe, dann kann es sein, dass sie den Pferden oder euch etwas antun. Das kann ich nicht riskieren. Ich muss weg!"

„Was sind das für Leute, Greg? Was hast du oder bedeutest du ihnen, dass sie so hinter dir her sind?"

„Ich habe als Jugendlicher Mist gebaut und wurde dafür zu mehreren Monaten gemeinnütziger Arbeit verpflichtet. Da ich nach den Worten meiner Mutter schwer erziehbar bin, kam ich auch noch in ein entsprechendes Camp. Und dort traf ich auf ein paar Typen, die von ganz anderem Kaliber sind als ich." Bei diesen Worten wurde Greg immer kleiner. „Diese Jungs wollen mich fertig machen. Sie haben damals erkannt, dass ich nicht wie sie bin – und das ist schon Grund genug.

Aber zudem hatte einer von den Jungs eine Freundin. Sie machte mit ihm Schluss und er ist der Meinung, dass ich sie ihm ausgespannt hatte. Wir haben uns aber nur einmal lange unterhalten und ich habe sie nie auch nur angerührt. Er hat mir damals angedroht, mich umzubringen.

Kurz bevor mein Onkel mich hierher schickte, sind die Jungs in der Nachbarschaft aufgetaucht und haben blöde Fragen über mich gestellt."

Regina überlegte. „Greg, wir alle mögen dich sehr. Wir können uns auf dich verlassen und sehen in dir einen Freund. Du sollst hier eine Heimat haben. Wenn du den Mut hast, deine Geschichte vor den anderen zu erzählen, dann werden wir dir alle zur Seite stehen."

Sie nahm den jungen Mann in die Arme und er erwiderte diese Umarmung, als wäre es die erste seit langer Zeit. „Ich werde es morgen beim Frühstück erzählen." Regina und Greg besprachen noch, dass auch der zuständige Ortspolizist anwesend sein sollte und trennten sich für den Rest des Tages.

Am nächsten Morgen war das wöchentliche Frühstück anberaumt und alle gesellten sich um einen großen Tisch im Restaurant. Regina hatte einen Kuchen gebacken, Leo brachte frisches Brot.

„Guten Morgen! Ihr wundert euch sicher, warum heute unser Ortspolizist Gast bei uns ist. Das hat seinen Grund. Ich glaube, ich spreche für alle, wenn ich sage, dass Greg uns in den paar Wochen Aufenthalt hier ans Herz gewachsen ist. Jetzt ist er in Schwierigkeiten und ich denke, das Mindeste, was wir tun können, ist, ihm zu helfen, da wieder rauszukommen."

Greg erzählte von seinen Eltern, dass sein Vater gestorben war und von seiner Trauer, den wechselnden Liebhabern der Mutter – auch sie hatte den Verlust nicht überwunden – und davon, dass sie sich immer weiter von ihrem Sohn entfernte und er aufsässig wurde.

Dann berichtete er, was er Regina schon gesagt hatte. Ursprünglich war er nur an einer Sachbeschädigung beteiligt gewesen. „Es war ein tolles Auto und schlimm genug für den Besitzer, aber was aus dieser Sache gewachsen ist, steht in keinem Verhältnis." So endete Greg seine Geschichte.

Der Polizist fragte ihn nach den Namen der Jungs, vor deren Rache er Angst hatte und Greg nannte sie. Er konnte ihnen sogar Fotos zeigen von den Typen. Alle waren einer Meinung, dass sie die Augen offen halten wollten und Greg helfen, sofern es möglich war.

Der Polizist wollte Erkundigungen über die Jungs einziehen und seine Kollegen informieren.

Greg saß auf seinem Stuhl und begann zu schluchzen. Eine der Teilzeitkräfte strich ihm sanft übers Haar. „Wir sind deine Freunde und werden dir helfen."

Er beruhigte sich tatsächlich bald wieder. „Danke. Ich habe mich seit dem Tod meines Vaters nie irgendwo so gewollt und zu Hause gefühlt, wie hier. Ich möchte wirklich gerne bleiben und weiter hier arbeiten. Ich liebe die Hunde und Pferde und mag euch alle auch sehr gern. Ihr seid meine Familie geworden."

Der letzte Satz war ein riesengroßer Vertrauensbeweis an das Team. Alle freuten sich darüber sehr. Denn alle hatten den stillen jungen Mann ins Herz geschlossen, der abends oft mit der Gitarre draußen saß und wunderschöne Lieder sang.

BRAD

Wieder eine Woche später waren beide Ferienwohnungen belegt. Eine wurde bewohnt von einem Mann um die 30 Jahre. Er war sehr gut aussehend: Braune Locken über einem ebenmäßig geschnittenen Gesicht mit sanften, blauen Augen, ein herrlicher, schlanker, aber gut bemuskelter Körper, dazu

Kleidung, die ihm sehr gut stand. Robin hatte Regina angerufen und ihr von ihm erzählt.

„Brad ist wahnsinnig schüchtern. Ich weiß es nicht, aber es könnte gut sein, dass er noch keine Frau im Bett hatte. Und darunter leidet er, wie ich mir vorstellen kann. Es ist nur meine Theorie. Er wirkt immer etwas unglücklich. Ich habe ihn zu dir geschickt und ihm gesagt, dass er mit dir über alles sprechen kann – ohne, dass irgendjemand darüber erfahren wird. Ein wenig wie mit einem Therapeuten.

Er soll sich auf dich einlassen und auf alles eingehen, was du ihm anbietest. Ich hoffe, du findest eine gute Lösung für ihn. Er tut mir leid, weil er wirklich ein wunderbarer Mensch ist. Bitte bemuttere ihn ein wenig – oder mach für ihn die Domina. Oder was immer du für richtig hältst."

Regina sinnierte über das Gehörte und ließ ihrem Gast erst mal einen Tag, um sich einzuleben. Dann klopfte sie an seine Türe.

„Ja, bitte?" Nur mit einer Jeans bekleidet stand Brad wenige Sekunden später an der Türe. Sie schnappte erst mal nach Luft, weil dieses Exemplar eines Mannes wunderschön war. „Entschuldigen Sie, wenn ich störe. Ich möchte mich nur kurz vorstellen: Ich bin Regina, Ihre Vermieterin. Wenn Sie etwas brauchen für Ihre Ferien, können Sie dies entweder im Lokal oder bei mir melden. Reiten Sie gerne?"

„Hallo Regina. Ich bin Brad. Ja, reiten würde ich sehr gerne. „Ich habe von Ihrem Stallburschen gehört, dass Sie um diese Jahreszeit meist spätestens um 8:3o Uhr bereits den Stall verlassen. Wenn ich Sie morgen begleiten dürfte, würde mich das sehr freuen." Er strahlte sie erwartungsvoll an und seine blauen Augen blitzten.

„Wunderbar. Genau das wollte ich Ihnen vorschlagen. Dann erwarte ich Sie morgen um kurz vor Abritt im Stall – gestiefelt und gespornt, wie man so schön sagt. Wobei ich darauf bestehe, dass Sie auf die Sporen verzichten."

Brad lächelte sie offen an und bedankte sich für ihr Angebot.

Auf dem Weg zurück zum Haus dachte Regina darüber nach, wie ihr Körper auf Brad reagiert hatte.

Gerne hätte ich ihm sofort die Jeans von seinem durchtrainierten Leib gerissen. Wie bin ich von einer Beinahe-Heiligen zu einer Nymphomanin geworden? Aber das wird in dem Fall nun wirklich Brads ureigene Entscheidung.

Am nächsten Morgen waren die beiden unterwegs. Regina mit einer rotbraunen Araberstute und Brad auf einem großen, aber wendigen Wallach mit einem Vollblut-Vater und einer Warmblut-Mutter.

Der Ritt gefiel den Pferden sehr gut. Sie kamen weit herum in über zwei Stunden. Den größten Teil verbrachten sie schweigend.

„Gabe sagte, man könne mit dir sehr gut über alles sprechen", begann Brad irgendwann schüchtern.

Regina sah ihm in die Augen. „Wenn Gabe das so empfindet, wird das so sein. Ich höre auf jeden Fall zu, wenn du reden willst. Und ich tratsche grundsätzlich nicht."

„Ja, das käme mir sehr entgegen, denn ich denke, ich vertraue dir. Danke für dein Angebot. Bevor mich der Mut wieder verlässt, sage ich besser gleich, was ich loswerden will. Ich bin jetzt 29 Jahre alt und habe noch nie mit einer Frau geschlafen. Mir ist das inzwischen wahnsinnig peinlich und ich weiß oft nicht, wie ich Frauen gegenüber reagieren soll. Ich habe das Gefühl, dass jeder sofort merkt, was mit mir los ist. Ich würde furchtbar gerne mal Sex haben. Aber ..."

Er rang offensichtlich nach Worten.

„... die Frauen, die ich gut kenne, traue ich mich nicht zu fragen. Ich habe Angst, dass sie mich auslachen und ich in ihrer Achtung sinke. Zu einer Professionellen will ich nicht. Verliebt bin ich auch nicht. Und jetzt stehe ich da und weiß nicht, was ich machen soll. Vielleicht hast du als Frau einen guten Rat für mich."

„Zu deiner Beruhigung: Man sieht dir gar nichts an, auch wenn man merkt, dass du ein zurückhaltender Typ bist. Aber davon gibt es schließlich viele. Gabe hat bei unserem Telefonat letztens deine Schüchternheit erwähnt und gemeint, ich könnte vielleicht helfen, weil er meine Geschichte kennt. Ich weiß genau, wie das ist, wie du dich jetzt fühlst.

Als Jugendliche war ich – wie vermutlich alle – ständig irgendwie verliebt. Na ja, es waren halt Schwärmereien. Aber immer die Jungs, für dich ich geschwärmt hatte, interessierten sich nicht für mich – und anders herum. Es hat einfach nie gepasst.

Und dann hatte ich auch Angst, dass irgend jemand etwas merken könnte. Ich habe erst mit über 30 Jahren das erste Mal mit einem Mann geschlafen. Es ist mir schwer gefallen, ihm zu sagen, dass es für mich das erste Mal war. Vor allem, weil er jemand war, den ich nicht mal gut kannte oder besonders mochte. Es war eine enttäuschende Sache für mich, weil keinerlei Gefühl dabei war. Orgasmus natürlich sowieso weit gefehlt. Ich kann mich nur erinnern, dass ich hinterher echte Schmerzen hatte.

Und ich kann dir versichern, dass ich danach fast zwanzig Jahre auch keine berauschenden Erfahrungen sammeln konnte. Denn die paar Typen und der Geschlechtsverkehr mit ihnen waren auch nicht der Rede wert. Zum einen deswegen, weil sie sich nicht dafür interessierten, was mir gut tat und vermutlich auch deshalb, weil ich nur mit dem Kopf dabei war, aber nie mit den Gefühlen. Ich habe halt ausprobiert, was mir geboten wurde, aber ich konnte es nicht richtig genießen. Erst seit ich Gabe vor nicht mal einem Jahr kennenlernte, weiß ich, wie schön Sex sein kann. Und ich bin inzwischen jenseits der 5o."

Sie machte eine Pause und ließ ihre Worte wirken. Erst dann sprach sie weiter.

„Ich weiß nicht, was du von mir erwartest, aber egal, was es ist, werde ich dir gerne helfen – sofern es mir möglich ist. Ich höre dir zu, nehme dich in den Arm oder was immer dir hilft, deine Schüchternheit zu überwinden."

„Danke. Das Gehörte macht mir Mut. Es zeigt mir, dass ich nicht alleine bin mit diesem dummen Gefühl, nicht dazuzugehören. Das Verrückte ist, dass ich mir selbst noch nicht im Klaren darüber bin, was ich genau von dir erwarte. Aber ich werde es herausfinden und es dich wissen lassen. Danke."

Am nächsten Abend lud Regina ihren Gast zum Essen ein. Sie kochte sehr gerne und nützte jede sich bietende Gelegenheit, für einen Gast zu kochen. Nach zwei Gläsern Wein wurde Brad sichtlich lockerer. Und er starrte seine Gastgeberin ununterbrochen an. Denn diese trug ein weit ausgeschnittenes Kleid und darunter einen Hebe-BH, der ihre Nippel deutlich unter dem Stoff sehen ließ.

Plötzlich stand Brad auf und zog Regina von ihrem Stuhl. „Ich möchte mit dir schlafen, wenn du es erlaubst."

„Hier und heute ist alles erlaubt, außer Gewalt."

Brad zog Regina stürmisch an sich. „Bevor mich der Mut verlässt ..."

Sie spürte seine Erregung und lenkte seine Schritte die Treppe hinauf zum Gästeschlafzimmer. Dort standen schon ein paar Kerzen in Gläsern bereit. Die Atmosphäre war anheimelnd. Brad knetete Reginas Brüste, während sie sich an seiner Jeans zu schaffen machte. Er stutzte nur kurz. „Du wusstest es, bevor es mir selbst in den Sinn kam", meinte er angesichts der Kerzen und riss sie an sich.

„Ich wusste gar nichts, wollte nur gewappnet sein."

Schnell waren beide nackt und nach einer kurzen Streichelrunde schubste Brad Regina auf das Bett. Er streifte einen Gummi über und wenige Sekunden später war er in ihr. Es dauerte nicht lange, bis Brad seinen Höhepunkt erreichte und über Regina zusammensackte. „Endlich!" Sein seliger Gesichtsausdruck verschwand allerdings bald und machte einem sorgenvollen Platz. „Aber ich habe nur an mich gedacht, nicht wahr?"

„Verlier keinen weiteren Gedanken daran. Es war dein erstes Mal. Und wenn es für dich ein gutes Gefühl war, dann bin ich ehrlich froh darüber. Merke dir nur das Gefühl.

In dem Fall hatten wir beide Glück, dass ich schnell feucht bin. Das heißt, du konntest mir auch nicht weh tun. Mit einer Penetration sollte immer gewartet werden, bis die Frau wirklich bereit ist. Ich hätte dich gestoppt, wenn du zu schnell gewesen wärst, aber das macht sicher auch aus einem falschen Verständnis nicht jede Frau und dann kann es für sie ziemlich unangenehm werden.

Natürlich sollte die Frau möglichst auch ihren Höhepunkt erreichen. Aber das wurde von einem Mann noch nie beim ersten Akt seines Lebens erwartet. Und es wird auch sonst nicht jedes Mal passieren. Also keine Panik. Die Hauptsache ist, dass du einigermaßen gefühlvoll vorgehst und die Frau wertschätzend behandelst. Dann ist es schon in Ordnung. Noch besser ist, du fragst sie immer, was sie will ", beruhigte Regina ihn.

Sie mochte ihn, wollte ihm helfen und streichelte ihn, bis sein Glied wieder zum Leben erwachte. Dann setzte sie sich auf ihn und begann, ihn langsam zu reiten.

Brad wimmerte. Er wollte mehr und schneller. Aber sie ließ sich erst einmal Zeit. Erst nachdem er sie anbettelte und sich unter ihr wand, verschnellerte sie den Rhythmus. Diesmal hatte sie einen Höhepunkt und ließ es auch ihn in vollen Zügen genießen.

„Bitte lass mich in dir bleiben", bat Brad. „Ich bin so froh, dass du mir erlaubt hast, es endlich mal zu probieren. Denn ich kann dich gut leiden und vertraue dir. Ich bin gerade auf Wolke sieben und möchte dort noch einige Zeit verweilen."

Am nächsten Abend während des gemeinsamen Essens bewunderte Regina Brads schönen Körper. „Du hast doch sicher auch eine Phantasie, die du mit dir herumträgst. Was würdest du mit einer Frau gerne machen?"

Er wurde ein wenig rot und setzte sich auf seine Fersen. „Ja, eine Phantasie gibt es schon. Ich träume immer davon, eine Frau ans Bett zu fesseln und dann machen zu können mit ihr, was immer ich will. Sie hart zu nehmen, sie bis zum äußersten zu reizen oder was immer mir einfällt ... ja, das ist meine Phantasie."

Regina sah seine glänzenden Augen und hatte auch bemerkt, dass während seiner Worte sein Schwanz hart geworden war.

„Fesseln lasse ich mich nicht. Aber ich kann dir anbieten, mich mit den Händen an den Riemen am Bett festzuhalten und sie dort zu lassen. Dann hast du freie Bahn. Mach, was immer dir einfällt – solange du nicht brutal wirst. Nur nochmal das Wichtigste: Beginne mit einer Penetration immer erst, wenn die Frau gut feucht ist. Ansonsten tut es ihr weh. Und das möchtest du sicher nicht." Mit diesen Worten stand sie auf und ging lasziv mit dem Arsch wackelnd ins Gästezimmer. Brad folgte ihr schnell.

Er grinste, als hätte er im Lotto gewonnen. Zuerst widmete er sich in aller Ruhe ihren Brüsten. Dann leckte er sie, ging immer tiefer. Dabei sah er sie immer wieder fragend an und erhielt zustimmende und teils auch lockende Geräusche und Worte. Irgendwann wimmerte Regina und bat um Erlösung. Sie spielte ihre Rolle perfekt. Sie reckte ihm ihre heiße Spalte entgegen und bettelte um Penetration.

Dann wurde es auch ihm zu viel des Vorspiels, er drang kraftvoll in sie ein und ritt sie hart und schnell. Gemeinsam kamen sie zum Höhepunkt. Daraufhin schlief Brad erstmal ein. Sie strich ihm über die Haare und betrachtete den jungen Adonis in ihrem Bett, bis er wieder erwachte.

„Danke Regina. Das war wundervoll!" Schlaftrunken und selig blickte er Regina an.

Sie lächelte ihn an, küsste ihn leicht auf die Wange und streichelte seinen entspannten Körper.

In der kommenden Woche bat Brad noch mehrmals um Sex. Eigentlich mehr um eine Unterweisung, was Frauen mochten. Regina kam seiner Bitte gerne nach. Sie bat ihn – wie auch jeden anderen – nur um Verschwiegenheit über seinen Aufenthalt bei ihr.

Regina war immer wieder erstaunt, wie sehr sich die Männer ihr gegenüber öffneten. Sie erzählten oft Dinge, von denen sicher nicht viele Menschen wussten. Regina kannte ihre geheimen Träume, die großen Enttäuschungen und ihre großen Lieben. Und sie gab jedem ihrer Gäste etwas von sich zurück. Vor allem das Gefühl, so angenommen zu werden, wie sie waren für die Zeit ihres Hierseins.

Sicherheiten

Regina und Robin hatten mit einem entsprechenden Anwalt, der recht bekannt war bei den Promis, einen Vertrag aufgesetzt. Jeder, der näher mit Regina bekannt werden wollte, musste ihn unterschreiben. Dieser besagte, dass von ihr Fotos oder Filme nur nach schriftlicher Absprache gemacht werden durften und dann auch nur entsprechend unverfängliche. Es musste vorher abgesprochen werden, was für beide in Ordnung war und was nicht.

Außerdem musste jede Person ein Gesundheitszeugnis neuen Datums vorweisen, das bescheinigte, dass diese Person keine Geschlechtskrankheiten hatte.

Jeder bekam gleich eingangs erklärt, dass er, sollte er zu Eifersucht neigen, besser keine Besuche bei Regina machte. Das war für manche Männer nicht einfach zu verstehen.

Ferner wusste Robin immer, wo sich Regina aufhielt, wenn sie sich mit einem Mann traf. Würde sie sich in so einer Situation eine bestimmte Zeit lang nicht melden, würde Robin aktiv werden und sie suchen bzw. die Polizei informieren. So hatte sie eine gewisse Sicherheit, wenn Sie neue Gäste hatte oder selbst irgendwo auf Besuch war.

RICHARD UND DIANE

„Ich habe da eine delikate Sache für dich, Liebling." Robin säuselte ins Telefon. „Und zwar ein Pärchen, Diane und Richard. Sie wünscht sich wie verrückt einen flotten Dreier mit einer weiteren Frau und er ist total verklemmt. Das übrigens anscheinend auch, wenn sie alleine sind. Er hat sie noch nie richtig stimuliert, dass sie beim gemeinsamen Sex auch einen Orgasmus erleben konnte. Vielleicht kannst du für die beiden etwas tun. Sie hat sich mir anvertraut. Er weiß von nichts, außer dass du meine Freundin bist, die Ferienwohnungen vermietet. Weißt du, ihre Ehe ist inzwischen echt gefährdet. Sie findet nie sexuelle Erlösung. Doch sie ist ihm bisher treu und möchte ihn auch nicht verlieren, weil sie ihn wirklich liebt."

Regina verschlug es erst einmal die Sprache. „Die beiden muss ich mir erst einmal ansehen."

„Natürlich. Ich bin mir sicher, dass sie dir sympathisch sein werden. Ich mag sie jedenfalls gerne. Sie haben beide eine sehr gute Figur und sehen chic aus. Beide sind sehr intelligent und gute Gesprächspartner. Einfach ein sehr interessantes Paar."

Tatsächlich kamen die beiden wenige Tage später nachmittags in einer der Ferienwohnungen an. Sie aßen im Lokal und waren absolut begeistert von dem Essen dort. Regina stieß am zweiten Tag zu ihnen, nachdem sie sich ein Bild von den beiden gemacht hatte.

Regina ging, als Richard kurz im Garten stand, um zu rauchen, zu Dianes Tisch und stellte sich vor. „Ich bin Gabes Freundin und würde sie gerne kennenlernen."

„Ach, die Freundin von Gabe? Ich hatte eine ganz andere Vorstellung von seiner Partnerin." Regina sah in fröhliche Augen mit leichten Lachfältchen und fand ihr Gegenüber sofort sympathisch.

„Wie sieht diese Vorstellung aus?"

„Eine Frau mit großen Kurven und riesigen Brüsten. Na ja, wenn man so ein wenig die Filme von Gabe kennt, denkt man in diese Richtung. Dabei haben sie eine ganz normale Figur und sogar einen kleineren Busen als ich. Das überrascht mich einfach. Sie sind viel sympathischer als ich dachte."

Regina lachte. „Tja, ich hätte auch nie gedacht, dass sich ein Mann wie Gabe in mich verlieben könnte. In eine Landpomeranze ohne große sexuelle Erfahrungen."

Diane riss die Augen auf. „Stimmt das? Sie hatten keine Erfahrung?"

„Eher wenig. Ich hatte nie vor ihm einen festen Partner, war aber auch nie wirklich der Typ für einen One-Night-Stand mit dem Erstbesten. Natürlich habe ich ein paar Erfahrungen gesammelt, aber nicht so richtig viele. Seit ich mit Gabe zusammen bin, hat sich vieles in meinem Leben geändert. Mit ihm hatte ich meinen ersten Orgasmus mit einem Mann."

Wiederum wurden Dianes Augen groß und rund. Doch in dem Moment kam Richard. Regina stellte sich auch bei ihm vor, als wenn Sie sich noch nie gesehen hätten.

„Kommen Sie doch bitte heute Nachmittag mal für eine Stunde zu mir, Diane. Ist das für Sie in Ordnung?" Sie sah Richard an. Dieser nickte. „Ja, mach das Schatz, ich würde mich sowieso mal gerne mit dem Stallburschen hier unterhalten." Er sah seine Frau liebevoll an. Also, daran, dass ihm nichts an Diane lag, konnte es nicht liegen.

Als Diane kam, hatte Regina schon den Tisch gedeckt mit Kuchen, Tee und Kaffee. Sie lud Diane ein, mit ihr am Tisch neben dem Aga zu sitzen. „So, hier sind wir völlig ungestört und können uns auf Frauengespräche konzentrieren." Zuerst machten die beiden nur leichte Konversation. Doch dann wurde Diane neugierig.

„Gabe ist tatsächlich dein erster Freund?"

„Ja, er ist mein erster wirklicher Partner. Und meine erste und einzige wirkliche Liebe. Und trotzdem haben wir beide Sex mit anderen Partnern. Das mag schräg klingen. Doch wir haben Vertrauen zueinander. Und jeder lernt bei jedem neuen Sexpartner etwas dazu. Das ist wunderbar."

„Habt ihr auch gleichgeschlechtliche Partner?"

„Nicht so oft. Aber wir waren auch schon zu dritt im Bett. In beiden Konstellationen. Mit den richtigen Leuten ist das eine schöne Erfahrung."

„Wirklich? Das klingt sehr interessant. Aber zuerst müssten wir zwei, also Richard und ich, erst mal unser eigenes Sexleben auf Vordermann bringen. Es ist schwierig, mit Richard über Sex zu sprechen. Jedes Mal, wenn ich beim Akt meine Wünsche äußern will, küsst er mich und meint. ‚Still Schatz, ich mach das schon.' Aber nein, nichts macht er, wie ich es brauche. Ich möchte ihm auch nicht den Spaß verderben. Er schwärmt immer von seinen wunderbaren Orgasmen mit mir und dabei ist mir selbst zum Weinen, weil ich doch auch gerne mal einen mit ihm hätte. Aber das anzusprechen, wird immer schwieriger. Wir sind beide sehr konservativ erzogen. Es hieß immer, Männer dürfe man auf keinen Fall kritisieren, weil man ihnen sonst ihr fragiles Selbstvertrauen nimmt."

„Oje, das ist suboptimal, wenn man am Anfang nichts sagt, um die junge Partnerschaft nicht zu gefährden. Nach und nach wird es immer schwieriger, etwas zu sagen. Dann spielen sich Sachen ein, die man nicht will und der andere meint, alles wäre in Ordnung. Meinst du es würde helfen, bei einem gemeinsamen Treffen mal auf das Thema Orgasmus zu kommen. Also, natürlich eher allgemein betrachtet."

„Na ja, es wäre natürlich auf jeden Fall den Versuch wert, finde ich."

So lud Regina das Paar am nächsten Tag zu sich zum Essen ein. Zu dem angenehmen Mahl saßen die drei abends am Tisch im Esszimmer. Daneben flackerte ein munteres Feuerchen im Kamin.

Die Kerzenbeleuchtung auf der Tafel und das Feuer im Kamin tauchten alles in warmes Licht. Diane war für Richard wieder so wunderschön wie am ersten Tag. Er machte ihr Komplimente.

Diane bemerkte dies mit Freude. Die drei unterhielten sich über Filme, Tiere, das Leben allgemein und vieles, was ihnen gerade einfiel. Auch lustige oder bemerkenswerte Erinnerungen waren dabei.

Diane und Richard waren wirklich äußerst angenehme Gesprächspartner, die auch sehr vielseitig interessiert waren.

Erst später am Abend, als sie inzwischen alle drei gemütlich bei einer großen Kanne Tee auf der Couch Platz genommen hatten, fragte Diane: „Richard, wusstest du, dass Regina ihre erste feste Partnerschaft mit Gabe hat?"

Der Angesprochene sah Regina verwirrt an. „Das kann ich mir nicht vorstellen. Du bist doch eine gutaussehende Frau. Da müssen doch die Männer Schlange gestanden sein, oder?"

„Tja, vielleicht teilweise schon. Aber ich wollte auch immer einen gutaussehenden Mann. Viele Männer legen kein Wert auf das eigene Aussehen. So einen möchte ich nicht.

Und ich kann auch keinen Mann gebrauchen, der nicht an dem interessiert ist, was ich zu erzählen habe. Ich verstehe ein Sache nicht. Und zwar, dass Männer in der Öffentlichkeit, in Filmen und unter sich ein Vielfaches von dem reden, was Frauen gesellschaftlich zugestanden wird. Ihnen wird auch – manchmal notgedrungen – zugehört. Aber in der Partnerschaft hat man sich nichts zu sagen. Viele Männer sind weder gewillt, ihrer Partnerin etwas zu erzählen, noch ihr zuzuhören. Denn sie haben ihr Bedürfnis an beidem schon an anderen Orten gestillt.

Bei uns zu Hause in Bayern sind viele Männer entweder totale Fußballfans oder anderweitige Sportfreaks, die es meist übertreiben mit Radfahren oder Joggen. Oder sie wollen jede Woche einen Berg besteigen. Mit all dem kann ich nichts anfangen.

Die Couchpotatoes sind mir auf der anderen Seite zu träge, denn ich möchte etwas unternehmen. Ich bin sehr vielseitig interessiert und habe einen sehr großen Freundes- und Bekanntenkreis. Natürlich muss ein Mann nicht all meine Interessen teilen, aber er sollte zumindest ein paar mit mir teilen und den Rest akzeptieren und auch respektieren können."

„Du möchtest ziemlich viel, scheint mir", meinte Diane.

„Nein, ich möchte nicht mehr als ein Mann will, glaube ich. Der muss allerdings im Normalfall nicht darum kämpfen, weil ihm von einer liebenden Partnerin fast alles freiwillig gegeben wird. Freundinnen von mir haben schon langjährige Freundschaften aufgegeben wegen ihrer Partner. Weil sie für diese immer da sein wollten oder ihr Partner mit dieser Freundschaft nicht zurecht gekommen ist. Das würde ein Mann kaum tun, meine ich."

„Ja, das kann stimmen. Aber wolltest du nicht auch mal Sex haben?" Dies wollte Richard wissen.

„Wer sagt, dass ich keinen Sex hatte? Ist das immer noch die mittelalterliche männliche Vorstellung, dass ein Mann sich Erfahrung holen darf, aber eine Frau nicht?"

„Nein, so habe ich das nicht gemeint."

„Es klang aber so. Ich hatte Sex, aber ich fand nach einiger Zeit, dass ich auch ohne Partner gut leben kann. Denn mein Dildo leistet mir die gleichen Dienste."

„Das glaube ich dir nicht. Sex mit einem Dildo kann doch niemals einen Partner ersetzen."

„Warum nicht? Der Sex mit männlichen Partnern war meist nicht erwähnenswert. Und zwar deswegen, weil die Männer zwar am Ende befriedigt war, ich aber noch unbefriedigter als zuvor. Denn keiner von ihnen hat je einen Gedanken daran verschwendet, beim Akt vielleicht auch an mich zu denken. Um einen Frau einen Höhepunkt zu verschaffen, braucht es meist eine Stimulierung der Klitoris. Das machen manche Männer wunderbar, wenn sie eine Frau lecken, aber nicht beim Akt.

Natürlich hätte ich was sagen können und auch müssen. Aber welcher Mann möchte beim ersten Mal mit einer neuen Frau gleich solche Ansagen hören, was er machen soll. Ich dachte mir immer, das kann ich nicht bringen. Ich denke, sowohl Frauen als auch Männer haben in der Beziehung eine falsche Erziehung.

Männern wird nicht gelehrt, dass es für das sexuelle Glück eines Paares wichtig ist, dass auch ihre Partnerin Erfüllung findet. Und Frauen wird nicht gesagt, dass sie ihre Wünsche äußern müssen. Je länger sie mit ihren Wünschen zurückhalten, desto schwieriger ist es, dass diese später vom Mann respektiert werden.

Gabe war für mich der erste Mann, der einen weiblichen Orgasmus sofort auf dem Schirm hatte und auch darauf hingearbeitet hat. Wir schaffen auch nicht jedes Mal einen gemeinsamen Höhepunkt, aber sehr oft!"

Regina sah, dass ihre Gesprächspartner nachdenklich waren.

„Nun lass uns mal nicht weiter auf meinen persönlichen und unbefriedigenden Erfahrungen mit Sex herumreiten, sondern uns über andere Dinge unterhalten."

Der Abend wurde noch länger und die Gespräche waren vielfältig.

Tags darauf traf Regina kurz auf Diane, als diese etwas im Restaurant holte. Sie strahlte und zeigte den Daumen hoch.

Wieder einen Tag später kam Richard nach dem Frühstück auf Regina zu. „Liebe Regina, du hast uns mit deinen Ausführungen über deine eigenen Sex-Erfahrungen etc. letztens einen großen Gefallen getan. Ich möchte nicht ausführen, in welcher Art, aber ich will dir danken dafür.

Sag mal, könntest du dir denn vorstellen, mit uns beiden gemeinsam Sex zu haben? Wir haben festgestellt, dass wir beide es gerne zu dritt ausprobieren würden. Du wärst unsere erste Wahl. Was sagst du dazu?"

Regina überlegte nur kurz. „Ja, gerne. Ich mag euch beide gern, also warum nicht. Wollt ihr heute Abend nochmals zu mir kommen? Ich koche eine Kleinigkeit."

Die beiden kamen sehr chic angezogen zu Regina. Auch diese hatte ein etwas aufreizendes Abendkleid an. Zuerst aßen sie gemeinsam. Im Kamin flackerte wieder ein munteres Feuer und die Kerzen überall verbreiteten ein warmes Licht.

Als das Geschirr abgeräumt war, legte Regina ein paar Pariser neben Richard. „Wir zwei nur mit Gummi, ansonsten ist so ziemlich alles außer Gewalt und Bondage erlaubt."

Diane sollte sich auf Reginas Wunsch zuerst auf den Tisch setzen, wie vor einiger Zeit Regina bei Eileen. Sie sah direkt in die Augen ihres Mannes, der hinter Regina in einem Sessel saß.

Mit gespreizten Beinen saß Diane also dort und sah das Leuchten in Richards bewundernden Blicken. Regina küsste sie hier und dort, zog ihr langsam das Kleid über den Kopf. Die Reizwäsche darunter war schön anzusehen. Dann zog Regina Diane den Slip aus und machte sich dann an die Handarbeit, während sie abwechselnd an den Brüsten saugte. Langsam ging sie tiefer, um Dianes Vulva zu lecken.

Richard war erregt und in ihm loderte schon die Vorfreude als helle Flamme. Er sah zu, wie seine Frau zu einem Höhepunkt getrieben wurde, was er noch nie so schnell vermocht hatte. Das wollte er auch versuchen. Er stand auf. Regina spürte seine Bewegung und machte ihm Platz. Sie blickte Richard an. „Na los, wie möchtest du ihr Erfüllung schenken? Deine Frau ist mehr als bereit."

Richard bückte sich und auch er leckte seine Frau. „Mehr an der Klit, Richard, bitte mehr an der Klit.", wimmerte Diane. Er tat, wie ihm geheißen und kurz darauf hatte auch er es geschafft, seiner Frau einen multiplen Höhepunkt zu verschaffen. Daraufhin wechselte er seine Position und schon war Richards Schwanz in Dianes Spalte verschwunden und er begann, sich rhythmisch in ihr zu bewegen. Beiden war die Lust förmlich ins Gesicht geschrieben.

Regina hob Dianes Beine und legte sie Richard auf die Schultern. Dann stellte sie sich hinter Richard, drückte ihren Busen an seinen Rücken, machte mit ihrem Unterleib an seinem Po seine Bewegungen mit und platzierte zudem ihre zweite Hand an seinen Eiern. Er stöhnte auf und verdoppelte seine Anstrengungen.

Diane hatte nach nur kurzer Zeit einen Höhepunkt und gleich darauf brüllte Richard seinen Triumph heraus. Regina löste sich von den beiden und Diane stellte ihre Beine wieder auf die Stühle. Dann schlang Richard seine Arme ganz fest um seine Frau, die auch ihn zufrieden lächelnd umklammerte.

Kurz darauf wechselten die Frauen ihre Plätze. Diane leckte Reginas Spalte und stimulierte auch die Klitoris wunderbar dabei. Sobald ihre Partnerin triefend nass war, machte auch sie Richard Platz, der pflichtbewusst einen Pariser übergezogen hatte. Die Penetration mit Regina war mindestens genauso überwältigend wie bei Diane. Richard hatte definitiv dazu gelernt, wenn Regina an ihr erste Gespräch mit Diane dachte. Er stimulierte ihre Klitoris wunderbar und brachte auch sie zu einem Orgasmus.

Das Paar blieb noch zwei Tage länger in der Ferienwohnung. Gemeinsam hatten sie noch einmal Spaß im Spielzimmer und unternahmen ein paar Ausflüge, die von Regina angestoßen worden waren.

Bei einem Telefonat ein paar Tage später schmunzelte Robin. „Meine Geliebte ist eine Zauberin. Sie schafft es sogar, Ehen zu kitten. Weißt du eigentlich, dass die Dame des Pärchens, das dich nun verehrt wie eine Heilige, die Erbin eines großen Medienunternehmens dieses Landes ist?“ Er lachte. „Es ist eine kleine Rückversicherung für uns beide. Falls mal ein Journalist hinter unsere Geheimnisse kommt, können sie uns sicher helfen.“

„Reinecke Fuchs! Das war wirklich schlau. Und ich staune immer wieder über mich selbst. Mir macht die Sache Spaß! Das hätte ich nicht gedacht, bevor ich dich kennenlernte.“

NOVEMBER

Gregs „Freunde"

Ein paar Tage nach der Abreise des Paares war Robin über das Wochenende auf dem Hof. Von Freitag auf Samstag wurde Regina nachts wach. Erst wusste sie nicht so recht, warum. Doch dann hörte sie durch das gekippte Fenster ein leises Wispern und von der Tür-Seite zum Flur her ebenso ein leises Knurren der Hunde. Sie stand auf und schlich zum Fenster. Im Mondlicht sah sie zwei Gestalten gestikulierend zwischen dem Haus und dem Stall stehen. Eine davon hatte einen Kanister in der Hand.

Schnell zog sie sich zurück, weckte Robin und ging in ein anderes Zimmer, um den Notruf zu wählen. Sie schilderte die Situation und ihr wurde versichert, dass Polizei und Feuerwehr sich ohne Blaulicht und Sirene auf den Weg machen würden.

Regina rief zudem den örtlichen Polizisten an und erklärte ihm alles. „Ich glaube ja nicht, dass es nur zwei sind, obwohl ich noch nicht mehr gesehen habe. Mein Partner schaut gerade auf allen Seiten."

Robin hatte niemanden sonst entdeckt, aber ein Auto, das beim Lokal vorne stand. „Könnte sein, dass da jemand drin sitzt. Das konnte ich nicht genau erkennen." Außerdem hatte er gerade Greg angerufen, der sein Telefon nachts immer auf Summton hatte. „Greg ist verständigt. Er hält die Augen offen, macht aber erst mal nichts."

Beide zogen sich schnellstens etwas an und waren dann wieder auf dem Posten. Die beiden Gestalten draußen hatten sich wohl inzwischen geeinigt. Der Kanister wurde in Stallnähe erst mal abgestellt und beide gingen zu dem Aufgang zur Wohnung von Greg.

„Schit! Die wollen zuerst Greg fertigmachen, wie es aussieht. Wir müssen ihm helfen!"

Regina nahm ein Gafferband aus dem Werkzeugkasten und bewaffnete sich zu ihrer Sicherheit mit einem Hammer als eventuelles Schlagwerkzeug.

Robin wollte sie zurückhalten. Sie stieß energisch seine Hand zur Seite. „Du wirst doch nicht glauben, dass ich hier herumsitze und darauf warte, was passiert. Außerdem muss der Kanister weg."

Sie öffneten die Türe einen Spalt und sahen, dass die beiden Fremden sich gerade Zutritt zu Gregs Wohnung verschafft hatten. Also traten sie gemeinsam mit den beiden Hunden aus dem Haus und Regina verschloss gewissenhaft die Türe. Man konnte ja nie wissen. Sie liefen zum Stallgebäude und Robin, gefolgt von seinem Schatten Luna, sofort die Treppe hoch. Regina schnappte sich den Kanister und öffnete die Stalltüre, die sie hinter sich und Major wieder verschloss.

Sie nahm den Kanister mit hinein und versteckte ihn in der Sattelkammer und verschloss auch diese Türe. Schon hörte sie Stimmen aus dem Obergeschoss. Da es einen Zugang vom Wohntrakt direkt in den Stall gab, holte sie einen Strick und band diesen um die eine Seite des Geländers der Treppe. Das andere Ende fädelte sie durch die andere Seite und stellte sich dann in Position. Das Seil lag noch locker auf einer Stufe. Falls Greg oder Robin hierher flüchten würden, würde ihnen nichts geschehen.

Erst hörte sie noch Kampfgeschrei und Dinge, die zerbarsten, ein scharfes Bellen und dann einen Schrei. Daraufhin einen Ruf „Ihr kriegt mich nicht!" Die Türe oben wurde aufgestoßen und heraus rannte eine der fremden Gestalten. Regina spannte den Strick. Die Gestalt strauchelte und fiel die letzten zwei Stufen hinunter. Regina ließ den Strick fahren und rief Robin ein „Achtung!" zu. Der verlangsamte sein Tempo und kam so unfallfrei unten an.

Inzwischen stand Major schon über dem fremden Kerl und knurrte ihn aus tiefster Kehle an. Robin bog ihm gleich die Hände nach hinten, sodass Regina ihn mit dem Klebeband fesseln konnte. Dann lief Robin mit dem Klebeband wieder nach oben, während Regina mit Major auf den Gefangenen aufpasste. Die Pferde wurden etwas unruhig und Regina kümmerte sich um sie.

Kurze Zeit später waren von draußen erst ein Schuss und dann ein Martinshorn zu vernehmen, was die Pferde wiederum erschreckte. Aber Reginas Anwesenheit und ihre Ruhe entspannte die Situation schnell. Der Kerl zu Reginas Füßen hatte kapiert, dass er keine Chance mehr hatte und aufgegeben. Major knurrte ihn bei jeder kleinen Bewegung an und ließ seine Zähne sehen.

Regina selbst lauschte auf Geräusche von draußen. Irgendwann hörte sie ein Trampeln. Das war die Treppe zu Gregs Wohnung. Gregs Stimme. Sie hörte sich fröhlich an. Regina ließ die Luft aus, die sie angehalten hatte. Dann die Stimme des Sheriffs. Sie hörte ihn näher kommen. Als er auf der Treppe war, gab Major einen Belllaut von sich. „Alles klar, Major. Der gute Mann hilft uns." Am Ende der Treppe blieb der Sheriff stehen und sah sich um.

„Ihr habt mir ja gar keine Arbeit mehr übrig gelassen." Er zerrte den Gefangenen hoch und übergab ihn einem Kollegen, der ihm gefolgt war.

„Meine Kollegen haben gerade noch zwei weitere Typen festgenommen, die noch am Auto herumlungerten. Greg sagt, das war der harte Kern und er denkt nicht, dass weitere Leute von denen hier seien. Ihr Freund sagte was von einem Benzinkanister. Wo ist der?"

Regina bedeutete ihm, ihr zu folgen. Sie schloss die Sattelkammer auf und zeigte auf den Kanister. „Ich habe ihn nicht am Griff angefasst." Der Sheriff sah sie anerkennend an und nahm den Kanister mit beiden Händen, die in Handschuhen steckten.

Sie gingen beide durch die Stalltüre nach draußen. Dort wimmelte es von Polizisten und Feuerwehrmännern.

„Hier ist der Kanister. Wehe, einer fasst ihn am Griff an! Dort müssten die Fingerabdrücke von einem der beiden sein, die oben eingedrungen sind."

Ein Polizist kam im Laufschritt auf sie zu. „Boss, wir haben noch einen Verdächtigen aufgegriffen. Er versuchte, in das Gebäude mit dem Restaurant einzubrechen und wurde vom Koch überwältigt, der heute hier geschlafen hat. Dabei haben beide leichte Verletzungen davongetragen. Sie werden gerade vom Notarzt versorgt."

Regina sah sich nach Robin um. Sie entdeckte ihn an einem Krankenwagen. Es sah so aus, als würde er verarztet. Sie spurtete los. „Bist du verletzt?" Sie war besorgt.

„Na ja, ich habe tatsächlich einen Schnitt mit einem Messer abbekommen. Zum Glück nur eine Fleischwunde. Aber sie tut verdammt weh." Sie war erleichtert und musste sodann kichern. Es sah einfach zu witzig aus, wie ihr Freund in Shirt und Unterhose halb in dem Auto saß, die Jeans über das rechte Bein und die Wunde am linken. Bei ihrem Anblick hatte er schnell die Hose über seine Mitte gezogen. Natürlich hatte sie das bemerkt und konnte sich nicht mehr zurückhalten vor Erleichterung und lachte herzlich.

Der Arzt hatte die Wunde inspiziert und desinfiziert. „Ich fürchte, sie müssen mich begleiten. Das muss genäht oder geklammert werden. Ist zu tief, um es anderweitig zu behandeln. Aber zumindest ist alles sauber und sollte es auch bleiben." Er klebte ein großes Pflaster auf die Stelle. „Sie können einstweilen die Hose wieder anziehen und auch noch kurz mit dem Sheriff sprechen, wenn sie wollen. Ich sehe mir inzwischen noch die Beule von ihrem Mitarbeiter an."

Rob wartete, bis der Arzt ihm den Rücken gekehrt hatte und zischte Regina zu, sie solle verschwinden, weil er sonst nicht in seine Hose käme. Sie lachte immer noch, als sie ging.

Greg hatte einen Schlag auf den Kopf bekommen. Regina vermutete, dass er sich damit eine Gehirnerschütterung und nicht nur eine Beule geholt hatte. Sie war trotzdem heilfroh, dass nicht mehr passiert war. Leo hatte nur ein paar blaue Flecken und einen Fingernagel, der halb abgerissen war. Die Schläge waren sicher schmerzhaft gewesen, aber alles würde schnell wieder heilen.

Eine Stunde später fuhren alle bis auf einen Officer, den Regina mit Kaffee und belegten Broten verköstigt hatte, Richtung Stadt. Sie fuhr hinter dem Krankenwagen zum Krankenhaus und wartete dort, um anschließend ihre Jungs wieder nach Hause zu bringen.

Weitere zwei Stunden später waren die drei wieder auf dem Heimweg nach. Greg bekam noch einen heißen Tee und wurde dann zu Bett geschickt. „Und ich will dich heute und morgen im Stall nicht beim Arbeiten sehen! Das mache ich selbst. Du darfst höchstens die Hunde und Pferde streicheln, aber sonst machst du nichts – verstanden?"

„Ja, Boss", er grinste. „Zwei Tage bezahlter Urlaub ist auch nicht schlecht."

Er umarmte zuerst Robin, dann Regina. „Danke, dass ihr mir geholfen habt. Das wäre sicher eng geworden ohne eure Unterstützung. Es tut mir leid, dass alles wegen mir passiert ist."

Regina drückte ihn fest an sich. „Du gehörst sozusagen zur Familie. Ich habe dich ins Herz geschlossen und hätte es mir nie verziehen, dich ziehen zu lassen, nur um Problemen auszuweichen."

„Ich hoffe, ich beleidige dich jetzt nicht, wenn ich sage, dass ich in dir die liebende Mutter sehe, die ich in der Weise nie hatte. Ich danke dir, dass du für mich da bist." Er gab ihr einen Schmatz auf die Wange.

Gregs Worte trieben Regina die Tränen in die Augen. „Nein, ich finde es schön, dass du das sagst. Ich wollte gerade noch sagen: Es wäre, als würde ich einen Sohn verlieren, den ich gefühlt endlich habe. "

Die beiden umarmten sich nochmals innig wie Mutter und Sohn.

In den darauffolgenden Tagen umsorgte Regina die beiden Männer. Sie kochte, backte und bediente sie, machte aber auch klar, dass dies nur der Situation geschuldet war. Die zwei saßen meist gemeinsam im Wohnzimmer, wo sie Filme ansahen, sich unterhielten, Spiele machten oder einfach dösten.

Am Abend stieß Regina dazu und setzte sich zwischen sie. So lehnte sie sich an Robin, der einen Arm um sie legte und hielt manchmal Gregs Hand. Auf diese Art schlief sie sogar einmal ein, obwohl sie nicht zu den üblichen Fernsehschläfern gehörte.

Beide rührten sich nicht, um Regina nicht zu wecken, aber sie beobachteten die Frau in ihrer Mitte. Greg flüsterte: „Ich hoffe, dass ich auch so eine Frau finde. Irgendwie beneide ich dich, Robin."

„Ich weiß, dass ich das große Los gezogen habe. Es gibt nicht sehr viele Frauen wie sie. Aber auch du wirst deinen Juwelen finden. Da bin ich mir sicher. Und ich glaube, als Mutterersatz ist Regina einstweilen für dich perfekt."

LOGAN & ETHAN

Es mietete sich ein Mann im Alter von knapp vierzig Jahren in eine der Ferienwohnungen ein. Robin hatte ihn angekündigt als Logan.

„Logan ist ein sehr sensibler Mann. Er ist Stuntman und hat echt was auf dem Kasten. Er hat mich gefragt, ob ich einen Platz weiß, an dem er einfach mal ein paar Tage alles hängen lassen kann und vielleicht auch die Möglichkeit hat, sich mal privat auf ein Pferd zu setzen und einfach nur in der Gegend rumzugurken. Also habe ich ihm deine Adresse genannt. Schatz, du wirst sehen, dass er ein verdammt gutaussehender Typ und ein angenehmer Zeitgenosse ist."

Als Regina am Tag nach der Ankunft ihres neuen Gastes mit Greg im Stall stand und gerade erfuhr, wann nochmal eine Holzlieferung zum Heizen kommen sollte, stand plötzlich ein Wow-Mann vor ihnen.

WOW! So gutaussehende Typen gibt es nicht so wahnsinnig oft.

Sie ging auf ihn zu. „Sie sind Logan, oder? Ich bin Regina, die Chefin hier."

„Ach, sie sind also Gabes Freundin. Schön, sie kennenzulernen!"

Er sah auf die vier Pferde, die neugierig ihre Köpfe aus den großen Boxen steckten.

„Gibt es die Möglichkeit, einmal eines ihrer Pferde zu reiten? Ich zahle natürlich extra dafür."

„Ja, da ich weiß, dass sie als Stuntman reiten können, gibt es die Möglichkeit. Was ich aber nicht mache, das ist, meine Pferde ohne meine oder Gregs Begleitung anderen zur Verfügung zu stellen. Hat vor allem den Vorteil, dass meine Gäste immer wieder zurückkommen von ihren Ausritten, weil sie sich nicht verirren. Außerdem habe ich im Blick, wie die Pferde behandelt werden. Sie sind mir lieb und teuer. Das wäre der Deal."

Logan lachte. „Damit kann ich leben. Wie sieht es denn morgen aus mit Ihrer Zeit?"

Sie machten eine Zeit aus und Regina ging zurück zu ihren Manuskripten.

Es war ganz schön kalt und die Sonne schien über einer noch übersichtlichen Schneeschicht, als sie am nächsten Tag starteten. Sie unterhielten sich von Beginn an blendend. Schnell wechselten sie zum Du.

„Hattest du einen schönen Abend gestern?"

„Du wirst lachen, ich habe um kurz nach acht geschlafen. Es ist so schön ruhig hier und ich kann mal so richtig entspannen. Es ist einfach herrlich. Die zweite Wohnung ist derzeit frei oder?"

„Ja, warum?"

„Ich habe gerade an meinen Bruder gedacht, der auch mal eine Auszeit bräuchte. Dieser Ort wäre auch für ihn ideal.

Außerdem könnten wir einfach mal wieder lange Gespräche führen und gemeinsam was trinken. Wenn wir uns sonst sehen, sind wir meist mit dem Auto. Da passen wir beide sehr auf, dass wir nichts trinken. Als Stuntmen sind wir angewiesen auf unseren Führerschein."

„Ach, er ist auch Stuntman? Ja, klar kann er auch kommen. In diesem Monat erwarte ich keine weiteren Gäste mehr."

Der Ausritt war ab da tägliches Programm – auch einmal mit Dana und Greg. An den Abenden traf sich Regina ein paarmal mit ihrer Freundin Dana oder war tanzen.

Ein paar Tage später kam auch Logans Bruder an. Regina traute ihren Augen kaum, als sie die beiden sah. „Ihr seid ja eineiige Zwillinge!"

„Ja, hatte ich gar nicht erwähnt, oder?" Logan grinste sie an.

Wie schon vorher mit Logan ausgemacht, ritten sie auch am nächsten Tag wieder gemeinsam. Diesmal waren Ethan und Greg mit dabei.

„Ich finde es unfair, ein Pferd zurückzulassen, wenn die anderen Spaß haben. Also muss Greg mit."

„Der sich auch gar nicht beschwert. Ich freue mich, dabei zu sein!" Greg grinste.

„Ihr könnt mir doch sicher noch ein paar Tipps mit Pferden geben, oder?"

Natürlich konnten und wollten die beiden Stuntmen Greg einige wertvolle Tipps geben, die dieser auch gleich anzuwenden versuchte. Regina probierte auch fleißig mit.

Es war ein entspannter Ritt über die Ebenen, die sich ihrem Wald anschlossen. Ross und Reiter genossen die Zeit sehr. Auch die Hunde waren mitgelaufen. Das durften sie meistens, weil sie auch bei den Pferden blieben und nicht wie andere Hunde Wild nachliefen.

Da Samstag war und das Lokal geschlossen, lud Regina die beiden Gäste zum Essen ein. Als sie Greg fragte, ob er auch kommen wollte, meinte dieser, er wäre schon mit seinen Kumpels verabredet. „Aber ich mach gern den Stall noch fertig, Boss."

Als sie die Pferde abgesattelt und gefüttert hatten, machte Greg noch die letzten Handgriffe, bevor er sich seinen persönlichen Angelegenheiten widmete.

Ein paar Stunden später standen Reginas Gäste vor der Türe. Sie hatten eine gute Flasche Wein dabei. Beide waren gut gekleidet und brachten feine Manieren mit.

Regina hatte im Esszimmer gedeckt. Von ihr war ein kleines Menü vorbereitet. Als sie mit dem Essen fertig waren und ihre Gäste geholfen hatten, das Geschirr in die Küche zu bringen, setzten sie sich in den Wohnbereich. Die Unterhaltung war sehr ungezwungen.

Nach einer Weile räusperte sich Logan. „Regina, ich glaube, ich spreche für uns beide, wenn ich sage, dass wir deine Gesellschaft sehr genießen."

Ethan nickte und sprach weiter: „Wir sind seit Jahren nicht nur Brüder, sondern auch beste Freunde und teilen vieles miteinander. Am liebsten teilen wir uns Frauen. Logan hat mich angerufen und gesagt, hier wäre eine Frau, die zu klasse wäre für nur einen alleine und mich gefragt, ob ich kommen wollte."

Dann sprach wieder Logan weiter. „Wir würden dich zu gerne gemeinsam verwöhnen, wenn du uns denn lässt."

Regina sah überrascht von einem zum anderen. „Damit hätte ich jetzt nicht gerechnet. Aber wie kann ich ablehnen, wenn zwei so schöne Männer wie ihr beide mich das fragen?"

Beide standen auf, zogen sie auch hoch und begannen sie überall zu küssen.

„Regina, du brauchst nur zu nehmen und genießen. Und sag uns, wenn du etwas nicht möchtest. Ansonsten sind wir zufrieden, wenn du dich einfach nur gehen und uns machen lässt. Sollen wir hier bleiben oder in ein anderes Zimmer gehen?"

„Ich denke, wir gehen besser hoch." Regina wurde von Ethan hochgenommen und getragen. Sie gingen in das Schlafzimmer mit dem großen runden Bett in der Mitte.

„Geil, was für eine wunderbare Spielwiese."

Die beiden Männer legten Regina auf dem Bett ab und zogen sie unter viel Streicheln und Küssen aus. Auch sie selbst waren bald im Adamskostüm. Regina war überwältigt. Nackt waren die beiden noch schöner. Und beide waren wohl bestückt. Einfach ein wunderbarer Anblick.

Während Ethan sie leckte, bearbeitete Regina Logans mächtiges Prunkstück mit ihrer Hand. Als Logan vorübergehend befriedigt war, bestieg Ethan Regina. Währenddessen wurde sie von Logan überall gestreichelt und aufgegeilt. Sie konnte es kaum ertragen, so unter Strom zu stehen.

Die beiden waren versierte Liebhaben wie Rob und Julien – und doch ganz anders. Beide Duos waren eine Bereicherung ihres Sexlebens.

Beim zweiten Durchgang wurde Ethan oral von Regina befriedigt, während Logan sie leckte und mit seinen Fingern in sie eindrang.

Viel Zeit ließen ihr jedoch die beiden Herren nicht, um zu verschnaufen. Ethan bat nochmals um einen Blowjob und Logan wollte die Reihe mit einer Penetration von hinten voll machen. Das war etwas, das Regina gefiel. Alle drei kamen zum Höhepunkt. Logan hatte Reginas Kitzler optimal stimuliert.

Nur kurze Zeit später machten sie das Gleiche andersherum, was wiederum in einem Höhepunkt für alle endete.

„Regina, du bist eine Wahnsinnsbraut! Ich hoffe, wir können hier noch mehrere solcher Abende erleben."

„Ja, Bruder, da stimme ich dir zu."

„Ich muss gestehen, ich habe diese Stunden mit euch beiden sehr genossen und habe nichts gegen eine Wiederholung."

So kam es, dass die nächsten Abende ähnlich verliefen. Allerdings gingen sie einmal zu dritt in ein Spitzenlokal, bevor sie auf der Spielwiese landeten.

DER FESTIVITÄTENPLAN

Weihnachten war nicht mehr weit. Bei einer Frühstücksrunde mit ihren Angestellten schnitt Regina das Thema an.

„Was macht ihr dieses Jahr an Weihnachten?"

Leo sah missmutig in die Runde. „Meine Schwiegereltern kommen. Am Liebsten wäre ich gar nicht zu Hause. Die beiden sind so anstrengend. Und da wir keine Kinder haben, wird das wohl das Hauptthema werden. Haben wir hier an den Feiertagen offen?"

Regina winkte ab. „Später."

Die Küchenhilfe war erst vor einem halben Jahr Witwe geworden. „Es wird eine traurige Zeit für meinen Jungen und mich. Meine Eltern fahren in den Urlaub und ich weiß nicht, wie ich es uns leichter machen kann."

„Ich bleibe hier. Ich habe ja keine Eltern mehr in dem Sinn und will auch meiner Verwandtschaft nicht die Festtage verderben. Außerdem muss sich ja irgendjemand um die Pferde kümmern."

Gregs Stimme war fest, obwohl er keinen glücklichen Eindruck machte.

Die Kellnerin zuckte die Achseln. „Mein Freund muss mit seinen Eltern feiern und ich werde wohl einen Tag bei meinen Eltern verbringen. Tja, ich habe noch einige Filme gespeichert, die ich noch nicht geschaut habe."

Die beiden Halbtagskräfte hatten Familie. „Oh, es wird vermutlich wie immer. Schön, aber eigentlich langweilig."

„Ok, Leute. Ich habe einen Vorschlag. Da ich schon die nächsten zwei Wochen bei meinen Eltern in Deutschland verbringen werde, bin ich ab Mitte Dezember hier. Ich werde ein paar Tage nach meiner Rückkehr einen Christbaum hier in die Ecke stellen und diesen so dekorieren, wie ich es von zu Hause kenne. Den Kamin und den restlichen Raum könnt ihr schon vorher nach euren Vorstellungen herrichten. Ich bitte euch nur um eines: keine blinkenden und allzu bunten Lichter! Ich möchte es dezent und festlich. Macht mir in den nächsten drei Tagen eine Liste, was besorgt werden soll.

Für den ersten Weihnachtstag habe ich unter anderem ein paar Freunde eingeladen, die wundervolle Musik machen. Aber die Musiker wünschen sich natürlich ein volles Haus. Ich würde euch gerne mitsamt Familie hier haben – ohne weitere Gäste.

Dann schwebt mir ein großer Topf Eintopf vor, Glühwein, Punsch, eine Weihnachtstorte und deutsche Plätzchen – die ich backen werde –, vielleicht ein paar Häppchen oder so. Spiele für die Kinder, ein Spaziergang für alle. Fällt euch noch etwas zur Organisation ein? Wer möchte gerne wen mitbringen?"

Spontan fing Greg zu klatschen an. „So eine Weihnachtsfete habe ich mir immer schon gewünscht." Er ging zu Regina, nahm sie hoch und drehte sich mit ihr um seine Achse. „Du bist die beste Chefin der Welt, meine liebe Wahlmama!"

„Ja, so eine Feier gefällt sicher auch meinen Schwiegereltern. Ich kümmere mich nur zu gerne um den Eintopf und die Häppchen." Der Koch sah seine Küchenhilfe an. „Natürlich werde ich hier sein. Das bringt mich und meinen Jungen auf andere Gedanken. Darf er denn auch in der Küche helfen?"

„Wenn er hier im Weg ist, kann er mir mit den Pferden und Hunden helfen." Greg strahlte.

„Gut, dann wäre das auch geklärt. Ich brauche am 10. eine Liste, wie viele Leute wir sein werden und was euch zu jedem

Einzelnen einfällt. Denn es wird natürlich für jeden ein kleines Geschenk unter dem Baum liegen. Wie sich das so für Weihnachten gehört."

„Kommt ihr Freund denn auch?" Die Frage kam von einer der beiden Halbtagshilfen.

„Ja, er wird selbstverständlich auch da sein."

Die folgenden zwei Wochen verbrachte Regina bei ihren Eltern in Deutschland. Sie war mit Freunden unterwegs, besuchte Weihnachtsmärkte und verschiedene andere weihnachtliche Veranstaltungen und hatte insgesamt eine schöne Zeit. Am 8. Dezember flog sie wieder zurück in ihr neues Heim.

DEZEMBER

Ein Wintertraum

„Liebste, hast du es schon mal im Schnee getrieben?" Robins Stimme kam fröhlich durch das Telefon. „Nein, aber wenn ich gerade aus dem Fenster sehe, habe ich auch kein gesteigertes Verlangen danach." Draußen tobte ein heftiger Sturm.

Robin lachte. „Verständlich. Aber in drei Tagen wird wundervolles Winterwetter angesagt und ich würde gerne einen Spaziergang im Sonnenschein mit dir machen." Regina machte einen Freudentanz. „Du kommst schon ein paar Tage früher? Das ist ja wunderbar! Ich freue mich auf dich, auf alles an dir und in mir."

„Hast du gerade Besuch?" Er klang ein klein wenig eifersüchtig.

„Nein, du weißt, dass unser Bruderpaar vor kurzem die letzten Besucher waren, die dich interessieren könnten und ich dann meine Eltern besuchte. Außerdem würde ich über Weihnachten sowieso keinen hier dulden. Wie läuft der Film?" Es wurde gerade eines ihrer Bücher verfilmt. „Läuft sehr gut. Ich denke immerzu an dich, wenn ich unsere Damen hier bespringen muss. Dann funktioniert es wunderbar. Ich brauche dich, mein Liebling. Ich muss meine Erinnerung an unseren Beischlaf wieder auffrischen."

Am Abend zwei Tage später – es war eine Woche vor Weihnachten – holte Greg Robin vom Flughafen ab. Er wollte möglichst nicht mit Regina an solch öffentlichen Plätzen gesehen werden. Er hatte Angst vor eventuellen Paparazzi und wollte nicht, dass diese sie belagerten. Das würde sie und all ihre Gäste ruinieren.

Wie bei jedem Besuch von Robin fielen die beiden gleich hinter der Haustüre übereinander her. „Ich hatte solche Sehnsucht nach dir und deinem besten Stück, mein Liebster. Ich bin schon ganz nass!" Regina lachte über das ganze Gesicht und schlang einen Arm um Robins Hals. Die andere Hand landete am Reißverschluss seiner Hose, die sie öffnete, um den besprochenen Körperteil zu befreien „Mein bestes Stück hatte wochenlang Verlangen nach deiner heißen Spalte, Darling."

Sie neckten sich öfter auf diese Weise. Dieses Verhalten änderte nichts an der gegenseitigen Achtung, Liebe und Faszination.

Regina dirigierte Robin ins Wohnzimmer, in dem ein munteres Feuerchen brannte, vor dem einige Felle Platz gefunden hatte. Wie immer half Regina ihrem Liebsten, sich schnell zu entkleiden und Robin zog Regina das Kleid über den Kopf, unter dem sie ein Spitzenmieder trug, bei dem die Brust frei war, und keinen Slip, was sein freies Eindringen begünstigte. Robin spielte mit ihren Brüsten, bis er immer schneller in sie stieß und sie in ungeahnte Höhen mit sich nahm.

Nach einem guten Abendessen lagen die beiden eng umschlungen in ihrem Bett und erzählten sich, was sie in den letzten Wochen alles erlebt hatten.

Am nächsten Tag machten Regina und Robin ausnahmsweise ohne Hunde einen langen Spaziergang im frischen Schnee. Die Sonne schien, dass es eine Pracht war. Regina hatte ein vorne geknöpftes Strickkleid an und einen Mantel darüber. Dazu halterlose, warme Strümpfe und hohe Stiefel. Sie wusste ja, was Robin vorhatte und freute sich darauf.

Auch Robin hatte einen Mantel an. Darunter eine Lederhose mit einer Art Latzverschluss und auch hohe Stiefel.

Auf einer großen Lichtung blieben beide stehen. Dort stand ein abgestorbener Baum mit einem Ast genau in der richtigen Höhe. Robin nahm Regina in einem Besitz ergreifenden Kuss gefangen und schob sie zu diesem Baum. Sie lehnte sich an den Stamm und stellte einen Fuß auf den tiefen Ast. Mit dem anderen Fuß stand sie auf einem etwas erhöhten Baumstumpf. So stand sie genau richtig, dass ihre Spalte und sein Schwanz auf einer Höhe waren.

Schnell öffnete er seine Hose, um seinen prallen Penis zu präsentieren. Währenddessen hatte sie das Kleid von unten bis zur Hüfte aufgeknöpft und hieß ihn willkommen. Er packte ihre Pobacken und stieß seinen Liebesdolch in sie. Sie vereinigten sich in einer Umgebung, die Minusgrade aufwies. Doch beiden war heiß. Später gingen Sie ihren Weg durch die Wildnis weiter. Allerdings nur eine kurze Strecke. „Du wirst es nicht glauben, aber ich bin schon wieder geil, als wäre ich völlig nach dir ausgehungert. Meinst du, wir könnten unseinfach mal hier im Schnee ...?"

„So kenne ich meinen unersättlichen Hengst. Immer Gentleman in der Nähe von anderen Menschen, aber allein mit mir mit einem nicht zu stillenden Hunger nach Sex. Ich bin so völlig heiß auf dich, mein Liebster", gurrte sie.

Sie stellte sich demonstrativ vor ihn und genoss seine hungrigen Blicke, als sie langsam Mantel und Kleid öffnete, bevor sie sich zu Boden gleiten ließ. Auf diese stumme Einladung konnte er nichts erwidern, als über sie herzufallen, als wenn es um sein Leben ginge.

„Ich bin glücklich, dass du genauso hungrig nach der fleischlichen Lust bist, wie ich. Mit dir macht alles Spaß. Der Sex, die Gespräche, das Tanzen, das Kochen – einfach alles. Du faszinierst mich."

„Zum Glück bin ich nicht ganz so hungrig danach, wie du. So halte ich auch die Durststrecken ohne dich und meine Gäste durch. Ich finde es übrigens überwältigend, dass du meinen Geschmack in Sachen Männer so exakt zu kennen scheinst. Jeder, den du bisher zum Thema geschickt hattest, war für mich eine wertvolle Perle. Doch keiner kann dir das Wasser reichen. Denn du bist mein großer Held und ich verzehre mich nach dir, wenn du nicht hier bist."

Nach dieser Ansage bekam sie einen heißen Kuss und weitere Wellen der Lust, als er sie zum Höhepunkt trieb.

„Ich weiß schon, wen ich dir auch mal schicke – wenn er denn will. Paul ist junge 19 Jahre alt und ein wunderbarer Erotikdarsteller. Allerdings kommt er aus einer völlig kaputten Familie, in der Gewalt herrschte und ist letztendlich in einem Heim aufgewachsen. Er kann einfach nicht mit Frauen umgehen.

Paul braucht eine Frau mit Erfahrung, die ihm zeigt, was Frauen brauchen. Sie muss ihm die Grenzen aufzeigen und das ganz hart. Nur dann wird er auch eine Partnerin finden, mit der er durch Liebe verbunden sein kann und die er respektieren und ehren kann. Meinst du, das wäre eine Herausforderung für dich?"

„Ja, warum nicht. Du meinst wirklich, ich sei in Sachen Partnerschaft die richtige Wahl? Ich, die ich nie in einer normalen Partnerschaft gelebt habe und den Alltag von Mann und Frau auch nur ansatzweise kenne? Du kannst ihn ja mal fragen. Aber dir muss bewusst sein, dass über 30 Jahre zwischen deinem Jungen und mir liegen. Vielleicht lehnt er auch rundheraus ab."

„Ja, ich meine, dass du die Richtige für diese Aufgabe bist. Du bist keine Tussi – und das ist schon die halbe Miete. Außerdem hast du Herzenswärme und einen Gerechtigkeitssinn. Und wenn er einwilligt und er dir gefällt, dann gibt es doch nichts besseres als einen jungen Lover, oder? Dass er dich nicht wollen würde, glaube ich nicht. Du bist eine so attraktive Frau und kein Mensch sieht dir dein Alter an." Für diese Aussage bekam er einen langen Kuss.

Auf dem Rückweg zum Haus begann Robin wieder zu sprechen. „Ich wünsche mir, dass du mit mir zu meiner Mutter kommst. Und zwar nach den Feiertagen." Er sah sie bittend an.

„Ich glaube, ich würde deine Mutter gerne kennenlernen. Und vor allem auch deine Geschwister." Diese Antwort brachte ihr wiederum einen innigen Kuss ein.

„Ich denke, wir sollten mit dem Auto fahren. Es sind von hier aus nur knapp 320 Meilen. Meine Geschwister kommen auch. Ich bin überzeugt, dass ihr euch gut versteht. Sie müssen allerdings nichts über unseren Deal mit den Herren hier wissen."

Regina feixte. „Ich bin immer noch die graue Maus aus good old Bavaria." Robin gab ihr einen Stups, dass sie beinahe strauchelte. „Nein, mein Schatz, eine graue Maus warst du nie. Die Menschen deiner Umgebung waren nur alle blind. Sie hätte das Blitzen des Diamanten unter der künstlich rau gehaltenen Kruste sehen müssen."

Regina hatte ihr eigenes Schlafzimmer mit einem wunderschönen, alten Himmelbett ausgestattet und die ganze Einrichtung im Stil des 18. Jahrhunderts gehalten. Man hätten meinen können, dieser Raum befände sich in einem prächtigen Palazzo in Venedig. Niemand außer Robin und ihr kannte diesen Raum. Nicht einmal die Putzfrau durfte ihn betreten.

Regina legte Robin ihr Manuskript vor. Er las es – nach ihren ausdrücklichen Vorgaben – bei Kerzenschein in ihrem Schlafzimmer. Schnell bemerkte er, wer die Schauspieler sein würden und dass die Geschichte in diesem Raum spielte. Fasziniert las er und konnte nicht aufhören, bis er zum Ende kam.

„Mein Schatz, dieses Manuskript ist genial. Wir brauchen nur uns und Julien, dem wir eine Schweigeverpflichtung auferlegen – und schon haben wir einen wundervollen Porno. Ob dieser jemals das Licht der Öffentlichkeit erblicken wird, das wird sich ja nach dem Dreh zeigen. Ich liebe dich." Damit umarmte er seine große Liebe und zog sie auf das große Bett, in dem er sofort eine Liebesszene nach der anderen mit ihr durchspielte.

Die folgenden Tage vergingen wie im Flug mit den Vorbereitungen für das Weihnachtsfest, gemeinsamen Ausritten, einem Kinobesuch mit der Belegschaft und sinnlichen Spielen im Bett.

HL. ABEND

Am Heiligen Abend musste Robin auswärts einige Dinge erledigen, was Regina gerade recht kam. Sie stellte zwischenzeitlich mit Hilfe von Greg eine schön gewachsene Tanne ins Wohnzimmer und schmückte diese sehr geschmackvoll. Sie war gerade fertig, als Robin wieder nach Hause kam. Gemeinsam kochten sie ein kleines Festmahl.

„Wir essen im Wohnzimmer. Ich habe schon gedeckt. Lass mich nur die Speisen auftragen. Bitte warte, ich möchte dich gerne ein wenig überraschen."

Sie brachte die Schüsseln zu den Warmhalteplatten, schaltete die Lichter des Baums ein, riss sich ihre Kleider vom Leib und stieg in ein hautenges Seidenklein in weihnachtlichem Rot. Dann öffnete sie die Türe und ließ Robin ein.

Verblüfft blieb er stehen. „Das sieht zauberhaft aus. Und du auch, mein Engel!" Er nahm sie in seine Arme. „Ich liebe dich täglich mehr. Hey, du hast ja gar nichts drunter an."

Sie aßen ganz entspannt und begaben sich dann auf einen Deckenstapel vor dem Kamin, um eine langsame Runde zu lieben. „Du bist mein schönstes Weihnachtsgeschenk!" Regina war selig, von Robin so viel Liebe und Zärtlichkeit zu erhalten und küsste ihn voll Hingabe.

„Ich werde mir alle Mühe geben, dass das auch so bleibt, mein Engel. Seit ich dich kenne, bin ich glücklich. Meiner Familie ist auch eine Veränderung an mir aufgefallen. Darum dürfen wir nicht länger warten. Sie möchten dich unbedingt kennenlernen, wissen, welche Frau mich zu einem solch glücklichen Mann gemacht hat."

Die beiden fuhren zur Mitternachtsmesse in das nächste Dorf. Dort sang Regina im Chor mit. Am Ende sang sie die erste Strophe von „Stille Nacht" in deutscher Sprache, bevor alle Gottesdienstbesucher einstimmten. Robin war begeistert von der mystischen Stimmung in dieser Stunde. Glücklich und befriedigt gingen die beiden daraufhin müde ins Bett.

1. Weihnachtsfeiertag

Tags darauf stand Regina früh auf. Sie legte noch letzte Hand an die Geschenke für ihre Gäste. Währenddessen kümmerte sich Robin um die Vorbereitung ihres Frühstücks.

Danach machten beide einen kurzen Ausritt. Das Duschen fiel etwas länger aus, als geplant, weil Gabe seine Finger nicht von Regina bekam. Sie verschaffte ihm Erleichterung nach einer harten Latte, die ihresgleichen suchte. „Es ist der Hammer, welches Durchhaltevermögen du hast, Robin. Sex mit dir hat immer mit einem Marathon zu tun."

„Und mein Engel hält gemeinsam mit mir durch. Das ist es, was mich immer noch mehr anstachelt. Wir müssen einmal ausprobieren, wie oft hintereinander wir es inzwischen schaffen. Ich könnte jetzt schon wieder."

Regina verdrehte die Augen. „Mein Liebling, demnächst haben wir sicher mal den ganzen Tag für uns Zeit. Aber heute musst du dich damit abfinden, dass es das gewesen ist. Wir gehen jetzt rüber ins Lokal und helfen bei den letzten Vorbereitungen. Hier, nimm den Wäschekorb mit den letzten Geschenken. Alles andere ist schon drüben." Damit drückte sie ihm den Korb in die Hände und einen Schmatz auf die Wange.

Sie hörten es in der Küche rumoren, als sie das Lokal betraten. Die Lichter am Christbaum und an den Dekorationen waren schon an. Es sah alles wunderbar aus. Leo und seine Küchenhilfe Jackie sangen lauthals die Weihnachtslieder aus dem Radio mit.

Die Band hatte ihr Equipment schon aufgebaut und stimmte gerade die Instrumente. Robin begrüßte seine Freunde, die er schon länger nicht mehr gesehen hatte, und machte sie mit Regina bekannt.

„Du bist also die wunderbare Unbekannte, die unseren Freund so glücklich macht. Das alleine macht dich schon zur Heiligen." Alle lachten. Nach ein paar Scherzen wendete sich Regina an ihren Liebsten.

„Könntest du bitte die ganzen Geschenke unter dem Baum arrangieren, während ich meinen Leuten in der Küche helfe?"

Robin gefiel seine Aufgabe. „Darf ich die nachher alle verteilen?"

„Wir werden sehen." Regina gab ihm einen Kuss und verließ den Raum.

Kurze Zeit später kümmerte sich die Kellnerin noch um die Gedecke auf den Tischen. Dann kam Jack durch die Türe. „Hallo Ga...Robin!"

„Jack! Was machst du hier?"

„Ich habe gehört, dass hier Weihnachten gefeiert wird. Wir haben jetzt ein paar Tage Drehpause und da musste ich kommen."

„Weiß Greg, dass du da bist?"

„Nein, ich bin Reginas Überraschung für ihn und bin dieses Mal mit dem Taxi gekommen – mit falschem Bart, Hut und Brille. Freut mich ehrlich, dich zu sehen. Du siehst glücklich aus." Er beugte sich zu seinem Freund und setzte leise hinzu. „Das einzige, was ich an der Situation schade finde: Dass deine bezaubernde Frau für mich dieses Mal nicht zur Verfügung steht. So ein tolles Weib wünsche ich mir auch."

„Na, mal sehen, kommt darauf an, was du von einem Dreier hältst." Robin sah ihn schräg von der Seite an.

Jack riss die Augen auf. „Die Idee ist es auf jeden Fall wert, überdacht zu werden."

In dem Moment kam Greg mit einem kleinen Jungen an der Hand durch die Türe. Der Junge startete gleich durch zur Küche, wo er seiner Mutter alles über die Pferde und Hunde erzählen musste.

Greg stand erst mal überrascht still. „Onkel, welche Freude! Wieso bist du hier? Ich dachte, du hättest Dreharbeiten." Er fiel seinem Onkel förmlich um den Hals.

„Du glaubst doch wohl nicht im Ernst, dass auch nur ein US-amerikanisches oder auch kanadisches Filmteam über die Feiertage dreht, oder? Und einer so charmanten Einladung wie der deiner Chefin musste ich natürlich Folge leisten."

Als Regina den Raum betrat, umarmte Greg auch sie und gab ihr einen dicken Kuss auf die Wange. „Danke! Es ist prima, dass mein Onkel kommen durfte."

Regina drückte ihren jungen Schützling an sich. Sie freute sich mit ihm. „Ich möchte, dass du glücklich bist und weißt, dass du und dein Onkel ansonsten beide alleine wärt. Ich glaube, es ist für euch beide gut, dass er hier ist. Ich habe Jack in dem en-suite-Zimmer neben deiner Wohnung einquartiert, da die Ferienwohnungen von der Band belegt sind."

„Super. Dann können wir zwei uns richtig lange unterhalten. Und ihm macht es sicher nichts aus. Er war schon in ganz anderen Absteigen."

„Hey, sei nicht so frech! Ich habe ihn natürlich vorher gefragt. Ich würde mich doch nie trauen, einen berühmten Filmstar in dieses relativ einfache Zimmer einzuquartieren, ohne sein vorheriges Wissen. Der Raum ist zwar klein, aber sehr behaglich."

Nach und nach kamen alle Gäste. Alle waren glänzender Laune. Der Raum war erfüllt vom Duft der Tanne und der Plätzchen, die auf den Tischen verteilt standen und von der wundervollen Musik der Band. Die Menschen unterhielten sich in gedämpfter Lautstärke. Alles war so festlich. Jeder fühlte sich wohl.

Nach der ersten Runde Musik und dem Eintopf wurde ein Winterspaziergang gemacht. Bei schönstem Sonnenschein wanderten alle im verschneiten Wald eine große Runde. Vor dem Lokal machten sie noch eine Schneeballschlacht. Als alle wirklich erledigt waren, schälten sie sich aus Jacken und Schals und stürmten wieder den geheizten Raum.

Dann gab es Süßigkeiten und gleich darauf – es war inzwischen dunkel – verteilte Robin die Geschenke. Hilfe fand er bei den Kindern, die ihn anhimmelten, weil er mit ihnen scherzte und lachte.

Mein Liebster wäre ein wundervoller Vater. Er kann klasse mit Kindern umgehen.

Es gab genug zu essen und zu trinken, alle Arten von Gebäck wurden gekostet, Reginas Punsch fand reißenden Absatz. Es war einfach ein wundervolles Fest. Später am Abend tanzten sogar noch fast alle. Das brachte nochmal Bewegung in die satte Gesellschaft. Sie lachten und scherzten und der Altersunterschied fiel überhaupt nicht auf. Alle hatten viel Spaß und Freude in diesen Stunden.

Es gab einen einzelnen Raum im Obergeschoss, der sonst kaum genutzt wurde. In diesem war ein Matratzenlager für die Kinder installiert worden. Irgendwann waren sie alle schlafen gegangen. Die Erwachsenen wollten den Abend noch nicht zu Ende gehen lassen.

Erst in den frühen Morgenstunden gingen die letzten Gäste – Leo mit seiner Familie. „Ich komme nachmittags und putze die Küche."

„Nein, ich möchte heute hier niemanden von der Belegschaft sehen, außer Greg. Das Frühstück für unsere Musiker machen Rob und ich. Danach wollen sie sowieso wieder fahren. Jack wird auch von uns versorgt. Ihr kommt alle erst wieder morgen. Ihr beiden arbeitet sowieso immer so sauber, dass ich keine Angst habe, eine dreckige Küche vorzufinden."

„Danke, Boss. Es war ein wundervoller Tag. Und unserer Jackie und ihrem Kleinen ging es heute verhältnismäßig gut. Sie lachte und tanzte und konnte zwischendurch ihren Verlust vergessen. Meine Schwiegereltern empfand ich dieses Mal auch gar nicht anstrengend." Er strahlte Regina an.

„Dann hat sich die Sache ja gelohnt. Ich bin glücklich, wenn es meinen Mitarbeitern gut geht. Kommt gut nach Hause und wir sehen uns in ein paar Tagen wieder. Macht euch heute einen schönen Tag. Ich glaube, in der Stadthalle ist ein Konzert, bei dem sich ein Besuch lohnt. Also genießt den Tag so gut ihr könnt."

Robin nahm Regina in den Arm. „Du bist ein Engel. Ich wusste es ja immer schon. Die Menschen hier waren heute alle glücklich. Jeder einzelne hat gestrahlt. Sie haben den Christbaum bewundert, den du so festlich geschmückt hast. Und die Geschenke waren der Hit. Wie habt ihr das nur so hinbekommen?"

Regina zuckte mit den Schultern. „Optimale Zusammenarbeit heißt hier das Schlüsselwort. Du warst wunderbar mit den Kindern. Vielleicht solltest du dir doch eine andere Frau suchen, die dir noch Kinder schenkt." Sie wurde ernst.

„Nein. In meinem Job sollte man keine Kinder haben. Die werden gehänselt, bis sie erwachsen sind und kommen sicher nicht mit dem Wissen zurecht, dass ihr Vater ein Erotik- bzw. Pornodarsteller ist.

Tut mir leid. Ich habe dir noch etwas zu beichten, Regina. Ich habe dir noch nicht erzählt, dass ich keine Kinder zeugen kann. Aber ich hoffe sehr auf mehr Nichten und Neffen, die ich verwöhnen darf – gemeinsam mit dir."

Regina traf seine Enthüllung einen Moment sehr. Doch dann war sie auch ein wenig erleichtert. Er würde sie zumindest nicht verlassen, weil er von einer anderen, jüngeren, Frau

Kinder wollte oder eine Frau im Job aus Versehen von ihm schwanger würde.

„Warum hast du das nie erwähnt?"

„Anfangs, weil viele Frauen Kinder wollen. Als ich realisierte, dass du keine willst, war nie der richtige Zeitpunkt da."

Regina verletzte es ein wenig, dass er gedacht hatte, er könne ihr diese Tatsache nicht sagen. Aber irgendwie verstand sie auch seine Beweggründe. Und es musste für einen jungen Mann auch schwer sein, zu wissen, dass er nie eigene Kinder haben würde.

Die beiden sahen sich lange in die Augen. Sie sahen den Schmerz des anderen. Dann drückte Regina Robin ganz fest und ließ ihn ihre Liebe spüren.

„Danke. Meine große Liebe Regina!"

Die beiden verließen das Lokal und spazierten zum Haupthaus. Im Bett kuschelten sie sich zusammen und schliefen glücklich ein.

2. Weihnachtsfeiertag

Regina und Robin machten nur wenige Stunden später im Lokal Frühstück für die Musiker, Jack und Greg. Gemeinsam verbrachten sie zwei entspannte Stunden bei Tisch. Dann verabschiedete sich die Familien-Band. „Wir haben das Fest sehr genossen. Es waren lauter nette Menschen. Und die Kinder – nicht nur unsere – sie sahen so glücklich aus! Danke für die Einladung und die Geschenke. Wir kommen gerne jederzeit wieder, denn dieses Lokal, seine Besitzer und die Mitarbeiter strahlen eine ganz besondere Atmosphäre aus." Robin, Jack, Greg und Regina sahen den Autos nach, bis sie nicht mehr zu erkennen waren.

„Jack, ich könnte dich kurz mal im Haupthaus brauchen, weil Regina gerne ein Möbelstück anders stellen würde. Mir ist lieber, du hilfst mir dabei. Greg ist erst mal bei den Pferden beschäftigt und Regina möchte hier noch aufräumen." Die beiden verließen das Lokal. Regina warf die Spülmaschine an und putzte die Arbeitsflächen. Dann ging sie, nach einem Abstecher zum Stall, auch zum Haupthaus.

In der Küche saßen die beiden Männer gemütlich bei einer Tasse Tee. „Na, ihr beiden, soll ich euch alleine lassen für Männergespräche?"

„Nur, wenn du keine Lust auf einen Dreier hast." Robin sah sie fragend an. Verwirrt blickte sie erst ihn an und dann Jack, in dessen Augen sie Hoffnung glimmen sah.

„Wo?" fragte sie nur.

„Drüben unter dem Christbaum. Wir haben schon Feuer gemacht."

Regina lachte. „Das habt ihr euch ja wunderbar ausgedacht. Ich komme gleich." Mit diesen Worten verließ sie die Küche und ging nach oben. Dort schälte sie sich aus ihren Klamotten und legte nur eine neue Garnitur Dessous an, die sie vor kurzem von Jack geschickt bekommen hatte: Ein BH, der die Brust hob, aber die Warzen frei ließ, Strapshalter, Strümpfe und hohe Schuhe. Sie öffnete ihre Frisur, so dass ihre Haare offen auf ihre bloßen Schultern fielen. Dann stolzierte sie nach unten und ins Wohnzimmer.

Beide Männer saßen nebeneinander nackt auf der Couch und nahmen bei ihrem Anblick sofort ihre Willis zur Hand. Sie ging darauf zu, stellte jedem der beiden ein Bein zwischen die Beine, spielte parallel mit deren Brustwarzen, wiegte ihren Unterkörper, dass sie mal diesen, mal jenen damit am Bein streifte, dann beugte sie sich zu Jacks geschütztem Penis und nahm ihn in den Mund, währen sie ihren Po in Robs Richtung drehte.

Jack knetete ihre Brüste, während Robin ihre Spalte leckte. Sie war innerhalb kürzester Zeit heiß und feucht. Aber er tat nichts weiter, als sie mit Zunge und seinen geübten Händen zur Raserei zu bringen, ohne ihr wirklich Erleichterung zu schaffen. Jack kam bald zum Orgasmus.

Während dieser sich erholte, widmete Regina sich Robin. Sie stieg über ihn und ließ ihn ihre Brüste kosten. Dann ließ sie sich langsam und genüsslich auf ihn nieder und ritt ihn quälend langsam. So langsam, dass es ihm zu viel wurde.

Bevor er aber reagieren konnte, verließ Regina ihn schon wieder. Denn sie hatte erspäht, dass sich in der Zwischenzeit und durch das Zusehen dieses wunderschönen Akts, Jacks Rute wieder aufgerichtet hattet. Lockend ging Regina rückwärts zu den Decken vor dem Kamin. Langsam ließ sie sich nieder und spreizte die Beine. Auch Jack ließ sich auf die Knie nieder.

Kleiner als Robins bestes Stück, aber mindestens genauso stolz stand Jacks bebender Penis stramm vor Reginas Spalte, die noch von der vorherigen Penetration triefte. Mit einem lockenden Fingerzeig bedeutete Regina an, dass sie für Jack bereit war.

Dies ließ er sich nicht zweimal sagen. Er drang in sie ein und bewegte sich kraftvoll und rhythmisch in ihr. Robin half Jack, indem er ihn an Stellen stimulierte, die dieser selbst nicht gekannt hatte. Außerdem kannte er genau Reginas Punkte und trieb beide so zu einem unerwartet guten Höhepunkt.

Robin hatte immer noch keine Erlösung von seinem Ständer. Daher war er nun enttäuscht, als Jack seinen Platz zwischen Reginas Beinen verließ. Regina konnte sich denken, wie es weitergehen würde.

Er packte und füllte seine Geliebte nur Sekunden später, stand mit ihr auf, setzte sie auf den Esstisch und trieb ihr immer wieder seinen Penis so tief wie möglich in ihre Höhle. Dabei kam er selbst zu ungeahnten Höhen, denn plötzlich stand Jack neben ihm und bearbeitete seine Eier, während dieser mit der anderen Hand diverse Punkte an Reginas Klitoris stimulierte. Beide Liebenden schrien ihre Lust heraus, als sie den Höhepunkt erreichten.

Zu dritt lagen sie danach auf den Decken, eng ineinander verschlungen, sich gegenseitig streichelnd und wunderbar gesättigt. „Hey Jungs, wir wollten mit Greg noch reiten gehen. Könnt ihr euch erinnern?" Regina wollte aufstehen, um sich anzuziehen.

„Ich danke euch beiden von Herzen. Ich hatte in den letzten Monaten seit meinem Aufenthalt hier keinen Sex und konnte diese Stunde mit euch in vollen Zügen genießen." Jack umarmte das Paar. „Ihr seid wahre Freunde."

Der Ausritt wurde ein Erlebnis. Die Pferde freuten sich immer, wenn sie alle vier gemeinsam auf Tour waren, was nicht so oft passierte. Der Schnee stob nur so, als sie alle mit Juhu über eine verschneite Ebene galoppierten.

ROBINS FAMILIE

Am späten Vormittag am Tag nach den Feiertagen verabschiedeten sich Regina und Robin von Jack und Greg, mit denen sie noch gemütlich gefrühstückt hatten. Onkel und Neffe würden noch ein paar gemeinsame Tage verbringen, die Hunde versorgen und die Pferde bewegen, während die beiden unterwegs waren.

Den größten Teil der Fahrt saß Regina am Steuer. Robin sagte die Straßen an und unterhielt sie mit zahlreichen Anekdoten vom Set. „Ihr habt ja wirklich viel Spaß bei der Arbeit, was? Na ja, ich gönne es euch."

„Ja, wir haben viel Spaß. Aber bei manchen Frauen ist es für mich eher Schwerarbeit. Denn es gibt tatsächlich welche, die für mich nicht attraktiv sind. Es sind objektiv gesehen Schönheiten, aber deren Beauty wirkt bei mir nicht. Das liegt meist an ihrem Wesen. In solchen Momenten bin ich froh, dass ich mir dich so gut vorstellen kann. In Gedanken ganz bei dir muss ich dann echt aufpassen, dass mir nicht dein Name herausrutscht."

Zwischendurch aßen sie einen Happen. Am Nachmittag erreichten sie die Stadt, in der Robins Mutter wohnte. Vor dem Haus in einer hübschen Vorstadtgegend standen schon zwei Autos aus anderen Regionen. „Für Mutter ist es nicht leicht, seit auch meine Schwester flügge geworden ist. Sie liebt es, ein volles Haus zu haben. Jetzt hat sie nur ihre eigene Mutter mit im Haus. Und die ist manchmal nicht so leicht zu haben."

Regina hatte eine große Dose mit ihren Lieblings-Plätzchen dabei. Robin hatte für seine Mutter und seine Geschwister auch Geschenke mitgebracht.

Kaum hatte Robin auf den Klingelknopf gedrückt, als die Türe aufging und eine hübsche junge Frau ihn anflog. „Robin, ich freu mich so, dass du wieder hier bist! Komm, Bruderherz. Lass mich dich drücken." Sie sah Regina hinter Robin stehen und begutachtete sie von oben bis unten.

„Und du bist sicher Regina. Ich hatte eine ganz andere Vorstellung von dir. Aber so bist du mir lieber. Ich bin Bridget."

Die beiden Frauen waren sich auf Anhieb sehr sympathisch. Sie umarmten sich unsicher. „Kommt herein ins Warme."

Im Wohnzimmer standen Robins Mutter und Bruder auf, als sie eintraten. Robin schloss seine Mutter in seine starken Arme und küsste sie liebevoll. „Merry Christmas, Mutter." Worauf er sich an die kleine alte Frau wandte, die in einem Lehnstuhl saß. „Auch dir frohe Weihnachten, Granny." Er umarmte auch sie herzlich.

Dann wurde er von Sebastien in die Arme geschlossen. „Willkommen, kleiner Bruder! Gut, dich wieder mal hier zu haben. Angela ist gerade oben und bringt die Kleinen ins Bett für einen Mittagsschlaf."

Robin befreite sich aus der Umarmung und ging zu Regina. „Dies ist Regina, meine große Liebe. Sie ist die faszinierendste Frau, die ich je getroffen habe. Und ich bin sicher, ihr werdet in kurzer Zeit gute Freunde."

„Willkommen Regina, Sie sind die erste Frau, die Robin uns seit seinem Studium als seine Freundin vorstellt. Das alleine ist schon Auszeichnung genug. Wenn er dann auch noch von seiner großen Liebe redet, spricht das Bände für Sie."

Regina gab Robins Mutter, Großmutter und Sebastien die Hand. „Danke, dass Sie mich so warm willkommen heißen. Ich freue mich sehr, dass ich Sie kennenlernen darf. Es hat einige Zeit gedauert, bis ich mehr über Robins Familie erfahren habe. Mein Liebster schützt sie, wie kein anderer." Sie übergab die wunderschöne Plätzchendose an Robins Mutter. Diese öffnete und war entzückt. „Die sehen wie die Plätzchen in Bayern aus, die ich so liebe."

„Das liegt wohl daran, dass es bayerische Plätzchen sind. Ich habe Regina dort gefunden und habe sie überredet, hierher zu ziehen. Sie hat in den letzten Wochen viel gebacken. Es schmeckt alles köstlich. Vor allem das, was sie noch in der Tasche hat." Regina übergab auch noch all die anderen selbstgemachten Sachen.

Elisabeth Davidson hatte Tränen in den Augen. „Ein bayerisches Mädel für meinen Jungen. Robin, du wirfst mich völlig aus der Bahn." Sie umarmte gerührt ihren Sohn.

Zu Regina gewandt, sagte sie: „Bitte nenn mich Liesbeth. Aus dem Mund einer Bayerin hört sich der Name viel besser an, als bei meinen hiesigen Freunden."

Auch Robins Großmutter war begeistert, dass ihr Enkel eine Frau aus ihrer Heimat gefunden hatte. Sie schwenkte um auf die deutsche Sprache: „Mein Heimweh wird immer größer. Erzählen Sie mir doch bitte Geschichten aus Bayern, meine Liebe. Und bitteschön im Dialekt."

Regina setzte sich zu der alten Frau und erzählte. Schon nach kurzer Zeit hatte Robins Großmutter sie in ihr Herz geschlossen. Sie nahm Reginas Hände fest zwischen ihre. „Du bist die richtige Frau für meinen Enkel. Mit dir kann er nur glücklich werden!"

Angela, Sebastiens Frau, und ihre beiden Kinder, wurden Regina etwas später vorgestellt. Dann nahm der Abend seinen Lauf. Es wurde gesungen. Bridget, die profihaft Gitarre spielte, begleitete die Lieder. Daraufhin wurden Geschichten erzählt. Am Ende des Abends, als nur noch Robin mit seiner Mutter und Regina auf der Couch saß, nahm diesmal Liesbeth Reginas Hände in die ihren.

„Ich hatte mir eine Freundin von Robin immer völlig anders vorgestellt, als dich. Ich dachte immer an eine Cover-Schönheit mit ellenlangen Beinen und einem Silikonbusen. Ich bin so froh, dass Robin tatsächlich Geschmack bewiesen hat. Du bist keine strahlende Schönheit, aber eine gutaussehende Frau und dein Herz ist nicht mit Gold aufzuwiegen. Ich glaube, du bist die einzig richtige Wahl. Und darüber bin ich froh.

Ich habe meinen Sohn den ganzen Abend beobachtet. Er liebt dich wirklich von ganzem Herzen. Und, wenn ich deine Blicke richtig interpretiert habe, liebst du ihn auch sehr.

Ich war wahrlich nicht begeistert über Robins Berufswahl. Erotikdarsteller! Anrüchiger geht es fast nicht mehr. Aber sein Starrsinn hat unsere Familie anfangs vor dem Ruin gerettet und seiner Schwester das Studium finanziert – und er liebt seinen Job. Ich und meine anderen Kinder hatten nur immer Angst um ihn. Denn er ist ein so herzensguter und liebevoller Mann, den manche Frau schon ausgenutzt hat. Ja, mein Lieber, ich weiß sehr wohl, wovon ich spreche. Denn ich kenne dich besser, als jede andere."

„Ich liebe Robin und kann mir ein Leben ohne ihn im Moment beim besten Willen nicht vorstellen, obwohl ich ihn oft wochenlang nicht sehe." Regina sah ihn liebevoll an.

„Regina ist mein Engel, Mutter. Ich habe sie in einer für mich schrecklichen Zeit kennengelernt und sie hat mich aus der schweren persönlichen Krise gerettet. Ich verbringe meine Freizeit, wann immer es mir möglich ist, auf ihrer Farm. Das gibt mir wieder Kraft für die arbeitsreichen Wochen am Set." Robin legte seinen Arm um Regina und gab ihr einen Kuss.

Nach diesem Gespräch fuhren die beiden zu der kleinen Pension ein paar Straßen entfernt, wo sie sich eingemietet hatten.

Die drei Tage mit Robins Familie vergingen wie im Fluge. Regina hatte die Gelegenheit, mit jedem Familienmitglied einzeln zu sprechen und schloss sie alle in ihr Herz. Sie half auch bei den Vorbereitungen in der Küche oder sie und Robin kümmerten sich nach dem Essen um das Geschirr. Als wenn sie schon jahrelang zur Familie gehört hätte.

Es war eine wundervolle Zeit, die alle Beteiligten genossen. Auch die Kinder, mit denen Onkel und Tante in spe ausgiebig spielten, ihnen vorlasen oder sich mit ihnen über ihre Träume im Leben unterhielten, waren begeistert.

Der Sex-Marathon

Wieder zu Hause, musste sich Regina erst mal um ihre Angestellten und die Tiere kümmern. Also erledigte Robin Telefonate und schriftliche Dinge. Am darauffolgenden Tag gab es keine Termine. So mochten Regina und Robin auch nicht aufstehen. „Kannst du dich noch erinnern, was du mir am Weihnachtstag versprochen hast?"

„Ja, du wolltest ausprobieren, wie oft an einem Tag du kannst. Es gibt nur eine Einschränkung. Wir brechen ab, sobald ich wund werde."

„Das ist nur fair. Können wir beginnen?" Er legte seine Arme um Regina und begann, sie zu stimulieren.

„Es ist unglaublich. Du berührst mich und ich bin innerhalb von Sekunden wie Wachs in deinen Händen und bereit für deinen Liebesstab. Ich bin bereits schon wieder triefend nass und heiß auf dich."

„Na, dann verlieren wir keine Zeit", war sein Kommentar dazu und der Marathon begann.

Das erste Liebesspiel des Tages war langsam und zärtlich und wurde im Liegen gespielt.

Nach dem anschließenden Frühstück vernaschte Robin seine Liebste auf dem Küchentisch zwischen dem Geschirr, der Butter und der Teekanne. Regina war nur zu bereit dazu. Ihr machte dieses Spiel Spaß. Sie hatte an dem Tag nur einen Hebe-BH, Strapse und Strümpfe sowie Pumps – alles in Rot – angezogen. Das brachte Robin auf Touren.

Denn, als Regina kurz darauf die Geschirrspülmaschine einräumte und sich dazu bückte, war er schon wieder über und in ihr. Sie ließ es sich gerne gefallen, weil Robin ein phänomenaler Liebhaber war, der sie fast jedes Mal in die höchsten Regionen der Lust entführte.

Der nächste Akt wurde von Regina etwas später selbst provoziert. Sie befahl Robin, sich auf das Schaffell im Wohnzimmer zu setzten, neben dem ein munteres Feuerchen tanzte. Dann räkelte sie sich ein wenig auf der Couch und dem Esstisch und sah seine Lanze wachsen.

Daraufhin bestieg sie ihn und ritt ihn wie einen wilden Hengst. Hinterher schlang er seine Arme um sie. „Ich verehre dich und bin glücklich, dass du mir an diesem Tag so voll und ganz dich und deinen Körper schenkst."

Robin legte eine DVD ein. Es war sein neuester Film, der gerade erschienen war. Nach nur kurzer Zeit strich Regina über seinen Bauch zu seinem Gemächt. „Oh, du bist ja schon wieder soweit." Daraufhin legte er sie über die Rückenlehne der Couch und penetrierte sie mit viel Genuss parallel zum Filmgeschehen.

Während des Filmes wurde noch eine andere Stellung ausprobiert, die beiden höchste Zufriedenheit garantierte. Dann legten sie sich beide auf die Couch und dösten einige Zeit.

Doch der Tag war noch nicht vorbei. „Das ist wunderbar heute, ich fühle ihn schon wieder steif werden. Ich brauche dich nur zu betrachten, dann richtet sich mein bestes Stück auf, wie ein Stehaufmännchen. Es ist wirklich kaum zu glauben, aber es ist so."

Diesmal war die Küchenanrichte dran, auf der er seinen Stab in sie versenkte. Wieder brachte es ihnen beiden höchstes Vergnügen.

„Was hältst du von einem gemeinsamen Bad, mein Schatz? Wir haben eine wunderbar große Badewanne und nutzen sie fast nie." Regina sah Robin fragend an.

„Ja, das ist eine sehr gute Idee. Ich kümmere mich um das Wasser." Er verließ den Raum, und sie hörte ihn gleich im Bad rumoren.

Das Bad war in Kerzenlicht getaucht und die Wanne war angenehm voll mit Wasser. „Komm, mein Engel, reite mich. Ich bin so geil auf dich." Regina ließ sich nach einem Blick auf seinen beachtlichen Ständer nicht betteln und bestieg Robin sofort. Diesmal stimulierte er sie zusätzlich, dass sie sogar zwei Höhepunkte erklomm, bevor sie ihn verließ.

Eigentlich wollte sich Regina nur ein Buch aus ihrem Arbeitszimmer holen, als sie gepackt und über ihren Schreibtisch gelegt wurde. Nachdem Robin ihre Spalte geleckt hatte, drang er in sie ein und stieß mit einer dringlichen Wildheit zu, die sie inzwischen schon gut kannte.

„Langsam wird es sogar für mich schon fast beängstigend, dass ich in deiner Anwesenheit anscheinend einen Dauerständer habe und mir beinahe stündlich Erleichterung verschaffen möchte. Ich bin immer hungrig nach dir und werde nie satt."

Regina küsste ihn hinterher auf der Couch mit Hingabe. „Es ist wirklich gespenstisch. Aber wenn du mich berührst, jagen Stromschläge durch meinen Körper und ich brauche es, von dir penetriert zu werden. Es ist wie eine Sucht. Zum Glück eine Sucht, deren Nebenwirkungen ich noch nicht kenne."

Robin war ein großer Mann. Er legte Regina von hinten über die Sofalehne, dass ihr Oberkörper sich zur Sitzfläche beugte. Ihre Beine warf er sich über die Schultern und dann drang er in sie ein. Diese Stellung war für ihn perfekt und er brüllte förmlich beim Orgasmus. Sie hatte dabei das Gefühl, dass er noch nie so tief in sie gedrungen war und schwebte wie auf Wolken.

Später penetrierte er sie nochmals über die Sofalehne. Diesmal allerdings von hinten. Sie verhakte ihre Beine währenddessen hinter seinem Rücken und ließ nur ihre Sinne alles aufnehmen.

Nicht viel später versuchten Regina und Rob eine Stellung aus dem Kamasutra. Diese verschaffte ihnen noch eine Steigerung der bisher erlebten Lust.

Ja, ich bin tatsächlich süchtig nach Robins Schwanz. Sobald ich meinen Liebsten sehe, beginnen meine Geschlechtsorgane zu ziehen und ich bin triefnass. Nur, wenn er mir Linderung in Form eines Höhepunkts verschafft, bin ich wirklich frei. Ich liebe ihn so sehr!

JANUAR

Youngster Paul

Keine zwei Wochen später war tatsächlich Paul da. Regina traf ihn in ihrem Lokal. Sie lud ihn zu einer heißen Schokolade und einem Stück warmer Schoko-Torte mit Schlagrahm ein. Er beäugte sie mit offenem Interesse.

„Gabe hat mir von dir erzählt. Er meinte, ich könne dich alles fragen, was ich über Frauen wissen möchte."

Regina lächelte ihn warm an. „Und ich werde versuchen, die besten Antworten auf deine Fragen zu geben. Allerdings bin ich keine ganz typische Frau. Ich shoppe nämlich nicht gerne Klamotten und um Schuhgeschäfte mache ich am liebsten einen großen Bogen. Es ist mir einfach zuwider."

Paul lachte laut auf und verschluckte sich beinahe an seinem Bissen Torte. „Er hat mir bereits gesagt, dass man dich nicht mit einer Shoppingtour angeln kann.

Obwohl Gabe angedeutet hat, dass du älter bist als er, wirkst du irgendwie jung und auch so lebendig. Du hast so was Positives an dir, das einen nicht mehr loslässt. Jetzt verstehe ich, warum der Halunke die Finger nicht von dir lassen kann. Hast du Strapse?, " Er zwinkerte ihr zu.

„Ja, wieso?" Sie tat ganz unschuldig.

„Würdest du die für mich anziehen?"

Sie sah ihm in die Augen. „Mal sehen! Du bist ein leckeres Bürschchen. Ich denke, wir könnten eine Menge Spaß miteinander haben. Aber nicht hier und jetzt. Ich habe noch einiges zu erledigen. Komm zum Abendessen zu mir. 18:00 Uhr. Schönen Nachmittag noch."

Damit stand sie geschmeidig auf und verließ das Lokal in Richtung Küche. Dort hörte er sie noch mit dem Personal sprechen und lachen. Er lächelte. Die Sache versprach, interessant zu werden.

Am Abend stand Paul dann mit hautengen Jeans bekleidet vor ihrer Türe. Wie meistens zu Hause hatte Regina ein fließendes Kleid an, das ihre Figur weich umspielte. Paul trat ein und stand vor ihr.

„Wo sind die Strapse?"

Regina grinste. „Drunter natürlich."

„Ich bin ganz heiß auf dich. Ich möchte dich spüren. Und zwar sobald wie möglich."

„Ein offenes Wort. So mag ich das. Ich will auch mit dir ins Bett. Schön, dass wir diesen Punkt schon geklärt haben."

So kam es, dass beide noch vor dem Abendessen ins Spielzimmer gingen mit dem großen Bett und so einigen Sextoys. Regina merkte schnell, dass Paul das Wohlergehen einer Frau nicht wirklich auf dem Schirm hatte und kommentierte somit erst mal alles auf ihre eigene Weise. Freundlich, aber bestimmt. Sie kritisierte und lobte ihren Sexpartner. Er war mehr als willig zu lernen und nahm sich alles sofort zu Herzen. Beim dritten Liebesspiel gab es das erste große Lob von Regina.

„Danke, das war jetzt wirklich schön. Du warst zum ersten Mal wirklich aufmerksam und ich konnte die Sache genießen."

Danach saßen sie zusammen und aßen. Regina erzählte ihrem Gast, wie Frauen („Ich gehe natürlich von mir aus, denke aber, dass viele Frauen so gestrickt sind.") fühlen, was sie verletzt, was sie lieben.

Sie erklärte ihm auch, was ihrer Meinung nach eine Frau an einen Mann kettete. „Dazu gehört auch Ehrlichkeit. Eine Frau mit einem gewissen Horizont kann einen Seitensprung vergeben, wenn sie bemerkt, dass das Herz ihres Mannes nicht beteiligt ist, wenn es nicht in ihrem Revier passiert und – ganz wichtig – es niemand sonst weiß. Denn sonst geht es um ihre Ehre. Und die ist genauso fragil, wie die der Männer.

Was zum Beispiel ein No-Go ist, sind die Freundinnen der Frau. Wenn ein Mann sich an so eine ohne ihr Wissen ranmacht, ist er für sie im Normalfall so gut wie tot. Ich weiß, dass Männer das als praktisch sehen, mit der Freundin ihrer Frau anzubandeln. Schließlich kennen sie deren Macken meist schon und können sie abschätzen. Ich selbst bekam aus meinem Freundeskreis so einige eindeutige Angebote und lehnte sie samt und sonders ab. Denn für die Frau ist es ein Vertrauensbruch erster Güte.

Ich weiß, dass Gabe es mit anderen Frauen treibt. Aber ich weiß auch, dass sein Herz zum jetzigen Zeitpunkt mir gehört. Also kann ich damit leben. Er erzählt mir auch offen davon. Ich bin mir sicher, dass er mir nicht böswillig wehtun wird und ich werde auch ihn nicht mit Absicht verletzen. Ich weiß, dass das nicht passiert, nur weil ich mich mit dir vergnüge. Er weiß darüber Bescheid.

Die meisten Frauen, die ich kenne und mag, geben gerne und aus Überzeugung. Das heißt, für Freunde und vor allem für ihre Partneer tun sie vieles, weil es ihnen Freude bereitet, diesen eine Freude zu machen. Auch so Sachen wie putzen, waschen, kochen und vieles mehr – was übrigens sehr viele Frauen generell nicht gerne tun.

Doch man sollte diese Liebesbeweise niemals als selbstverständlich betrachten. Wenn da nichts zurück kommt, dann wird es irgendwann den Punkt geben, an dem sich der Mann wundert, dass die Frau plötzlich so spröde ist und sich weigert, für ihn die Dinge zu tun, die er immer als von Gott gegeben gesehen hat. Und glaub jetzt bloß nicht, dass er ihr die „Bezahlung" für ihre „Dienste" nur in gutem Sex geben kann. Es ist in einer privaten Beziehung kein Geschäft, das mit Bezahlung gegen Dienstleistung abgegolten wird. Da gehört schon mehr dazu!

Eine Frau darf niemals als verfügbares Objekt gesehen werden! Sie ist Subjekt wie der Mann. Und sie hat genauso viel Entscheidungsgewalt über ihren Körper wie der Mann über seinen.

Ach ja, noch ein besonders wichtiger Punkt: zuhören. Viele Männer hören den Frauen nicht richtig zu und fallen dann aus allen Wolken, wenn sie – in ihren Augen plötzlich – verlassen werden. Da mangelt es definitiv an Wertschätzung von ihrer Seite. Sie werden meist hundertfach darauf hingewiesen, sind aber so in ihrer eigenen Welt, dass sie es einfach ausblenden."

„Puh, das ist alles doch um einiges komplizierter, als gedacht. Ich werde versuchen, auf die Dinge, die du mir gesagt hast, zu achten und es besser zu machen." Paul fühlte sich ein wenig überfahren.

Außer, dass Paul in der Ferienwohnung nächtigte, verbrachten die beiden die Tage wie ein normales Paar. Der junge Mann lernte viel in dieser Woche mit seiner Gastgeberin. Er lernte, den sexuellen Akt so zu gestalten, dass beide auf ihre Kosten kamen und was es hieß, sich die anfallende Arbeit zu teilen, wie schön es sein konnte, gemeinsam zu kochen oder dass Kochen, Putzen und Bügeln tatsächlich Arbeiten waren, die er immer unterschätzt hatte.

„Da ich erst in einer völlig chaotischen Familie, in der Gewalt an der Tagesordnung war, und dann in einem Heim aufgewachsen bin, habe ich nie ein normales Leben gelebt. Einiges hat sich mir diese Tage mit dir neu erschlossen. Ich bin dir dankbar dafür, Regina. Durch dich verstehe ich nun viel besser das Zusammenleben zwischen Mann und Frau. Sowohl beim Sex als auch sonst.

Ich habe erlebt, wie du wie Wachs unter meinen Händen wurdest, als ich mich sehr bemühte, zärtlich zu sein und dir zu Gefallen zu sein. Und ich werde die typischen Frauenarbeiten sicher nicht mehr als gering betrachten. Ihr leistet wirkliche Arbeit, die mir echt Achtung abringt. Es war bisher wundervoll mit dir.

Ich würde dir zum Dank für diese lehrreiche Zeit gerne noch ein paarmal einen Höhepunkt schenken. Denn ich möchte, dass du mich auf eine besondere Weise liebst und schätzt. Du bist für mich in diesen wenigen Tagen eine wichtige Person und Lehrmeisterin in meinem Leben geworden.

Du gibst mir so ein Wohlgefühl, du machst mich so an, dass ich dich immerzu berühren möchte. Ich liebe deinen Po und die kleinen Brüste und möchte dir einen Höhepunkt nach dem anderen verschaffen. Und zwar live und nicht nur auf DVD." Er spielte auf seine Pornostreifen an, die er für sie mitgebracht hatte.

„Mein Vater würde ausflippen, wenn er mich mit dir erleben könnte. Er wollte immer die völlige Kontrolle über eine Frau haben. Und irgendwie scheint mir, dass ich etwas zu viel von ihm übernommen habe. Das hat mir nicht gutgetan. Da hat Gabriel schon Recht, dass er mich darauf aufmerksam gemacht hat. Erst habe ich ihm das echt übel genommen. Aber dann, als ich nochmals darüber nachgedacht hatte, habe ich gesehen, dass es stimmt, was er sagte."

„Ich lade dich zu weiteren gemeinsamen Sexspielen ein, da ich die Zeit mit dir sehr genossen habe. Ich schäme mich auch nicht zu sagen, dass ein Bursche, der locker mein Sohn sein könnte, neben meinem Partner sich zu einem der besten Liebhaber gemausert hat, die ich bisher hatte."

An diesem Tag hatten die beiden noch drei Mal heißen Sex miteinander. Dieser Stand wurde am darauf folgenden Tag aufrecht erhalten.

„Ich finde es phänomenal, dass ich so wundervolle Liebhaber habe. Falls du je wieder daran denkst, mich nochmals zu besuchen, dann freue ich mich riesig auf die heißen Sexspiele mit dir, Paul."

Pauls Stand am Set änderte sich nach seinem Urlaub schlagartig. Seine Beliebtheit bei den Frauen stieg fast bis zu Gabriels Level. Er hatte also viel gelernt und wusste es auch anzuwenden. Seine Ausstrahlung war nicht mehr nur die eines gutaussehenden jungen Mannes, sondern hatte eine Anziehungskraft entwickelt, weil er wirklich Frauen sehr viel mehr schätzte, als zuvor.

Als er ein paar Wochen später Gabe in einer ruhigen Ecke antraf, sprach er ihn direkt an. „Ich danke dir, mein Freund! Du hast eine wundervolle Frau. Wenn ich dich und deinen Rat nicht so schätzen würde, könnte ich mich glatt hinreißen lassen, sie dir abspenstig zu machen."

FEBRUAR

GRIECHENLAND

Regina, die ja nun auf keinen Arbeitgeber Rücksicht nehmen musste, übergab Greg die volle Verantwortung für die Tiere. Leo und die anderen instruierte sie für die Zeit ihrer Abwesenheit und dann verabschiedete sie sich für zwei Wochen nach Griechenland.

Dort besuchte sie Freunde und hatte eine wunderbare Zeit. Doch auch ein Date hatte sie dort. Denn einige Leute aus der Filmbranche lebten am Meer in Griechenland. Und Robin schien sie alle zu kennen. Durch ihn war ein Kontakt zustande gekommen mit Gregory. Gregory war in Reginas Alter und hatte ein großes Anwesen in der Nähe von Reginas Freunden. Er lud die Geliebte seines Freundes Gabriel zum Essen in ein teures Restaurant ein.

Also fuhr sie an einem Abend mit einem Leihauto dort hin. Sie war sehr gespannt, wie sich denn dieser Schauspieler, den sie auch schon in einem Film gesehen hatte, im realen Leben geben würde.

Er stand noch draußen und wartete auf sie. Das fand sie rührend, denn das hatte noch niemand gemacht bei einem ersten Date mit ihr. Nachdem sie sich gegenseitig vorgestellt hatten, betraten sie das Lokal und unterhielten sich über Alltägliches. Während des Essens machten die beiden weiter Smalltalk und waren sich auf Anhieb sehr sympathisch.

Langsam gingen sie zu persönlicheren Themen über und erfuhren einiges voneinander. Gregory war ein angenehmer Gesprächspartner, der schon viel erlebt und zu erzählen hatte aber auch seiner Gesprächspartnerin gerne zuhörte. Viel angenehmer als die Typen, die immer nur auf sich selbst und ihre Herrlichkeit fokussiert waren.

„Probier den Wein, er ist wirklich hervorragend."

„Ich muss aber noch fahren und das verträgt sich gar nicht gut. Also nur einen Schluck für den Geschmack."

„Okay, dann aber später bei mir mehr, denn da musst du dann nicht mehr fahren, nicht, wenn es nach mir geht. Ehrlich gesagt, würde ich zu gerne heute Nacht das Bett mit dir teilen,

Regina. Komm bitte mit zu mir. Auch, wenn du nicht mit mir schlafen möchtest, ich würde dich gerne diese Nacht im Arm halten und wünsche mir deine Nähe."

Sie überlegte. „Na gut, dann fahre ich morgen nach dem Frühstück zurück zu meiner Freundin. Ich möchte aber nicht von anderen bei dir zu Hause gesehen werden."

„Dein Wunsch ist mir Befehl."

Die beiden unterhielten sich und Regina erzählte von einem Projekt für Frauen, das sie anstrebte. Sie wollte Frauen helfen, denen es nicht so gut ging wie ihr.

Kurze Zeit später befanden sich beide auf dem Anwesen. „Weißt du, auch wenn ich in den Filmen oft den großen Macker spiele, habe ich doch eine Vorliebe für ganz normalen Blümchensex. Wäre ein ganz gemütlicher und altmodischer Akt in Missionarsstellung mit mir für dich denkbar?"

Mit diesen Worten streichelte Gregory Regina. Sie ließ es sich gerne gefallen. Er spielte mit seinen langen und schlanken Fingern an ihrem Geschlecht und er machte es so gut, dass Regina in kurzer Zeit mehr wollte. Nach einem langsamen und genüsslichen Vorspiel, bestieg er sie und drang in Reginas Spalte ein. Der Noppenpariser ließ sie vor Wonne schaudern und sie konnte jede Sekunde voll auskosten. Sie erklomm mit ihm den Höhepunkt und bog sich ihm entgegen. Bald darauf schliefen die beiden. Seine Arme fanden ihren Oberkörper und drückten ihn an sich.

Gleich nach dem Aufwachen war auch Gregorys Schwanz wieder wach und sie hatten noch zwei Runden Sex miteinander. Ruhig, unaufgeregt und trotzdem für beide angenehm.

Dann frühstückten sie gemeinsam und danach gingen beide wieder getrennte Wege, nachdem Gregory Regina ein Bündel Banknoten in einem Kuvert in die Hand gedrückt hatte. „Ich habe dir gestern Abend sehr genau zugehört und denke, dass du dein Projekt auf jeden Fall durchziehen solltest. Ich möchte dein erster Geldgeber dafür sein. Sag mir Bescheid, wenn dein Projekt angelaufen ist. Dann bekommst du mehr.

Danke für die wunderbaren Stunden, in der du mir so nah warst. Es war wie in alten Zeiten. In der Zeit der ersten Verliebtheit. Danke für das Gefühl eines Revivals."

„Danke, das ist wunderbar. Ja, ich werde es durchziehen und habe dich gerne mit an Bord. Auch ich habe die Nacht genossen. Es war total entspannt und hat mir gut getan."

Insgesamt hatte Regina einen sehr angenehmen Urlaub. Sie machte lange Spaziergänge mit ihren Freunden und schwamm im Meer oder saß nur da und las ein Buch. Auch gutes Essen kam nicht zu kurz. An ihren unerwarteten Reichtum ließ sie ihre Freundin teilhaben und der Rest ihres Urlaubsgeldes floss in ein karitatives Projekt.

DIE WETTE

Robin hatte Regina zu einem Ausflug nach London mitgenommen. „Liebste Regina, ich verspreche, es nie wieder zu machen. Aber ich kann nicht anders. Ich schwöre!"

„Was denn?"

„Mein Boss wird von einem Mitbewerber im heißumkämpften Markt der Erotikfilmindustrie unter Druck gesetzt, der uns schlucken will. Und ich musste ihm versprechen, eine Wette für ihn zu gewinnen. Es ist eine dumme Sache. Die beiden einigten sich darauf, dass ich eine Frau, die nicht in der Szene tätig ist, dazu überreden muss, in einem Kino, in dem unser neuer Film gezeigt wird, öffentlich Sex zu haben. Nicht angekündigt oder so, aber ich muss als Gabe erkennbar sein für die Besucher.

Beide Parteien werden da sein. Wenn die Frau eindeutig einen Orgasmus hat, tritt der Mitbewerber zurück von seinem Plan. Wenn nicht, dann wird er alle Mittel daran setzen, uns zu schlucken. Und davor hat unser ganzes Team Angst. Denn die Qualität der Filme wird definitiv fallen. Niemand ist so geil auf wirkliche Qualität in Erotikstreifen wie mein Boss."

„Die beiden müssen einen in der Krone sitzen gehabt haben, als sie auf die verrückte Idee verfielen."

„Da bin ich mir sogar sicher. Ich weiß, dass das mit dem Orgasmus bei den meisten Frauen für mich nicht so leicht ist, wie bei dir. Deine Knöpfe kenne ich alle genauestens. Außerdem weiß ich nicht, ob mein Schwanz dort stehen will. Wenn ich dich dabei habe, brauche ich mir darum aber keine Sorgen zu machen. Zudem weiß ich nicht, wo ich diese unbeteiligte Frau herbekommen sollte. Außerdem sind wir dann wiederum erpressbar. Darum bitte ich dich inständig, meine

Partnerin bei dieser Sache zu sein und dich wie zu Hause fallen zu lassen. Es geht um unsere Existenz.

Ich habe ausgehandelt, dass die Frau verkleidet sein darf und auch keine Haut zeigen muss, aber schwören wird, noch nie in einem öffentlich ausgestrahlten Erotik- oder Porno-Film mitgewirkt zu haben. Und bisher ist keine unserer Szenen öffentlich. Du bist also auf der legalen Seite.

Allerdings ist es ein Kino, in dem die Zuschauer ausschließlich männlich sind und welches Clubcharakter hat. Es kann also nicht jeder rein."

Regina erschrak. Es war eines, mit verschiedenen Menschen Sex zu haben – auch mal mit mehreren gleichzeitig. Aber in der Öffentlichkeit?

Die Entwicklung gefällt mir gerade gar nicht. Trotzdem – irgendwie klingt es spannend. Und wenn niemand mich erkennen kann und auch sonst nichts auf meine Beteiligung hinweist, bin ich eigentlich auf der sicheren Seite. Vielleicht sollte ich doch ...

„Puh ... Ich mache es für dich und deine Kollegen. Aber dein Chef weiß hoffentlich, dass er dann in deiner Schuld steht.

„Allein in deiner, mein Engel!" Robin küsste Regina ausgiebig.

„Eigentlich solltest du verprügelt werden, weil du genau mit meiner Reaktion gerechnet hast. Denn das weißt du sicher nicht erst seit gestern." Regina war noch etwas verstimmt.

„Du hast Recht und ich bitte dich, mir zu verzeihen. Ich verspreche auch hoch und heilig, so etwas nicht mehr zu machen."

Also gingen die beiden in den Kino-Palast in dieser Weltstadt. Regina mit einer täuschend echten Perücke und großer Sonnenbrille, Robin mit der üblichen Gabriel-Gelfrisur, die auch eine Perücke war mit anderer Haarfarbe sowie seinen farbigen Kontaktlinsen. Sie hatten beide schräge Klamotten an und fielen durchaus auf. Sie lachten herzlich darüber. Später setzte Regina zu einem wieder anderen Outfit noch eine venezianische Halb-Maske auf, um unerkannt zu bleiben.

Die beiden saßen auf Anweisung der beiden Kontrahenten aus dem Filmbusiness in der ersten Reihe. Robin befingerte Regina im ersten Drittel des Films schon, um sie heiß zu machen. Er selbst hatte allein durch die Vorstellung, was passieren würde, von Beginn an einen Steifen. Plötzlich wurde – auf sein Zeichen – der Film gestoppt. Kurz vor einer Liebesszene. „Was halten Sie von einer Live-Einlage, meine Herren?" fragte

Robins Boss in den Raum. „Unter uns ist der Hauptdarsteller des Films mit einer Partnerin. Sie werden, wie im Film bei der folgenden Szene, nicht viel Haut sehen, aber ich verspreche ihnen, dass sie keine bessere Chance bekommen werden, sich einen runterzuholen. Mir wird selbst schon beim Gedanken daran ganz heiß."

Applaus brandete auf und man fühlte das erwartungsvolle Knistern im ganzen Kinosaal.

Robin stand auf, zog Regina hoch und gebot ihr, sich über einen Sessel zu lehnen, hinter dem ihr gemeinsamer Freund Jack in Verkleidung saß. Robins Boss und sein Kontrahent saßen in dieser Reihe mit nur je ein wenig Abstand zwischen sich und Jack.

An Jacks Schultern hielt sich Regina fest, während Robin ihren Rock hob und in sie eindrang. Jack seinerseits hielt sie mit seinen Arm ganz fest.

Sie spürten beide förmlich, wie die Männer alle ihren Atem hielten und jeder sein Gemächt auspackte. Und dann sahen sie auch einige der Herren, wie sie sich selbst befriedigten, während Robin alles gab und seine Geliebte zu den Höhen der Lust führte. Beide stöhnten und schrien zeitweise ihre Lust heraus. Die Reaktion der Männer um ihn spornte Robin an. Denn selbst sein Chef und dessen Gegenspieler konnten sich nicht zurückhalten. Sogar Jack packte aus, während er Regina in die Schulter biss und ihren ungeschützten Hals unter Strom setzte. Sie ihrerseits flüsterte Jack dreckige Dinge ins Ohr und leckte ihn am Hals, was ihn absolut geil machte.

Das Paar hatte tatsächlich zur gleichen Zeit einen Höhepunkt an diesem ungewöhnlichen Ort und mit dieser nicht unbedingt bequemen Haltung.

Dies wurde von Julien genauestens gefilmt, ohne dass dies einem der anderen Herren bewusst geworden wäre. Regina hatte einen eindeutig erkennbaren Orgasmus, wie auch Robin ihn hatte.

Applaus brandete auf. „Können wir euch auch mieten? Live ist die Stimulierung noch viel besser als im Film", rief ein Zuseher aus dem Saal.

Als alles vorbei war und sie wieder auf ihren Plätzen saßen, beugte Regina sich zu Juliens Kamera und flüsterte. „Ich schwöre, dass ich nichts mit den Filmproduktionsaufnahmen zu tun habe, ich noch nie eine Sexszene in einem Verkaufsfilm gespielt habe und dies das erste Mal in meinem Leben war, dass ich öffentlich Sex hatte."

Später trafen sich die Männer in einer Kneipe, während Regina zurück ins Hotel gefahren war.

„Gabe, du hast unseren Arsch gerettet." Sein Chef war in Feierlaune.

„Nein, nicht ich. Meine Partnerin hat uns gerettet. Aber ich werde mich hüten, ihren Namen oder sonst etwas preiszugeben. Dazu schätze ich sie zu sehr."

Der Kontrahent nahm seine Niederlage überraschend gelassen. „Ehrlich gesagt, bin ich in meinen Grundfesten erschüttert. Ich hatte nicht vor, mein bestes Stück vor euren Augen auszupacken. Aber ich konnte nicht anders. Der Akt hat mich mehr angemacht als alles, was ich bisher im Kino sah. Inklusive deiner Filme, Gabe."

„Mir geht es genauso." Gabes Chef bestätigte die Aussage.

„Morton, ich zolle dir und deiner Partnerin höchsten Respekt. Denn ich bin mir sicher, dass du diese Frau liebst, das sah ich an deinen Augen. Ich bin mir außerdem sicher, dass diese den Auftritt auch nur aus Liebe zu dir gemacht hat. Es war eine wunderbare Zärtlichkeit zwischen euch, die man in einem Porno niemals findet.

Daher gebe ich mich mit der Anonymität der Dame zufrieden und verspreche euch außerdem, nichts mehr weiter zu unternehmen. Vor mir seid ihr in Zukunft sicher.

Solltet ihr jedoch jemals einen Film mit dieser Frau drehen, dann beteilige ich mich gerne an den Kosten – und Einnahmen. Und ladet mich bitte zur Premiere ein. Ich hoffe, dort gibt es dann wieder eine Live-Vorführung, wie heute.

Wir haben den Unterlassungsvertrag unterschrieben. Ihr könnt also die heutige Aufnahme vernichten. Ich wünsche euch allen viel Glück!"

MAERZ

DER KOMPONIST

Schon zwei Wochen später war wieder ein einzelner Mann in einer der Ferienwohnungen. Diesmal erkannte Regina einen Musiker, dessen Songs sie liebte.

Er war absolut nicht ihr Typ, was sexuelle Anziehung anbelangte. Außerdem hatte er einen Bart, was Regina überhaupt nicht an ihrer empfindlichen Haut leiden konnte, aber sie fand ihn trotzdem sympathisch. Er blieb die meiste Zeit des Tages alleine, hatte aber schon am ersten Tag auf dem E-Piano in der Ferienwohnung gespielt, wie Leo ihr berichtete.

Auf Reginas Frage, ob er denn reiten wolle, antwortete er, dass er Angst vor Pferden hätte, sich aber über das Angebot freue. Eine Essenseinladung von Regina nahm er allerdings gerne an. Denn er schätzte interessante Gespräche.

Nun kam er – nach zwei weiteren Wochen – auf Regina zu, als sie auf dem Weg zum Stall war. „Entschuldige bitte, ich weiß, dass du meine Songs magst. Ich habe in der Stille dieses schönen Anwesens ein paar neue Lieder komponiert und würde gerne wissen, wie sie dir gefallen."

Regina war sehr überrascht. „Selbstverständlich höre ich mir deine neuen Werke sehr gerne an. Sie gefallen mir, da bin ich mir ganz sicher."

Sie kam also mit in die Ferienwohnung. Ihr Gast sang ihr die Songs am E-Piano vor und sie war begeistert. „Ja, das gefällt mir sehr gut. Aber ich denke, den zweiten Song solltest du von einer Frau singen lassen. Das passt besser."

Er sah sie an. „Denkst du? Willst du es mal probieren? Vielleicht stimmt es ja tatsächlich."

Obwohl Regina in ihrer bayerischen Heimat jahrelang Gesangsstunden gehabt hatte, war sie in der Beziehung eher schüchtern. Doch sie hatte an dem Tag schon für sich selbst gesungen und wusste daher, dass ihre Stimme geölt war. Also versuchte sie es.

Es klappte und ihr Gast war beeindruckt. „Du hattest Recht. Zu diesem Text gehört eine sanfte weibliche Stimme. Willst du mit mir ins Studio gehen?"

„Ich? Ich bin doch keine ausgebildete Sängerin!" Regina riss die Augen auf, aber sie strahlte.

„Ihr Deutschen immer – ihr meint, ohne Diplom kann man etwas nicht können. Ich höre, du hast eindeutig eine Ausbildung. Und deine Stimme gefällt mir sehr gut. Ein voller und weicher Alt, wie man ihn gerne hört. Keine Angst – keiner zwingt dich auf eine Bühne. Ich hätte nur gerne die Stimme auf Tonträger. Tantiemen erhältst du vom Verkauf natürlich dann auch."

Regina setzte sich völlig überwältigt. „Ja, unter diesen Voraussetzungen mache ich es sogar sehr gerne."

Schon wenige Tage später stand sie in einem Tonstudio und nahm diesen neuen Song auf, der ihr besonders gut gefiel. Und was am Ende herauskam, konnte sich mit anderen großartigen Popsongs messen lassen. Sie wollte allerdings nicht mit ihrem richtigen Namen, sondern unter einem Pseudonym, auf der CD erscheinen.

Robin war begeistert von der Sache, als Regina ihm davon erzählte. „Hey, meine Schöne, ich wusste gar nicht, dass du eine solch tolle Sängerin bist, dass du sogar von Popgrößen verpflichtet wirst. Alle Achtung. Da kann ich ja bald nicht mehr mithalten."

„Quatsch. Du bist ein wunderbarer Schauspieler und Menschenkenner. Und der beste Liebhaber, den ich mir wünschen kann. Ich habe solche Sehnsucht nach dir!

Unsere Popgröße wollte mir übrigens an die Wäsche. Und er hat es erst gar nicht verstanden, dass ich ihn nicht will, wo er doch so ein toller Hecht ist und alle Frauen auf ihn fliegen. Das musste ich ihm auf die harte Art beibringen."

"Ich hoffe, er hat es auf Dauer kapiert."

„Ja, nach einer Weile hat er es akzeptiert."

RAMON

Die Herren und Damen, die zwischendurch das Gästehaus belegten, waren nicht der Rede wert und so gar nicht Reginas Fall. Aber sie waren durch die Bank nett und zahlten ihre Rechnungen. So trug sich das Restaurant mit Hilfe der Ferienwohnungen ganz gut. Die guten Löhne von Reginas Angestellten waren gesichert.

Dann kam der Tag, an dem ein Adonis in eine der Ferienwohnungen Einzug hielt. Ramon war ein sehr schöner Mann. Sie wusste von Jack, auf dessen Empfehlung er gekommen war, dass er seit einiger Zeit keine Freundin hatte und bei bezahltem Sex seine Probleme hatte.

Als sie am frühen Morgen am Rand der kleinen Weide stand, um zu beobachten, wie sich die Pferde voller Freude im frischen Schnee wälzten, stand Ramon plötzlich neben Regina. „Sehr schöne Geschöpfe. Obwohl ich nichts von der Reiterei verstehe, bin ich dennoch begeistert von ihnen."

„Ich verstehe auch nichts von Malerei und bin von bestimmten Bildern immer wieder fasziniert." Ramon lachte ein weiches Lachen. „Würden Sie mir die Ehre geben und mit mir zu Abend speisen? Ich möchte heute nicht den ganzen Tag alleine sein."

„Gerne. Kann ich Sie überreden, jetzt mit mir einen kleinen Spaziergang zu machen? Die Hunde müssen ein wenig raus aus dem Hof, damit sie mir nicht depressiv werden."

Er stimmte zu und so waren sie kurz darauf unterwegs mit den beiden Hunden, die ihre helle Freude an dem Wetter hatten.

Nach einer Stunde des Gehens kam ihr Gast zum Thema. „Vermutlich hat Jack schon etwas erwähnt. Zum einen bin ich völlig überarbeitet und brauche etwas Ruhe und außerdem habe ich das Pech, seit einigen Monaten keine Frau mehr zu haben. Ich wünsche mir eine Frau, die mich stimuliert und durch die ich wieder Schwung in meine Arbeit bekomme. Ich bin Autor von Beziehungsgeschichten, die oft in Hollywood verfilmt werden. Langsam gehen mir die Ideen aus.

Als wir uns zur Begrüßung kurz umarmt hatten, hat sich das gut und richtig angefühlt. Und nun dachte ich, denke ich ... ach Shit, ich wollte dich fragen, bitten, ob du dir Sex mit mir vorstellen kannst."

Regina sah ihm in die Augen. „Du bist ein ausgesprochen schöner Mann in den Dreißigern. Warum fragst du ausgerechnet mich, eine Frau, die einen Erotikdarsteller zum Geliebten hat und dazu noch einiges älter ist, als du?"

„Du bist eine attraktive Frau, die in mir ein Urvertrauen auslöst. Du hast das vollkommene Vertrauen meines guten Freundes Jack. Das sind doch gute Gründe. Und du hast einen schönen Geliebten, das heißt, du denkst hoffentlich nicht, dich in mich verlieben zu müssen. Kompliziert kann ich es nämlich im Moment gar nicht gebrauchen. Außerdem hast du mich bisher noch nicht einmal angebaggert. Das schätze ich sehr."

Regina lachte. „Ja, das sind gute Gründe. Du bist mir sehr sympathisch. Ich lasse dich bei unserem Abendessen wissen, wie meine Antwort lautet." Sie kamen überein, bei Regina zu speisen.

Regina bereitete einen leichten Imbiss vor, den sie im kombinierten Ess-Wohnzimmer kredenzen wollte. Den Kamin mit dem Glasfenster in dem Raum heizte sie auch gleich ein. Es war eine sehr gemütliche Atmosphäre. Da ihre positive Antwort bereits feststand, legte Regina Decken, die weichen Schaffelle und einige Kissen vor den Kamin.

Kurz darauf kam Ramon und brachte einen Arm voll wundervoller gelber Narzissen als Dank für die Einladung mit. Regina stellte die Blumen in eine große Vase und ging voran zum Esszimmer.

Der Blick ihres Gastes schweifte über den Tisch mit den Köstlichkeiten, dann über die gemütliche Couch zum Kamin. „Ich sehe, du hast dich entschieden. Was hältst du davon, die Nachspeise vorzuziehen?" Mit den Worten umschlang er ihre Hüfte und küsste sie auf ihr schönes Dekolleté mit den sanften Brustansätzen.

Genüsslich beugte sie sich ihm entgegen und fasste ihm in den Schritt. Er schnappte nach Luft. „Vorsicht, hier herrscht Notstand und ich will uns beiden nicht den Spaß verderben, indem ich jetzt schon komme. Bitte lass dich einfach von mir verwöhnen. Du machst mich heute glücklich, wenn du nur reagierst und nicht selbst aktiv bist."

Reginas Arme umschlangen ihn und sonst ließ sie Ramon die Führung, wie er es gewollt hatte. Allerdings gab sie ihm kurz darauf wortlos einen Gummi. Er zog eine Braue hoch. „Das ist Gabes und meine Sicherheit und die Bedingung bei unserem

Deal." Ramon fügte sich und streifte ihn über, bevor er Regina, inzwischen im Evakostüm, auf die Schaffelle bettete und seinen Schaft in ihre Spalte versenkte.

Regina genoss es, langsamen Sex mit ihrem neuen Partner zu haben. Er pausierte immer wieder, als wenn er sich alles genau merken wollte, bevor er langsam, aber voller Kraft, wieder in seinen Rhythmus zurückfand.

Es ist schon eine eigenartige Sache: Bevor ich Robin kennenlernte, war Sex für mich kein Thema – und auch keine schöne Sache. Mit ihm hatte ich überhaupt meinen ersten Orgasmus. Und seitdem klappt es fast mit jedem Partner, den er für mich wählt. Er ist in so vieler Hinsicht ein absoluter Schatz für mich. Ich habe, nicht zuletzt durch den erfüllten Sex, ein herrliches Leben und danke dem Himmel dafür.

Ramon war ein guter Liebhaber, der sie bestens zu befriedigen vermochte. Nach einer kurzen Pause, während der sie beide die Flammen im Kamin beobachteten, ermunterte Ramon Regina, ihn zu reiten. Während des Aktes spielte er mit ihren Brüsten. „Ich kann nicht glauben, dass du älter bist, als ich. Du hast wunderbar straffe Brüste. Und du hast eine herrliche Haut. Ich könnte dich ununterbrochen streicheln."

„Wer sollte dich aufhalten?" Regina lächelte aufmunternd und er streichelte sie tatsächlich mit einer Hingabe weiter, die sie wunderbar entspannend empfand. Regina freute sich über die Komplimente. Auch ihr Liebster war fasziniert von ihrer Haut und sprach öfter von einer „Haut wie ein die Blätter einer Rosenblüte".

Nach dem Sex massierte Ramon Regina und trug damit auch noch zu ihrem Wohlbefinden bei.

Als sie später, nur mit Bademänteln bekleidet, am Tisch saßen, fanden sie zahlreiche Gesprächsthemen. „Langsam verstehe ich die Faszination, die von dir ausgeht und auch Jack verzaubert hat. Ich denke ja, dass auch ein paar andere Männer schon hier waren, die ich sehr schätze.

Jetzt glaube ich zu wissen, was ihre Leidenschaft und ihre Arbeitskraft so sehr entfacht hat. Denn jeder einzelne von ihnen war nach einem geheimnisvollen Urlaub beschwingt, wie nie zuvor. Du bist eine faszinierende Frau, Regina.

Ich habe mich heute mit deinem Koch unterhalten. Er hat erzählt, dass du öfter mal Kuchen oder Kekse bäckst und sie deinen Leuten bringst. Er meinte, dass du auch sonst immer wieder kleine Präsente machst, die deine Leute lieben. Du hast für alle ein offenes Ohr und immer wieder eine nette Überraschung, Lob und einen guten Rat. Sie verehren dich. Aber nicht nur sie, sondern auch deine Feriengäste.

Du hast die Gabe, deinen Gästen ein unbedingtes Wohlbefinden zu vermitteln, ohne sie festhalten zu wollen. Ich werde alles daran setzen, dass nur die richtigen Personen von deinem Paradies hier erfahren."

Ramon war eine Woche in der Ferienwohnung und war in dieser Zeit ein zärtlicher Liebhaber für Regina. Auch sie wurden richtige Freunde. Tagsüber war Regina auch mal mit ihrer Freundin Dana verabredet und an einem Abend pro Woche ging sie nach wie vor tanzen. Doch die Abende gehörten meist ihr – oder ihren Feriengästen.

Eine Woche nach Ramons Abreise wurde das riesige, weiche Fell eines enorm großen Yaks angeliefert, sowie das Fleisch des Tieres mit dem Versprechen auf mehr. Außerdem mehrere Ster Holz. Die dem Fell beiliegende Nachricht lautete: Ich werde die Abende vor dem prasselnden Feuer und unsere tiefschürfenden Unterhaltungen nie vergessen. Danke für deine Freundschaft! Dein Ramon.

Regina lächelte. Der Text war unverfänglich und glich so sehr den anderen Nachrichten, die sie von ihren Intimpartnern erhalten hatte, seit sie Gäste in den Wohnungen hatte.

Und jeder hatte sich nützliche Geschenke ausgedacht: Greg, der von Jack bezahlt wurde, die neuesten Musikerscheinungen von ihrem Lieblingsmusiker, die dauerhafte Bezahlung des Unterhalts ihrer Pferde durch Brad. Julien und Gabe überhäuften sie mit Dessous und schönen Kleidern für alle Gelegenheiten.

Für mich ist das der Himmel. Ein besseres Leben kann ich mir gar nicht vorstellen.

Regina war mit Luna und Major unterwegs, während die letzten Gäste in ihrem Lokal bewirtet wurden. Den Abend würde sie vor dem Computer verbringen – um an einer neuen Liebesgeschichte erotischen Inhalts zu schreiben.

APRIL

Regina traf sich mit Dana. Die beiden Frauen machten einen langen Ausritt. Sie unterhielten sich über die unterschiedlichsten Themen. Irgendwann fragte Dana: „Ich weiß nicht, ob mir das gefallen würde, dass ich meinen Freund nur alle paar Wochen mal sehe. Sag mal, wollt ihr, du und Robin, nicht mal richtig zusammenziehen?"

„Du, das geht aus verschiedenen Gründen nicht: Robin möchte nicht sein Berufsleben mit dem Privaten vermischen, weil er sonst vielleicht erkannt wird. Dann habe ich so viele Jahre alleine gelebt. Ich glaube, ich würde es gar nicht aushalten, jemanden die ganze Zeit um mich zu haben. Außerdem, so feministisch Robin auch eingestellt ist – ich bin mir sicher, dass es darauf hinauslaufen würde, dass ich den Großteil der Hausarbeit mache. Und das will ich auf keinen Fall!"

„Aber er tut doch eh alles für dich."

„Bei genauem Hinsehen auch nur, wenn es ihm etwas bringt oder er Spaß daran hat. In anderen Sachen ist er schon noch sehr in den Rollenbildern verwurzelt. Das kriegt man nicht so ohne weiteres raus. Geht mir ja genauso. Ich muss in unserer Beziehung wirklich alles hinterfragen, weil ich sonst immer wieder in diese Klischees hineintappe. Schließlich besteht die Schieflage zwischen Männern und Frauen schon seit Jahrhunderten. Diese versteckte Misogynie[6] findet sich einfach überall in unserem Leben. Das ist meistens nicht mal absichtlich.

Wenn es zum Beispiel um Putzen und Bügeln geht, ist es Robin genauso unangenehm, wie mir. Nur mit dem Unterschied, dass ich es dann doch mache, weil es eben getan werden muss. Du glaubst nicht, wie lange Männer Dreck oder anstehende Arbeit übersehen können. Männer haben einfach viel mehr Geduld. Sie sind Meister darin, abzuwarten, dass sich etwas von selbst erledigt – oder von jemandem anderem erledigt wird.

Meistens sehen sie zwar ein, dass sie mal ihre Klamotten waschen müssen, aber dass das gleiche für deine gilt, steht auf einem anderen Blatt.

Letztens hat Robin hier ein paar Sachen gewaschen. Ist ja gut so. Aber er hätte auch fragen können, ob von mir auch

---

6 Aus griechisch Hass und Frau, also Frauenhass bzw. Ablehnung alles Weiblichen. Ansicht, dass die Relevanz bzw. Wertigkeit von Männern oder dem Männlichen höher einzuschätzen ist als die von Frauen oder dem Weiblichen.

was gewaschen werden soll. So, wie ich es andersherum auch immer mache. Aber daran hat er einfach nicht gedacht. Ich habe ihn darauf aufmerksam gemacht und es war ihm peinlich, dass ihm das selbst nicht aufgefallen ist."

„Stimmt, wenn ich genau darüber nachdenke, war das bei meiner letzten Beziehung auch so. Wenn mein Freund mal geputzt hat, dann nur seine eigene Werkstatt – in dem Wissen, dass ich das nie getan hätte.

Als im Bad die Glühbirne ausgebrannt ist und ich sie nach einem Tag ausgewechselt habe, meinte er zu mir, dass er das schon gemacht hätte. ‚Wenn ein Mann sagt, dass er was macht, dann macht er das auch.'"

„Ja, sicher, aber du weißt nie, in welchem Jahrhundert …

Eine Bekannte von mir in Deutschland sagte mal, sie habe nach einer Ehe genug von Männern, die sich ins gemachte Nest setzten. Ihr Spruch war immer, sie würde sich nur noch einen ambulanten Mann anlachen. Der würde nach einer netten gemeinsamen Zeit wieder in seine eigene Wohnung verschwinden und sie hätte keine zusätzliche Arbeit mit ihm. Ihre neue Beziehung hält jetzt schon sehr lange und er weiß, dass er auch was dafür tun muss, dass dies so bleibt."

Die beiden Frauen lachten gemeinsam über ihre Erfahrungen mit Männern, obwohl es eigentlich traurig war, dass die Rollenbilder immer noch so in den Köpfen zementiert waren.

Finally – Der Film

Ein paar Tage später kamen Robin und Julien. Letzterer mit seiner Profikamera und einigen Dingen, die sie brauchen würden. Er hatte außerdem Kostüme, Perücken und Masken nach Vorgaben für Regina und Robin organisiert.

Als Regina die beiden in ihr Haus gebeten hatte, legte Julien alles ab, was er mitgeschleppt hatte. Dann umarmte er Regina und drehte sich mit ihr in der Diele. „Ich freue mich so sehr auf die Arbeit mit euch beiden. Wie sehr, kann ich gar nicht sagen. Ich weiß jetzt schon, dass dieser Film ein Kassenschlager wird."

Robin hatte alles mit seinem Boss geklärt. Dieser war genauso heiß auf einen Film mit dem Paar, das er schon live im Kino gesehen hatte, wie sein damaliger Konkurrent.

Die Ansage vom Boss an Robin: „Ich bin überzeugt, dass ein solcher Film nach dem mir vorliegenden Drehbuch uns ein

Vermögen einspielen wird. Und ich bin einverstanden, dass deine Partnerin ein Pseudonym haben wird. Ich werde niemals nachfragen, wer sich dahinter verbirgt. Hauptsache, die Frau lässt sich mit dir filmen.

Als wir im Kino euren Liebesakt sahen, dachte ich mir, wie viel mehr es noch ausmachen würde, wenn man eure reale Verbundenheit in einem Film spüren würde. Der Akt zwischen euch im Zoom. Einfach genial. Damit werden wir die Männerwelt vollkommen kirre machen und mit Sicherheit auch einen Teil der Damenwelt. Und die Dialoge sind dazu noch sehr raffiniert. Am liebsten würde ich den Film jetzt gleich sehen. Seht zu, dass er so schnell wie möglich in die Kinos kommt! Eure Gagen und Juliens Honorar werden an die Einnahmen gekoppelt sein."

So wurde also in Reginas persönlichem Schlafzimmer Stunden um Stunden gedreht. Neben dem Himmelbett mit dunkelroten Samtvorhängen und goldenen Kordeln hatte sie die Einrichtung noch weiter verfeinert. Es gab originalgetreue Tapeten wie in der Rokokozeit, hohe silberne Kerzenleuchter, einen großen Spiegel mit goldenem Rahmen gegenüber dem Bett, einen antiken Waschtisch, weiche Teppiche und stilvollen Nippes. Alles wurde mittels eines kristallenen Kronleuchters zusätzlich ins richtige Licht gesetzt. Regina hatte einen homosexuellen Freund, der sich um die Einzelheiten gekümmert hatte. Er hatte ein Händchen dafür, dass die Jungs begeistert durch die Zähne pfiffen, als sie den Raum das erste Mal sahen.

Bei Kerzenschein und ein paar Scheinwerfern, die diesen Effekt unterstützten, wurde also gedreht. Julien war überwältigt. „Wenn ihr mir letztes Jahr um die Zeit gesagt hättet, dass es mich völlig aufgeilt, einem Paar, das ich filme, beim Sex zuzusehen, hätte ich gesagt, ich habe ja alles schon gesehen und dass ich schon so abgestumpft bin, dass das sicher nicht passieren wird. Bei euch beiden ist alles anders. Die Zärtlichkeit zwischen euch ist hinter der Kamera zu greifen und ändert die Atmosphäre zu einem Wow-Effekt."

Es gab eine Szene, in der man aus der Ferne Musik hörte. Durch das kurze Eingangsgespräch des Paares wusste der Zuseher, dass im Palazzo der Protagonistin ein Ball stattfand und die Dame des Hauses mehrmals nur eine kurze Zeitspanne von ein paar Minuten für ihren Liebhaber erübrigen konnte. Dieser wusste, dass er sie bis zum Ende der Nacht nicht entkleiden oder ihre Frisur zerstören durfte. Die beiden deuteten einen Tanz an, woraufhin sie sich sitzend und aufgestützt auf ihre Arme auf dem Bett niederließ während er ihre Röcke lüftete und auf ihrem Unterkörper drapierte. Dann legte er eine Brust frei und saugte an der Warze, bis sie ihre bestrumpften und beschuhten Beine spreizte und auf die Bettkante stellte.

Sein Kopf kam tiefer und er kniete sich vor das Bett und spielte mit seiner Zunge an ihrer Pforte der Lust, bis sie stöhnte und ein Schauder nach dem anderen sie erzittern ließ. Daraufhin erhob er sich wieder, legte sich ihre Beine um die Hüften und drang mit seinem harten und mächtigen Liebesstab mit Kraft in sie ein. Ihr stockte der Atem einen Moment lang, bevor sich ihre Atmung wieder fing und beide sich in einem wunderbaren Rhythmus zur Musik aus den oberen Ballräumen bewegten.

Die Liebenden vergaßen völlig die zahlreichen von Julien aufgebauten Kameras, die jede kleinste Bewegung ihrer Geschlechtsteile beobachteten und dann wieder das Gesicht des Freibeuters, das einen beglückten Ausdruck zeigte. Das Paar brauchte nicht zu schauspielern. Sie waren beide einfach nur sie selbst.

„Dieser Akt war genau richtig in der Länge und wunderschön. Ich konnte eure intimsten Regionen herrlich einfangen, aber auch die Gefühle und die Atemlosigkeit, die bei euch herrschte. Glaubt es oder nicht, ich musste mich sehr beherrschen, um nicht parallel an mir selbst rumzufummeln. Das wird ein gigantischer Film, das sage ich euch!"

Jede einzelne Szene wurde ein Kunstwerk. Regina machte sich Gedanken darüber. „Das Schöne an dem Film ist, dass wir uns nicht verstellen müssen. Ja, wir haben Text, aber die Gefühle sind echt. Ich liebe meinen Freibeuter über alles!" Sie schlang ihre Arme um Robin und gab ihm einen Kuss.

„Was du nicht sagst. Und ich kann ohne meine schöne venezianische Witwe nicht mehr leben, so sehr brauche ich sie." Robin drückte sie fest an sich.

„Komm, mein Freibeuter, lass uns das machen, was wir besonders gut können: Liebe."

Am Ende des ersten Drehtages setzte Regina sich auf das Bett, die Beine auch auf der Matratze und bot den beiden Männern den Anblick ihrer Lustgrotte.

„Ich kenne einen sehr emsigen Mann, dem ich den ganzen Tag schon richtige Schmerzen ansehe. Der musste nämlich über Stunden die Marter ertragen, eine Penetration nach der anderen zu filmen und fand leider selbst keine wirkliche Erleichterung. Diesem Mann würde ich gerne zu einem Höhepunkt verhelfen als Dank für seinen unermüdlichen Einsatz hinter der Kamera."

Julien sah sie entgeistert an. „Du meinst mich?"

Sie nickte. „Ich sehe hier sonst niemanden, den ich meinen könnte."

Julien strahlte. „Ich danke dir herzlich für das Angebot. Das nehme ich mit Begeisterung an." Julien hatte selbst auch die ganze Zeit eine Perücke und Lakaienkleidung getragen, weil er die antike Atmmospäre selbst spüren wollte. Nun öffnete er seine Hose und streifte einen Gummi über. Dann kam er mit einem überaus respektvollen, fast verehrenden Ausdruck im Gesicht auf Regina zu und küsste erst ihre Brüste, sog an ihnen und spielte mit den Brustwarzen. Dann drang er langsam und konzentriert in die ihm dargebotene Spalte ein. Er genoss den Akt mit jeder Faser seines Seins.

Er war so versunken, dass er nicht bemerkte, dass er nun genauso gefilmt wurde, wie er vorher Robin gefilmt hatte.

Eine ähnliche Szene wiederholte sich an jedem einzelnen Drehtag. Julien war somit genauso selig wie seine Freunde. Beiden Männern fehlte es nicht an Zuwendung. Und Regina sowieso nicht. Denn sie fühlte sich wie auf Händen getragen.

Man konnte sagen, der Film war mit Liebe gemacht. Es stimmte jede Einzelheit und die Zuschauer würden vergehen vor Sehnsucht nach einer Liebe wie dieser. Das Ganze sollte zu einer ganz normalen Länge geschnitten und mit klassischer Musik untermalt werden. Der Film versprühte jetzt schon einen ganz besonderen Charme und würde sicher ihre Erwartungen erfüllen.

Bei Drehschluss überreichte Robin seinem Freund eine Speicherkarte. „Hier, das ist dein ganz persönliches Exemplar des Filmes."

Julien sah ihn verwundert an. „Wieso das denn?"

Er sah sich den Film an. „Aber das bin ja ich!"

Er umarmte seine Freunde. „Ihr seid meine wundervollen verrückten Freunde. Ich könnte mir keine besseren wünschen als euch!"

DIE STIFTUNG

Regina hatte inzwischen sehr viel Geld angesammelt und nun eine Stiftung gegründet. Diese Stiftung sollte die Aufgabe haben, Frauenhäuser zu gründen und zu unterhalten. Und zwar jeweils eines in Reginas alter und eines in ihrer neuen Heimat.

Als Robin sie fragte, warum sie das machen wollte, erklärte sie ihm: „Weil ich in meinem Leben sehr viel Glück hatte und mich mit dem Thema schon seit vielen Jahren beschäftige. Da Gewalt in Partnerschaften zu einem überwältigend überwiegenden Teil von den Männern ausgeht und Frauen in vielen Fällen gar nicht die Möglichkeit haben, sich alleine dem zu entziehen, ist es mir wichtig, wenigstens einigen Frauen die Chance zu schenken, ein selbstbestimmtes und gewaltfreies Leben zu leben."

„Das sind gute Gründe. Meine Mutter wird auch stolz auf dich sein! Ich werde dich bei deinem Vorhaben unterstützen, soweit ich kann. Schließlich kenne ich genügend Leute, für die es irrelevant ist, wenn sie ein paar hunderttausend Dollar stiften. Die ersten kommen natürlich von mir."

Robin erntete eine stürmische Umarmung. „Ich danke dir für deine Unterstützung!"

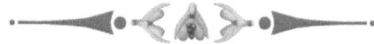

JACK AGAIN

Nur wenige Wochen später rief Jack bei Regina an. „Wie geht es Greg?" „Ihm geht es gut. Er hat sich wirklich gut eingelebt. Er ist inzwischen mehr oder weniger zu meinem Ersatzsohn geworden."

„Womit wir jetzt auch verwandt sind, oder?", er lachte. „Wie geht es dir?"

„Danke der Nachfrage. Mir geht es prima. Und selbst?"

„Außer, dass es noch immer keine für mich passende Frau in meinem Privatleben gibt, kann ich nicht klagen. Ist eines deiner Feriendomizile derzeit frei? Dürfte ich denn kommen? Ich meine natürlich, in zweierlei Hinsicht ..."

Regina lachte. „Ja klar. Mir ist im Moment sowieso etwas langweilig. Robin hat derzeit ziemlich viel zu tun und ich bin gerade fertig mit einem Projekt. Wann soll dich unser junger Verwandter vom Flughafen holen?"

Zwei Tage später stand Jack mit einem riesigen Blumenstrauß vor ihrer Türe. Sie ließ ihn ein und begleitete ihn in die angenehm warme Küche, wo der Tisch schon für einen Snack gedeckt war.

„Greg ist hier so richtig aufgeblüht. Ich bin froh, dass ich ihn dir geschickt habe. Schon immer mochte ich meinen Neffen richtig gerne. Aber lange Zeit wusste ich nicht, wie man ihm helfen könnte. Hier ist er genau richtig aufgehoben. Er sagt, er ist glücklich und genau so sieht er auch aus."

Jack nahm Reginas Hände zwischen seine. „Ich danke dir, dass du ihm eine Heimat gegeben hast." Er küsste ihre Fingerspitzen.

„Es freut mich, dass du so denkst. Ich kann mir den Stall ohne ihn auch nicht mehr vorstellen. Er passt so gut in unser Team und die Tiere lieben ihn. Für mich ist er wirklich wie ein Sohn. Er verbringt öfter Abende hier bei mir und wir sehen uns gemeinsam Filme an oder reden über alle möglichen Themen."

„Und sonst macht ihr nichts?"

„Nein, ich habe mit meinen Angestellten keinen Sex. Ich liebe Greg sehr, aber anders."

Regina sah Jack in die Augen und erblickte den blanken Hunger darin. „Na dann, lass uns keine Zeit verlieren." Sie wackelte lasziv mit dem Hintern, während sie den Raum verließ und die Treppe zum Gästezimmer hinaufging. Jack holte sie auf den unteren Stufen ein, warf sie sich über die Schulter und rannte, immer mehrere Stufen auf einmal überwindend, weiter hoch.

Im Gästezimmer legte er Regina auf das Bett, kniete sich daneben und begann, an ihrer rechten Brust mit Hingabe zu lecken und zu saugen, während seine Finger ihre Spalte suchten. Bald warf sie sich unkontrolliert hin und her. „Jack, komm zu mir. Füll mich aus, sei mein Mann. Ich will es sofort."

„Ich möchte etwas ausprobieren, wenn du erlaubst." Jack zeigte ihr einen Penisaufsatz, mit dem sein Schwanz fast schon die Ausmaße von Robins Willi annehmen würde. „Ja, versuchen wir es damit, Jack. Ich bin bereit für Neues."

Nachdem er es kurz im Bad gereinigt hatte, streifte er sich das neue Spielzeug über und versenkte es in ihrer heißen Spalte, wo er sich für die nächsten Minuten völlig verlor. Für Regina fühlte sich das Ganze neu und ungewohnt an, aber es brachte ihr auch Lust. Alle Gedanken flohen und sie war nur noch ein Fühlen.

Es tat gut, öfter mal einen Mann für Sex zu haben, mit dem sie auch in tiefer Freundschaft verbunden war. Auch, wenn Jack nicht Rob war.

„Das war eine gute Idee mit dem Teil. Hätte nie gedacht, dass du mich damit so wunderbar befriedigen kannst."

Jack feixte. „Ja, ich bin auch happy, dass das so prima klappt. Wir sind also beide auf unsere Kosten gekommen."

Die folgenden Stunden unterhielten sich die beiden über Jacks Arbeit und Reginas Drehbücher.

Sie hatten während seines kurzen Aufenthalts noch einige Male Sex und sahen sich aber auch gemeinsam mit Greg Filme an, die sie alle drei liebten und über die sie herzlich lachen konnten. Es war wie eine Familie, bei der man nicht genau erkennen konnte, wer wen verkörperte. Greg wurde von den beiden Älteren umarmt und aufgezogen und lernte, diese Vertrautheit zu schätzen. Er war als Kind selten geherzt worden und für ihn war diese körperliche Nähe ohne Sex eine neue Erfahrung, die ihm durchaus gefiel.

Irland

Kurz darauf besuchte Regina ein paar Freunde in Irland.

Am ersten Freitag ging sie in der Nähe von Dublin mit einer Bekannten in ein Pub. Die Menschen dort waren wie gewöhnlich am Wochenende herausgeputzt. Sie unterhielt sich mit verschiedenen Leuten. Irgendwann war ihre Begleiterin verschwunden. Es kam nur eine Nachricht auf ihr Telefon, Regina solle sich doch bitte selbst kümmern, wie sie wieder zu ihrer Wohnung kam, denn da wäre ein alter Bekannter ...

Der Barkeeper war ein junger Mann, etwa um die dreißig. Er beobachtete Regina und ihre Stimmung und sprach sie auch immer wieder an. Sie lachten miteinander und hatten ihren Spaß. Später, als das Pub fast leer war, fragte Regina nach einem Taxi. Da bot er Regina an, sie zu ihrer Unterkunft zu bringen.

Also saßen sie gemeinsam im Auto und fuhren ein paar Meilen. Dann blinkte er und fuhr an den Straßenrand.

Regina erschrak einen Moment lang. Sie waren mitten im Nichts. Shit, an diese Möglichkeit hatte sie nicht gedacht.

„Sorry, aber ich muss es wissen: Ich würde zu gerne mit dir schlafen. Sag bitte ja."

Er sah sie nur an. „Ich kann nichts bieten, denn ich habe ein Zimmer bei meinem Vater. Die einzige Privatsphäre, die ich habe, ist dieses Auto."

Regina sah sich in dem sehr gepflegten und geräumigen Auto um. „Hm, ich danke dir für dein Angebot, aber ich bin jetzt wirklich müde und möchte ins Bett – und zwar allein. Das ist keine Bewertung deiner Person. Denn du bist ein attraktiver und sympathischer Mann. Mir ist nur nicht danach."

Ihr Begleiter war enttäuscht, aber er brachte sie wohlbehalten zu ihrer Unterkunft und verabschiedete sich von ihr.

Für ein paar Tage später hatte Robin als Gabe einen Termin für Regina arrangiert. „Natürlich nur, wenn dir der Sinn danach steht, meine Liebste. Das weißt du ja."

Besonders gut angezogen und mit einem kecken Hut auf dem Kopf ging Regina in das von ihm genannte Nobelhotel in Dublin und traf sich dort mit einer jungen Frau namens Aisling. Sie setzten sich zusammen in die Lounge und tranken einen Espresso, während sie sich beschnupperten. Dann winkte Aisling dem Ober. „Wir werden unser Gespräch in unserer Suite Nr. 116 fortsetzen. Bitte bringen sie dorthin eine Flasche Champagner mit drei Gläsern. Danke sehr."

Die beiden Frauen begaben sich also in die Suite und trafen dort auf einen der bestbezahlten Schauspieler Irlands, den derzeitigen Liebhaber von Aisling. Er war auf der internationalen Bühne bekannt. Galant hieß dieser Regina willkommen.

„Ich freue mich sehr, endlich Gabriels mysteriöse Freundin kennenzulernen. Wenn ich ehrlich bin, sehen Sie nicht aus, wie ich sie mir vorgestellt hatte. Aber sie sind dennoch sehr sympathisch. Ich bin Timothy." Mit einem neugierigen Blick sah er sie an.

Er bat sie, auf einem Sofa Platz zu nehmen, vor dem ein Tisch mit vielen Papieren stand. „Wir wahren den Schein und unterhalten uns über unsere Verträge, wenn der Ober kommt." Mit diesen Worten gab er Regina einen Packen Papiere in die

Hand. Keine Sekunde zu spät. Als der Ober das Zimmer betrat, versenkte Regina sich interessiert in den Text.

„Was meinen Sie dazu?", kam die Frage von Timothy an sie und sie antwortete ihm: „Bitte einen Moment Geduld. Ich habe erst die Hälfte gelesen."

Die Gläser waren gefüllt und der Ober verließ den Raum. Aisling schloss hinter ihm ab.

„Würden Sie so einen Vertrag unterschreiben?"

„Oh ja, ich glaube schon. Das klingt alles sehr vernünftig."

„So, nun zu unserem eigenen Geschäft. Wir beide wünschen uns eine Frau im Bett und würden es beide sehr gerne mit Ihnen versuchen. Sind Sie einverstanden?"

Regina sah zuerst Aisling, dann Timothy eine Weile unverwandt an. Sie nickte. „Ihr seid mir beide überaus sympathisch. Warum nicht?"

Timothy hielt Regina ein mit 200 Euro-Scheinen wohl gefülltes Kuvert vor die Nase. „Dieses Kuvert gehört Ihnen. Wir wollen mit dem Geld Ihre Stiftung unterstützen. Sie sollen nicht umsonst hier bei uns gewesen sein." Damit legte er es vor Regina auf den Tisch. Sie ließ es in ihre Tasche gleiten.

Dann stand sie auf und legte zuerst ihren Hut ab und machte ihre Haare auf. Dann setzte sie sich in die Mitte des größeren Sofas und winkte das Paar zu sich. Sie setzten sich links und rechts von Regina nieder. Aisling legte sie den rechten Arm um den Rücken, zog sie näher und kreiste ganz sanft mit einem Finger um deren rechte Brustwarze, während sie ihre Zunge um Aislings linkes Ohr führte.

Mit der linken Hand streichelte sie erst Timothys Oberschenkel. Dann tastete sie nach seiner Hand und legte diese auf ihren eigenen Schenkel, die leicht gespreizt waren. Dann streichelte sie weiter und näherte sich so seinem Schwanz, während er ihren Hals küsste und seine Finger tastend ihrer warmen Mitte näher kamen.

Kurz später darauf stand Timothy auf und entledigte sich seiner Hose, schob Reginas Beine auseinander und stellte sich so dazwischen, dass Regina seinen Schaft in den Mund nehmen konnte. Derweilen hatte Aisling schon Reginas Rock hochgeschoben und kniete sich unter Timothy.

Während also Regina Timothy einen blies, leckte Aisling ihre Vulva. Und wie wunderbar sie das machte! Sie war eine Meisterin darin. Timothy kam im gleichen Moment wie Regina.

Er hatte einen Pariser mit Fruchtgeschmack übergezogen, der den Samenerguss aufnahm.

„Lass uns tauschen, Regina", bat Aisling. Nun war sie diejenige, die auf dem Sofa saß, von Timothy hingebungsvoll gestreichelt und von Regina geleckt wurde. Sie hatte ziemlich schnell einen Orgasmus und war erst einmal damit zufrieden.

„Regina, komm bitte hierher!" Diese Aufforderung kam dieses Mal von Timothy, der schon wieder einen Steifen hatte und herrschaftlich vor dem Schreibtisch stand. Regina leistete Folge und setzte sich auf das darauf ausgebreitete Handtuch. Zuerst setzte sich Timothy vor ihr auf den Stuhl und besah sich die Vulva und spielte an ihr und in der Vagina mit seinen geschickten Fingern, bis sich heiße Wellen in Regina ausbreiteten. Dann zog er einen Noppenpariser über, stellte sich vor sie und drang ein. Regina musste sich mit beiden Händen an der Kante festhalten, um ihm etwas entgegensetzen zu können. Aber sie genoss die Penetration dieses versierten Liebhabers.

Später lag Timothy im Bett. Regina kniete über seinem Kopf und ließ sich lecken, während Aisling ihn ritt. Nach einer Weile tauschten die beiden Frauen die Plätze aus. Timothy war danach erst einmal erledigt und schlief ein.

Währenddessen tauschten Aisling und Regina noch Zärtlichkeiten aus, bis Regina sich endgültig verabschiedete. An der Türe hielt Timothy sie zurück und raunte ihr ins Ohr: „Das war ein wundervoller Tag! Würdest du einer Wiederholung zu den gleichen Konditionen in drei Tagen zustimmen?" Regina sah ihn erst längere Zeit an, bevor sie nickte. „Bis dann." Sie ging schwungvoll die Treppe hinab.

Tatsächlich trafen die drei sich nochmals. Dieses Mal allerdings im Haus eines Freundes von Timothy. Dieser stellte ihnen ein riesiges Schlafzimmer mit allen Schikanen zur Verfügung. Aisling liebte Bondage-Methoden und ließ sich bereitwillig anketten und mit der Raffinesse von Timothy und Regina von einem zum nächsten Höhepunkt treiben.

Irgendwann klopfte es an der Türe. Christian, ihr Gastgeber, begehrte Einlass. Er war von Aisling eingeladen worden, mit ihr zu spielen. Timothy ließ es sich gefallen. Er vergnügte sich einstweilen mit Regina in allen Varianten, die ihnen so einfielen und beiden gefielen. Regina und Christian fanden keinen Gefallen aneinander, aber Christian sah gerne zu und das ließen wiederum Regina und Timothy sich gefallen. So kam

Christian zu seinem Spaß und überreichte am Ende des Tages Regina auch ein dickes Kuvert mit Geld, weil sie ihn bereitwillig zusehen ließ.

Ein paar Tage später trafen sie sich nochmals. Dieses Mal war ein Freund von Timothy mit in der Suite. Dieser war ein sehr gut aussehender Mittdreißiger. Schon, als er das Dreigestirn begrüßte, hingen seine Augen an Reginas Busen. Timothy bemerkte dies auch.

„Ich wusste einfach, dass du Matthes faszinieren würdest, Regina! Wenn auch du Gefallen an ihm findest, dann gehört dir ein weiteres Kuvert. Denn er ist einer meiner besten Freunde und eher ein schüchterner Typ. Mach ihm bitte eine Freude."

Matthes kam auf Regina zu, um sie linkisch zu umarmen. Sie ließ es zu. Rasch entspannten sich beide aufgrund der vorhandenen Sympathie. Matthes verlor sehr schnell seine Schüchternheit gegenüber Regina.

Er wollte Sex auf dem Schreibtisch. Regina trug eine Mieder, das ihre Brust hob und frei ließ sowie Strümpfe und behielt beides an. Sie sah umwerfend in dem bisschen Stoff aus. Sie war überrascht, weil Matthes etwas in ihrem Inneren berührte, das bisher nur wenige erreicht hatten. Er war ein überwältigender Liebhaber. Bei ihm vereinigten sich Zärtlichkeit und Durchsetzungskraft.

Regina genoss diese Stunden mit den Fremden, mit denen sie sich auf sexueller Ebene verbunden fühlte. Allerdings war sie auch froh, Matthes nicht wiedersehen zu müssen. Denn bei ihm hätte sie Angst bekommen, dass der oft sehr männlich geprägte Besitzanspruch auf Frauen durchschlagen würde. So ein Besitzanspruch führte oft genug zu unschönen Situationen, wie Regina wusste.

Nach diesem recht aktiven Urlaub flog Regina wieder zurück nach Kanada. Sie freute sich wieder auf ihr Heim.

MAI

Fred

Nicht lange danach mietete sich ein Mann bei Regina ein, der einen sehr gepflegten und etwas steifen Eindruck machte. Sie schätze ihn auf Mitte Vierzig.

Als Regina im Lokal saß und frühstückte, fragte er, ob er sich zu ihr setzen dürfe. „Natürlich, ich freue mich über Gesellschaft. Mein Name ist Regina."

„Ich bin Fred. Diane und Richard sind meine besten Freunde. Sie haben so von ihrem Urlaub geschwärmt, dass ich unbedingt wissen wollte, wo die beiden so glücklich geworden sind. Denn seit ihrer Rückkehr strahlen beide wie noch nie und scheinen das Glück wirklich gefunden zu haben."

Regina hob amüsiert ihre Augenbrauen „Verzeihen Sie, aber für mich sehen Sie aus, als wären sie durch und durch ein Städter, der gar nicht weiß, was er auf dem Land machen sollte. Ich kann ihnen nicht versprechen, dass auch sie glücklich nach Hause fahren."

Fred sah an sich hinab. Dann betrachtete er sein Gegenüber. Regina war mit Jeans, Stiefeln und einem Pullover bekleidet. Über dem Stuhl hing eine legere Jacke, die nicht mehr ganz sauber war. Sie kam eben gerade vom Stall.

Richard hatte erzählt, dass die Gutsbesitzerin früh am Morgen immer reiten ging. Einmal hatte sie das Paar mitgenommen. Ihnen hatte der Ausritt sehr gefallen. Nein, entschied er, das würde er nicht wollen. Pferde waren ihm suspekt. Zu groß, zu dreckig und überhaupt ...

„Na ja, ich arbeite im Finanzbereich. Mein Vater hat die Mehrheitsanteile an einer Bank und so wurde ich auf geschniegelt getrimmt. Ich hatte seit meiner Jugend keine Jeans mehr und weiß auch nicht, ob ich mich darin wohl fühlen würde."

„Es käme auf einen Versuch an. Ich nehme an, Sie haben Geld genug, einen zu wagen. Denn hier auf dem Land werden sie mit ihrem Anzug nicht glücklich. Besser wären Jeans, eine gute Jacke gegen den Wind und Boots. Wenn Sie möchten, kann ich sie in die Stadt mitnehmen. Ich fahre in einer Stunde los."

Fred sah aus dem Fenster. Eigentlich würde er gerne einen Spaziergang machen. Aber sie hatte natürlich Recht, das sollte er mit seinen Klamotten sein lassen.

„Wann waren sie übrigens zum letzten Mal im Kino?"

„Keine Ahnung. Es war jedenfalls ein Film von Walt Disney. Also, ich glaube, ich war vielleicht zehn Jahre alt."

Regina stand auf. „In einer Stunde hole ich sie hier ab." Beschwingten Schrittes verließ sie das Lokal, nachdem sie ihrer Belegschaft gewunken hatte.

Pünktlich eine Stunde später stand sie wieder vor Fred. „Kommen Sie mit?" Überrascht sah er auf die modern gekleidete und dezent geschminkte Frau in einem ausgefallenen Wintermantel. Er stand auf und folgte ihr zum Auto.

Nach mehreren Kilometern auf der freien Straße, bemerkte Regina, dass Fred sich an den Haltegriff in der Türe klammerte. „Haben Sie Angst? Gefällt ihnen meine Fahrweise nicht?"

Sie war eine gute und flotte Fahrerin und üblicherweise fühlten sich ihre Mitfahrer sehr wohl und sicher bei ihr im Auto.

„Ich bin noch nie in einem Auto gesessen, das von einer Frau gesteuert wurde."

„Das tut mir leid, denn Sie haben offensichtlich das eine oder andere im Leben verpasst. Entspannen Sie sich. Warum sollte ihnen gerade jetzt etwas passieren?"

„Ja, das frage ich mich auch gerade. Wissen Sie, wir hatten immer schon Angestellte zu Hause. Vom Zimmermädchen über Köchin, Butler und Gärtner zum Chauffeur. Ich habe nicht einmal einen Führerschein. Und jede Art von Kleidung, Werkzeug oder Lebensmittel werden geliefert. Es war nie notwendig, ein normales Geschäft zu betreten."

In der Stadt fuhr Regina sofort zu einer Boutique mit Männerbekleidung. Sie half Fred bei der Wahl seines neuen Outfits. Die Verkäuferin Jennifer und sie hatten sich schon mehrmals unterhalten, weshalb eine lockere Stimmung herrschte. Sie waren die einzigen Kunden, und so hatte Jennifer auch viel Zeit für sie.

Gemeinsam berieten die Frauen Fred so gut, dass dieser am Ende selbst überrascht war, wie gut er in Jeans und der feschen Jacke aussah. „Ein richtig knackiger Arsch. Ab heute müssen sie auf sich aufpassen, dass ihnen nicht an jeder Straßenecke die Frauen nachpfeifen." Jennifer flirtete mit ihm und er wurde rot.

Neue Stiefel vervollständigten Freds Look kurze Zeit später.

Regina packte die abgelegten Kleidungsstücke ins Auto und nahm Fred am Arm. „So, und jetzt kommen Sie mit mir in den Supermarkt. Ich brauche einige Lebensmittel für das Restaurant und meine eigene Küche."

Fred versteifte sich. „Kommen Sie, keiner wird sie köpfen. Es wird interessant für sie. Da bin ich mir ganz sicher!" Regina nahm ihm die Angst.

Natürlich kannte Fred Supermärkte aus dem Fernseher. Aber durch die Gänge so eines Ladens zu schlendern war doch wieder ganz anders. Bald gefiel ihm die Sache. Er entdeckte viele Dinge, die er nicht kannte. Sie verbrachten einige Zeit beim Obst und Regina erklärte ihm die unterschiedlichen Früchte, die für ihn in ihrer Ganzheit neu waren.

„Fred, sind sie eigentlich verheiratet?"

Er sah Regina schockiert an. „Nein, die Frauen auf den Partys und am Golfplatz sind unmöglich und sonst habe ich kaum Gelegenheit, welche zu treffen. Manchmal lasse ich mir eine bringen."

„Oh Gott, wie sich das anhört! Wie ein Pizzalieferung! Lassen Sie das ja keine Frau hören, von der sie was wollen.

Jennifer gefällt ihnen doch, oder?"

Er wurde wieder rot. „Ja, sie ist eine sehr nette und attraktive Frau. Aber sie passt nicht zu meiner Welt."

„Woher wollen Sie das wissen? Passen Sie denn wirklich so perfekt in diese Ihnen bekannte Welt, wie Sie denken? Nur, weil sie in einem Modegeschäft als Verkäuferin arbeitet, heißt es nicht, dass Jennifer nicht zu Ihnen passen würde. Ich glaube, auch das käme auf einen Versuch an. Aber jetzt zu einem anderen Thema. Ich wollte heute noch ins Kino. Haben Sie auch Lust darauf?"

Nach einem kurzen Zögern, willigte Fred ein, mit Regina ins Kino zu gehen. Sie sahen einen Film, der viel schwarzen Humor intelligent verpackt hatte. Sie konnten beide ausgelassen lachen. Natürlich hatte Regina auf Popcorn bestanden. Denn diese gehörten zu ihrem Kinobesuch einfach dazu.

Als sie den Saal verließen, hatte Fred einen ganz anderen Gesichtsausdruck. Nicht mehr so verbissen. Fröhlich hakte sich Regina bei ihm ein und gemeinsam gingen sie zum Auto zurück. Unter den Scheibenwischern fand Regina einen Zettel. Es war eine Telefonnummer. Das J neben der Nummer veranlasste sie, den Zettel an Fred zu geben. „Hier, ich denke, Jennifer hätte es gerne, wenn Sie sie morgen zum Essen ausführen würden. Sie ist eine sehr nette Frau und sie ist Single. Ich wünsche ihr einen aufrichtigen Mann, der sie ein wenig verwöhnt. Sie hat es verdient."

„Wie soll ich denn das machen? Ich habe doch kein Auto."

Regina sah in schräg an. „Ach Fred, entwickeln Sie doch etwas Phantasie. Erstens gibt es hier sogar einen Limousinenverleih mit Chauffeur. Zweitens: Worin fahren wir gerade? In einem Auto. Ich brauche es morgen nicht und gegen eine anständige Bezahlung wird Greg, der Sie vom Flughafen geholt hat, Sie sicher am Abend chauffieren. Fragen Sie ihn doch morgen früh einmal. Sagen Sie ihm, um den Stall kümmere ich mich in dem Fall."

„Danke für das Angebot. Ich benehme mich wirklich wie ein Tollpatsch. Ich denke, ich nehme lieber ihr Angebot an, als dass ich gleich mit einer Limousine komme. Das ist nämlich nicht gut bei den meisten seriösen Damen, wie mir ein Freund mal gesagt hat."

„Haben sie einfach mehr Mut und Selbstvertrauen. Stürzen Sie sich in neue Abenteuer. So manches Kind hat mehr Welterfahrung als sie. So ungern ich das sage, ist es doch wahr."

Am nächsten Tag tat Fred, was Regina ihm geraten hatte. Jennifer freute sich über die Einladung. Also bot Fred Greg gutes Geld für die Fahrt und bezahlte ihm außerdem ein fabelhaftes Essen in einem guten Restaurant. Der junge Mann war happy, den Chauffeur für Fred zu spielen.

Zwei Tage später bat Fred Regina um einen Rat. „Darf ich Du sagen?" Regina stimmte zu. „Ja, also, ich denke, ich habe mich in Jennifer verliebt. Nun habe ich aber ein weiteres Problem. Und zwar den Sex. Bisher hatte ich nur bezahlten Sex. Das war für mich gut. Aber ich weiß nicht, was normale Frauen wollen."

Regina überlegte. Dann stand sie auf und ging in die Küche. Ihr Küchenchef Leo war ein Mann, der schon einige Jahre glücklich verheiratet war. „Hast du nach dem Mittagsgeschäft heute noch eine Stunde Zeit? Unser Kunde braucht einen Mann zum Reden nach Ende deiner Schicht. Ich zahle dir die Zeit separat."

So wurde Fred dann auch noch mit Wissen für die schönen Stunden im Leben versorgt. Am Abend heuerte er wieder Greg an. Diesmal sollte ihn dieser aber nur in die Stadt bringen. Am nächsten Morgen kam Fred freudestrahlend mit dem Taxi aus der Stadt.

Beim Mittagessen erzählte er Regina, dass Jennifer und er nun ein Paar waren und dass er in der letzten Nacht den besten Sex seines Lebens gehabt hatte. „Diese Frau ist das Beste, was mir passieren konnte. Ich glaube, ich könnte mich in sie verlieben. Und ich bin dir sehr dankbar, dass du mich auf den Weg gebracht hast!" Er nahm Reginas Kopf zwischen seine großen Hände und küsste sie. „Danke."

Fred strahlte wie ein Schuljunge, der gerade das schönste Mädchen der Schule für sich gewonnen hatte. Das freute Regina.

Ihr Gast blieb noch eine Woche und reiste dann wieder ab. Mit einer vorläufigen Fernbeziehung im Gepäck.

Griechenland 2

Regina pflegte nach wie vor ihren Freundeskreis. So besuchte sie nochmals ihre Freundin in Griechenland. Dort wurde ihr ein Ferienhaus zur alleinigen Verfügung gestellt. Sie genoss es, sich unter der Außendusche zu waschen, auf der Dachterrasse zu lesen, Spaziergänge zu machen, gemeinsam mit ihrer Freundin zu kochen und sich mit ihr zu unterhalten.

Bei einem ihrer gemeinsamen Ausflüge in die nächste Ortschaft trafen sie einen Amerikaner, der auch gerade dort Urlaub machte. Reginas Freundin fand ihn sehr nett und lud ihn zum Abendessen am nächsten Tag ein.

Benton kam tatsächlich und er hatte für beide Frauen je einen kleinen Blumenstrauß dabei und zwei Flaschen eines erlesenen Weines.

Es stellte sich heraus, dass er aus einer Milliardärsfamilie stammte und sich gerade ein paar Monate treiben ließ. Die beiden Frauen lernten schnell, dass dieser Mann trotzdem ein großes Herz hatte und sich gerne um andere kümmerte. Er war witzig und großzügig und sie verbrachten einen interessanten und themenreichen Abend mit ihm.

„Danke. Dieser Abend war einer der schönsten, seit ich griechischen Boden unter den Füßen habe. Aber ich glaube, ich sollte mich jetzt in mein Auto setzen und zu meinem Hotel zurückfahren."

„Auch wir haben den Abend mit dir sehr genossen. Ich werde mich jetzt auch in Richtung meines Bettes begeben. Gute Nacht meine Liebe." Regina umarmte ihre Freundin herzlich. „Ich helfe dir morgen früh mit dem Geschirr und allem."

„Jetzt hör aber auf. Du hast fast alles gekocht und ich spüle. Das ist die heutige Arbeitsteilung. Ich wünsche euch eine gute Nacht. Jetzt mach schon, dass du in dein Bett kommst."

Beide verließen sie das Haus. „Ach so, du schläfst gar nicht hier?" Benton sah Regina überrascht an. „Nein, ich schlafe in einem Ferienhaus die Straße hinauf."

„Dann nehme ich dich mit." Er machte ihr die Beifahrertüre auf. „Na gut. Ich könnte zwar genau so gut gehen. Aber wenn du darauf bestehst."

„Würdest du eigentlich noch gerne an den Strand gehen? Ich habe gehört, in der Nacht ist es immer besonders schön dort. Außerdem haben wir einen genialen Sternenhimmel."

„Gut, ich bin dabei." Sie fuhren die wenigen Minuten zum nun einsamen Strand. Dann wanderten sie gemeinsam am Wasser entlang. Irgendwann blieb Benton stehen. Er zog Regina an sich und drückte sein Gesicht in ihr Haar.

„Sag mir, was du möchtest. Ich würde dir gerne mehr geben, als einen Spaziergang am Strand. Und zwar hier im Sand."

„Darauf war ich heute nicht vorbereitet. Wenn du einen Schutz dabei hast, bin ich zu mehr bereit, ohne nicht."

Er zeigte ihr eine Decke, die er aus dem Auto mitgenommen hatte und holte zudem zwei Pariser aus der Hosentasche. Dann strahlte er sie an. „Ist das so in Ordnung?" Sie nickte. „Alles, außer Zungenküssen und Brutalität ist erlaubt." „Du hast also einen Freund. Ich beneide ihn."

Unendlich langsam kleideten sie sich gegenseitig aus und erkundeten den Körper des anderen dabei. Küsse wie Schmetterlinge flogen über Brüste, Bäuche, Pobacken. Beiden wurde dabei heiß. Regina breitete nach einer Weile die Decke auf dem Sand aus und lockte den Mann, zu ihr zu kommen. Sie nahmen sich auch im Liegen noch Zeit für ein ausgedehntes Vorspiel. Bentons erregtes Glied hatte keinen Zweifel gelassen, dass er schon längst bereit für sie war.

Nach einer eindeutigen Einladung von Regina fand Benton schnell die Pforte, die ihn heiß willkommen hieß. Regina wölbte sich ihm entgegen und beide fanden einen schnellen Rhythmus, der mit Hilfe einer Stimulierung ihrer Klitoris in einem wunderschönen Höhepunkt für beide gipfelte.

Kurz darauf lief Regina ins Wasser hinein, das sommerlich warm war. Sie schwamm mit kräftigen Zügen hinaus ins nächtliche Meer. Benton folgte ihr. Sie spielten wie junge Seehunde im Wasser, tauchten, wanden und umschlangen sich, bis sie außer Puste waren.

Danach lagen sie beide auf ihrer Decke im Sand eng aneinandergeschmiegt da und betrachteten die Sterne. Er erzählte ihr darüber, zeigte ihr Sternbilder und erklärte die dahinter liegenden Sagen. Er hatte ein unwahrscheinliches Wissen darüber und das freute sie sehr. Sie fragte viel nach und wusste gleichzeitig, dass sie seine gelehrten Antworten bald wieder vergessen würde.

Irgendwann wurde ihnen kalt und sie zogen sich wieder an.

„Danke für diese wundervolle Nacht. Wir werden uns vermutlich nie wieder sehen, aber diese letzten Stunden werde ich sicher lange nicht vergessen."

Benton brachte Regina in ihr Ferienhaus und fuhr dann ins Hotel. Am nächsten Tag wurde ihr eine Schachtel mit einem exklusiven und sündteuren Kleid geliefert, das ihr hervorragend stand. Auf einer Karte bedankte sich Benton für einen unvergesslichen Abend unter dem Sternenhimmel.

JUNI

DIE PREMIERE

Endlich war es soweit. „Geheime Liebe in Venedig", ein Low-Budget-Film, sollte zum ersten Mal in einschlägigen Kinos gezeigt werden. Das Endprodukt war zwar ein richtiger Porno, aber sehr ästhetisch, intelligent und einfach ein rundes Produkt.

Ausgewählte Damen und Herren waren zur Premiere in einem Clubkino eingeladen. Ihnen war ein Live-Akt der Darsteller versprochen worden. Dafür mussten sie allerdings ein Vermögen für Reginas Stiftung hinlegen.

In Kostümen aus dem Film saßen Regina und Gabe verborgen von den Zuschauern am Rand der Leinwand. Dieses Mal war vor der Leinwand ein gepolsterter Tisch in der richtigen Höhe aufgebaut worden. Wieder hatte Gabe auch schon am Beginn des Films eine Hand unter Reginas Rock und wieder wurde der Film vor einer Liebesszene unterbrochen.

„Meine Herrschaften, Sie haben eine Menge Geld bezahlt für diesen besonderen Abend. Dieses Geld fließt ohne Abzüge in eine neugegründete Stiftung, die weitere Frauenhäuser einrichten wird. Und für dieses Geld bekommen Sie natürlich nun etwas geboten.

Wir haben die Darsteller des Films unter uns. Das ist Ihre Chance, mit Ihrer Begleitung selbst Sex zu haben oder als einzelner Herr zu onanieren auf Teufel komm raus. Rechts neben sich finden Sie Beutel mit allem, was sie brauchen könnten. Lassen wir unser Liebespaar aus einem anderen Jahrhundert zur Tat schreiten!"

Gabe trug Regina zum Tisch und ließ sie erst dort auf den Boden nieder. Sie verbeugten sich stumm vor den Zuschauern und Gabe hob Regina hoch und setzte sie seitlich zum Publikum auf den Tisch. Ihre Bewegungen wurden von einer Kamera festgehalten und auf die Leinwand geworfen.

Dann nahm Gabe die Szene im Film vorweg und schob Reginas Rock hoch, während er eine ihrer Brüste freilegte und an ihr knabberte. Julien kauerte vor den beiden und filmte die Szene, damit auch die Herren in den hinteren Reihen die

Geschlechtsteile der beiden sehen konnten. Sie sahen, dass Regina schon einladend feucht war, als sie ihre Beine hoch nahm. Das veranlasste einen großen Teil schon, ihre Schwänze auszupacken und daran herumzufummeln.

Dann machte auch Gabe seine Hose auf und es entfaltete sich sein mächtiger Schwanz. Ein Raunen ging durch die Menge.

Als er nach ein wenig Vorspiel mit Macht in Regina eindrang und tatsächlich mit einer Miene der absoluten Hingabe völlig in ihr versank, ging ein Tumult durch die Reihen. Sie begriffen auch relativ schnell, dass zwischen dieser Frau und dem Mann da vorne eine echte Verbindung bestand, dass es nicht Schauspielerei, sondern wirkliche Lust und mehr war, was sie das Privileg hatten, betrachten zu dürfen.

Es begann ein Stöhnen und Hecheln in allen Reihen und die Pärchen machten es den Vorreitern vor der Leinwand gleich.

Als diese einen Orgasmus hatten, spritzten die Herren in den Reihen zum größten Teil auch ab. So etwas hatten sie noch nicht erlebt. Tumult brach los. Alle wollten eine Wiederholung.

Das hatten Gabe und Regina sich schon gedacht. Deshalb war alles vorbereitet worden. Die Zuseher wurden vom „alten Herren" nochmals zur Kasse gebeten. Willig boten sie große Summen für ein weiteres Live-Liebesspiel.

Gabe betätigte ein Fußpedal am Tisch und dieser wurde abgesenkt. Regina kniete sich aufrecht und mit dem Rücken zu ihm auf das Polster. Gabe hatte seine Hände anfangs an ihren Brüsten und biss sie außerdem in die Schulter. Er leckte ihren Nacken und küsste sie dann intensiv, während er immer noch mit ihren Brustwarzen spielte und sie laszive Bewegungen vollführte.

Dann drückte er ihren Oberkörper nach vorne und sie stützte sich mit den Händen ab, während er ihre Röcke hochschob und daraufhin seine Zunge in sie versenkte.

Als sie nur noch keuchte und ihm Zeichen machte, packte er schnell ihre Hüfte und drang in sie ein. Schnell und immer schneller trieb er seinen Schwanz in sie, ruhte dann wieder eine Weile in ihr und begann von neuem, bis sie beide aufschrien vor Lust.

Das Publikum war völlig am Ende. Alle hatten sie zweimal alles mitgemacht und wussten nicht, was sie denken sollten. Diese Vorführung war besser gewesen, als alles, was sie in der Pornobranche bisher erlebt hatten.

Der Film brach tatsächlich auch ohne die Live-Szene schon in den ersten paar Wochen sämtliche Rekorde im Porno-Genre. Alle wollten ihn haben: männliche wie weibliche Singles, Ehepaare, die einen Kick benötigten und vor allem Frauen und Männer, die zu Hause nicht mehr die Befriedigung erfuhren, die sie sich wünschten.

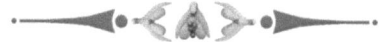

JULI

JUST FOR FUN

Julien hatte endlich auch eine Freundin. Eine sehr hübsche Frau mit wundervollem Wesen, die auch sehr viel Spaß an Sex hatte.

Nan war ein paar Zentimeter größer als Regina und hatte lange, blonde Haare. Sie sah ein wenig wie eine Elfe aus, so feingliedrig war sie. Aber sie war hart im Nehmen und hatte Julien gut im Griff. Nan war fast 20 Jahre jünger als Regina. Aber daran dachte keiner der vier. Sowas wie Alter war einfach egal. Persönlichkeit und Körper waren die beiden wichtigen Punkte.

Sie hatten sich schon zu viert getroffen und verstanden sich wunderbar. Die Jungs hatten mit Nan auch schon einen flotten Dreier geschoben. Doch Robin hatte seine üblichen Probleme. „Nan ist eine tolle Frau, nur mein Schwanz ist fast zu mächtig für sie. Ich habe Bedenken, ihr weh zu tun. Aber wir schaffen es – vor allem mit Hilfe von Gleitgel und viel Vorsicht meinerseits – trotzdem irgendwie miteinander."

Auch Regina war Nan sehr zugetan. Als sie einmal alle vier in einem riesigen Bett eines Hotels lagen und Zärtlichkeiten austauschten, hatte Regina eine Idee für ein neues Buch. Zuerst erzählte sie nichts darüber. Doch sie ließ es alle drei lesen und die Resonanz war einstimmig. Das wollten sie für ihre Viererrunde verwirklichen.

Es war wieder Sommer und wundervolles Wetter. Da kam der Tag, an dem Julien und Nan gemeinsam mit Robin Regina besuchen kamen. Nan und Regina begrüßten sich herz-lich. Aber auch Julien war überschwänglich.

„Hey, Baby, du siehst einfach umwerfend aus! Ich würde dich am liebsten gleich flachlegen. Aber ich glaube, da gäbe es Schwierigkeiten mit meinen zwei Freunden hier." Julien küsste Regina zum Wiedersehen und zwinkerte ihr dann zu. Diesmal wollten die drei mehrere Wochen bleiben. Schließlich war es laut Robin ein „Arbeitsurlaub".

Robin tat so, als müsse er Julien mit Gewalt zur Seite schieben und umarmte Regina. Er hüllte sie förmlich ein in seine

Liebe zu ihr und wirbelte sie herum in seiner Freude, sie wiederzusehen. „Hast du ein weiches Plätzchen auf deiner Rasenfläche im Garten?"

„Natürlich", meinte sie und zog ihn hinter sich her. Und wirklich, an einer Stelle im Gras lagen schon Decken und Kissen. Robin riss sich förmlich die Kleider vom Leib und Regina entkleidete sich auch in Rekordtempo. Zuerst standen Sie da und bewunderten gegenseitig ihre Körper. Dann begann Robin, Regina von oben bis unten zu küssen – und wieder nach oben.

Daraufhin machte sie das gleiche bei ihm. Allerdings kam sie längere Zeit nicht ganz oben an, da sie ihm einen blies. Sie war geschickt mit ihrem Mund und ihrer Zunge, und er hielt sich an ihren Schultern fest, um nicht umzufallen. „Schatz, mir werden die Beine weich, wenn du meinen besten Freund so wundervoll bearbeitest." Er kam zum Höhepunkt und ergoss sich über ihre Brüste. Robin wischte ihr die Sauerei zärtlich wieder ab. Und stimulierte sie dabei am ganzen Körper, der bei seiner Berührung besonders empfindlich reagierte.

„Sobald dein bester Freund sich wieder erholt hat von den Strapazen, möchte ich ihn am Ende meines langen Tunnels spüren und seine Wonnen erneut kennenlernen."

Genau das passierte auch nur wenige Minuten später. Dieses Mal nahm Robin sie von hinten, aber in liegender Stellung. Das war für Regina das erste Mal, dass sie es so genießen durfte. Und sie genoss es, wie jede Sekunde Sex mit ihrem Liebsten.

Kurze Zeit später, sie lagen beide eng umschlungen auf der Decke, kamen Julien und Nan im Adamskostüm zu ihnen. „Freunde, wir würden euch als Einstimmung zu unserem Urlaub zu gerne Gesellschaft leisten und auch ein wenig von den wunderbaren Gefühlen kosten, die ihr heraufbeschwören könnt."

Robin lud sie, nach einem prüfenden Blick auf Regina, ein, sich in ihre Mitte zu legen und rückte von seiner Geliebten ab. Von beiden Seiten wurden die „Neuen" nun gestreichelt. Das führte dazu, dass Juliens Schwanz in wenigen Sekunden dick und prall wurde – und so steif, dass er bald Schmerzen bekam vor Verlangen.

„Ich wüsste da eine Göttin, nach der ich Verlangen habe. Wäre sie geneigt, mich zu reiten?" säuselte er Regina ins Ohr. Ganz langsam und verführerisch streckte Regina ein Bein über seinen Bauch. Dann setze sie sich erst einmal knapp oberhalb seines Schwanzes nieder, ließ ihre Arschspalte seinen Schaft berühren und neigte ihren Oberkörper auf ihn, um seine Brust zu küssen.

Er begann zu wimmern. Beide wurden von Robin und Nan gestreichelt. Erst jetzt war Regina über Julien und nahm seinen Schaft mit quälender Langsamkeit in sich auf. Immer noch wimmerte er, als sie sich langsam in Bewegung setzte und nur zögernd schneller wurde. Regina kannte die Reaktionen Juliens gut genug, um zu wissen, wann er kam. So stieg sie vorher von ihm herunter und machte Nan Platz, die den Ritt zu Ende brachte. Sie war schon von Robin stimuliert worden. Im ersten Moment war Julien von dem Wechsel geschockt, doch dann erfüllten ihn weitere Wonnen.

„Ich bin total happy! Wenn mich jetzt jemand fragen würde, was ich auf eine einsame Insel mitnehmen würde: Euch drei und meine Kamera mit unzähligen Speicherkarten." Julien sah auffordernd von einem zum anderen und er bekam auf jede Wange einen Kuss, sowie auf den Mund.

Kurz darauf schleppte er seine Kamera an. Und mit ihr Perücken und Masken für alle. „So, vorbei mit dem Spaß – jetzt wird gearbeitet." Alle lachten. „Aber jetzt fängt doch der Spaß erst an bei dir, oder sehe ich das falsch?" Nan grinste Julien an.

Sowohl Regina als auch Nan und die beiden Männer hatten einen Test auf alle gängigen Geschlechtskrankheiten gemacht, der bei allen negativ ausgefallen war. So konnten Sie nun auch ohne Gummi arbeiten, sofern sie das wollten. Sie hatten alle eine eidesstattliche Versicherung unterschrieben, sich und die anderen nicht durch ungeschützten Sex außerhalb ihrer internen Szene zu gefährden – bis zum Ende des Projekts.

In den Wochen spielten Sie nach und nach alle Szenen des neuen Drehbuchs, damit Julien oder auch einer der anderen unter seiner Anleitung filmen konnte. Diesmal handelte es sich tatsächlich um einen vollwertigen Porno. Allerdings sollte dieser erst mal nicht das große Publikum erreichen, sondern war im Moment nur für die vier Beteiligten gedacht. Denn auch Regina hatte gemeint, dass sie durchaus ab und zu Selbstbefriedigung schätzen würde und dafür gerne geeignetes Videomaterial hätte – von Robin und sich selbst. Nan hatte das gleiche Anliegen. Und die Männer musste man sowieso nicht überreden. Also wurde mit viel Spaß und Experimentierfreude gedreht.

Es wurde mit Perücken und Masken gefilmt, und so, dass
– falls sie das Material freigeben würden – niemand die
Schauspieler oder Reginas Haus mit Garten erkennen könnte. So wurde immer entweder im Wald gefilmt, mit fremden
Pferden, oder in einem Raum, der nur mit Kerzenlicht beschie-
nen war und Gästen niemals offen stand. Außerdem hatten Sie
noch ein einsam gelegenes Haus in der Nähe, das seit kurzer
Zeit Julien gehörte. In diesem fand sich neben einem wundervollen Außenschwimmbecken die Einrichtung wie in einem
Swingerclub. Jeder Raum dort stand für eine andere Ära und
war dementsprechend dekoriert und prächtig ausgestattet.

Julien ließ von einer für ihre Verschwiegenheit bekannten
Reinigungsfirma jeden Vormittag alles auf Hochglanz bringen,
während die vier Akteure später ihre heißen Phantasien dort
auslebten und zahlreiche Kameras aus allen Winkeln alles beobachteten. Dazu wurden Speisen und Getränke geliefert, die
genau zur Zeit passten, die sie darstellen wollten.

Sie hatten alle vier viel Spaß am Sex und den Aufnahmen.
Alles war immer in romantisches Licht getaucht und traum-
ähnlich inszeniert. Der Film sollte auch „Phantasie in Sex"
heißen. Jede Szene für sich war abgeschlossen und sie hatten immer verschiedene Perücken und Kostüme: Ägypten,
Mittelalter, Renaissance, Barock und verschiedene andere bis
zur Jetztzeit. Das Schönste daran war: es gab kaum Text, da die
Bilder für sich selbst sprachen. Alles war wie im Stummfilm
geplant und die paar Sätze sollten als Untertitel eingeblendet
werden. Die Originalgespräche würden später durch passende
Musik ersetzt werden.

In Ägypten gab es eine Entführung einer Prinzessin – Nan
– durch einen starken Reiter. Doch sie wurde von ihrem
Liebsten – einem Schreiber – befreit, der den Reiter in einem
nicht ganz fairen Kampf besiegte. Er schaffte es nämlich, dem
Reiter ein Schlafmittel in den Wein zu mischen. Und als die
beiden sich bewaffnet gegenüberstanden, fiel der Reiter wie
ein Sack Rüben vom Pferd. Als Geschenk für ihre Befreiung
schenkte Nan ihrem ägyptischen Liebsten ihren Körper. Regina
spielte eine Dienerin, welche die Liebenden streichelte und
auf Touren brachte. Die beiden versuchten sich an ein paar
Stellungen aus dem Kamasutra.

Das Mittelalter wurde durch ein intimes Gelage mit zwei
Paaren gezeigt. Sie aßen und tranken. Dann entspann sich eine

rege Diskussion und irgendwann verglichen die beiden Männer ihre Schwänze, während die Frauen kicherten und untereinander Zärtlichkeiten tauschten. Sie küssten sich und streichelten sich gegenseitig überall. Der Zungenkuss zwischen den Frauen sah unwahrscheinlich erotisch aus. Dadurch wurden die Männer aufgestachelt und schnappten sich je eine Dame, warfen diese auf den Tisch und nahmen sie gleich dort mit einer Rohheit, die Nan und Regina sonst nur selten an ihren Liebhabern erlaubten, die sie aber in vollen Zügen genossen.

Dann gab es im Barock eine Folterkammer, in der Robin als adliger Herr gesperrt und nackt auf eine Streckbank gebunden war. Die Dame des Hauses überlistete den Folterknecht und begab sich – voller Prunk in ihrem Kleid inklusive Panier[7] – in die Zelle. In dem Augenblick, in dem die Herrin die Zelle betrat und vom Gefangenen gesehen wurde, wuchs dessen Penis in die Höhe und bekam beeindruckende Ausmaße. Julien hatte diese Szene perfekt gefilmt. Und hier kam die enorme Anziehungskraft, die Gabe und Regina aufeinander hatten, wunderbar zur Geltung. Er hatte natürlich immer einen Ständer, sobald er sie sah. Damit das auch wirklich passieren würde, durfte Gabe Regina vorher nicht sehen. Als sie also die Folterkammer betrat, war sie für ihn eine völlig neue Erscheinung.

Die Dame konnte den Gefangenen zwar nicht losbinden, aber sie konnte sein bestes Stück, selbst auf einem Schemel stehend, mit ihrem Mund bearbeiten. Was sie auch tat, bis der Gefangene kurz vor einem Orgasmus war.

Daraufhin bestieg sie betont langsam die Streckbank – und ihn. Zuerst beugte sie sich zu ihm und bot ihm ihre aus dem engen Korsett befreiten Brüste, an denen er gierig saugte. Dann ritt sie ihn wild, und hielt den Rock des Kleides währenddessen vorne hoch, so dass er (und die Kamera) eine gute Sicht auf ihrer beider Geschlechtsteile hatte. Sie selbst stimulierte ihre Klit. Beide hatten sie einen gigantischen Orgasmus. Daraufhin schaffte die Dame es, sich so auf die Streckbank zu knien, dass sie ihre feuchte Spalte der Zunge des Gefangenen bieten konnte. Dieser bearbeitete sie auch vorzüglich und brachte sie auch dadurch nochmals zu einem Orgasmus, während sie sich mit Handarbeit um seinen Schaft kümmerte.

---

7 Eine Art kurzer Reifrock, der die Hüfte bis zu einem Vielfachen verbreitert.

Dies wiederum ließ seinen Schwanz wieder schwellen zu voller Größe, was die Kamera wunderbar einfing. Die Dame besah sich das Geschlechtsteil, nahm es wiederum mit ihrem zarten Mund auf, während ihre Spalte geleckt wurde. Nach einem weiteren Orgasmus änderte sie ihre Position nochmals auf seinem Schwanz – allerdings diesmal anders herum, um auch ihm nochmals die Erlösung zu verschaffen, bevor sie ihn nach einem letzten Kuss und einer äußerst zärtlichen Geste wieder verließ, die seinen Schwanz nochmals anschwellen ließ. Juliens Kamera war ganz nah dabei und filmte jede Bewegung bis ins Detail.

Wenn mir noch vor gut einem Jahr jemand gesagt hätte, dass ich meine Geschlechtsteile in Nahaufnahme filmen lassen würde, hätte ich demjenigen eine geklebt. Und jetzt macht mir die Sache sogar Spaß! Die Welt ist echt verrückt.

Sowohl für Robin als auch für Regina standen diese Minuten unter ganz besonderer Spannung. Er war ihr völlig ausgeliefert, denn Julien hatte die Bänder um Robins Arme und Beine streng gemacht. Und sie fühlte sich so frei, ihn durch ein paar Aktionen noch mehr zu reizen, als sonst. Vor allem hielt sie sich selbst nicht an ihr Drehbuch.

Das Liebespaar der Renaissance – Nan und Julien – hatte ein prunkvolles Bett. Die Dame hatte ihre Dienerin mit ihrem Mann ertappt (vielleicht auch anders herum, denn er hatte sich von ihr einen blasen lassen) und diese nun nackt stehend, mit den Armen nach oben, an die Wand ihres Schlafzimmers gekettet. Dann ließ sie einen Kraftprotz, vor dem die Dienerin höllische Angst zu haben schien, eintreten. Er näherte sich der Herrin und verbeugte sich demütig vor ihr und ihrem daneben sitzenden Mann. „Zieh dich aus", herrschte sein Herr ihn an.

Ohne Widerworte schälte sich der Große aus der Lakaien-Uniform und verbeugte sich nochmals vor dem Paar. Sie wies auf die Magd an der Wand. Sie bestimmte: „Nimm sie, so hart du kannst!"

Sobald der Diener mit einem beeindruckenden Sixpack sich der hübschen Magd zuwandte, wuchs sein Schwanz ins schier Unermessliche. Prall und stark – beeindruckend. Langsam und mit einem Lächeln der Genugtuung ging er auf die Magd zu. Diese kämpfte anfangs mit ihrem Widersacher, doch war sie schon aus Gründen der Kraft auf verlorenem Posten. Nach und nach wurde ihre Gegenwehr weniger und sie wurde – direkt vor der großen Kamera – aufs Heftigste penetriert. Kurz davor wisperte Gabe Regina ins Ohr „Hier kommt die Rache der Streckbank.".

Der Widerstand der Magd schmolz noch mehr dahin, sie konnte sich nicht gegen ihre aufkeimenden Gefühle wehren, und der Lakai konnte das wiederholte heftige Versenken seines Schafts in ihrer heißen Spalte durch und durch genießen. Er biss die Magd an den verschiedensten Stellen, saugte und küsste sie fast ohnmächtig, während sie vor Lust stöhnte und schrie. Die Herrschaften geilten sich bei dem offensichtlichen Akt der Gewalt auf und trieben es simultan auch miteinander.

Der Lakai verspritzte seinen Samen zum Abschluss auf der Magd. Sofort kamen Herr und Herrin und wuschen und leckten ihn der Dienerin ab. Die Zärtlichkeiten ließen sie sich aufbäumen und sie bettelte nach mehr. Ohne sich zu rühren, war der Lakai mit einem erneut erigierten Glied danebengestanden.

Nun zeigte die Herrin wieder auf ihn. Während der Herr der inzwischen an einen tieferen Ring gefesselten Magd seinen Schaft in den Mund steckte, kniete sich der Lakai hinter sie und stieß seinen steifen Stiel in sie. Um den Herrn nicht zu stören, machte er dieses Mal langsam und genüsslich. Erst nachdem der Herr seinen Höhepunkt hatte, steigerte der Lakai das Tempo bis zu ihrem und seinem eigenen Höhepunkt. Zuvor hatte er sie allerdings umgedreht und ihre Beine über seine Schulter geworfen, um auch wirklich komplett in ihr zu versinken.

Sodann wurde die Magd von ihren Fesseln befreit und zur Herrin gewunken. Mit ihrer Zunge und den Händen befriedigte diese ihre Herrin, während die beiden auf die weiblichen Geschlechter glotzenden Männer es sich per Hand gegenseitig besorgten.

Dann gab es noch eine Szene in der dunklen Zeit vor aller Zivilisation in einer Holzhütte, in der ein grob gezimmerter, aber prächtig ausgestatteter Thron stand. Links und rechts brannten Fackeln und ein Herrscher – Julien – saß darauf und langweilte sich.

Dann rief er eine Dienerin mit sehr kurzem Röckchen, die er mit einem Krieger vermählen wollte. Doch diese lehnte ab. Da sie aber dem Herrscher untertan war, musste sie ihm zu Willen sein. Der Herrscher rief noch eine zweite Frau zu sich. Die zweite senkte ihren Kopf über seinen Schoß nahm seinen Penis mit ihrem Mund (Nan), während die erste (Regina) die Spalte ihrer knienden Kollegin lecken musste. An die erste Dienerin pirschte sich nach einiger Zeit auf einen Wink des Herrschers der Krieger an und nahm sie von hinten. Es war fast gespenstisch, aber alle vier hatten zur gleichen Zeit einen Orgasmus und dieser wirkte im Film einfach wundervoll.

„So etwas konnte noch kein einziger Kameramann der Geschichte, der mir bekannt wäre, einfangen. Ich betone, das war bei jedem von uns ein echter Orgasmus!" Julien war entzückt.

In einem Raum hing ein Bett, wie es in manchen Swingerclubs auch zu finden ist. Dort war Nan so an die Ketten gefesselt, dass ihre Beine breit waren und ihre Spalte genau über der Bettkante lag. Durch die Fesselung an den Armen und Beinen konnte sie nicht vom Bett rutschen. Sie wurde durch Julien penetriert, der einfach das Bett bewegte. Am Kopfende lag Regina halb über Nan und tauschte mit ihr heiße Küsse, während ihre Spalte von Gabe geleckt wurde, der sie außerdem noch mit dem Finger bearbeitete, bis sie ihn anflehte, sie zu beglücken.

Eine weitere Außenaufnahme war mit Pferden. Cowboy (Julien) und Cowgirl (Nan) lieferten sich ein Wettrennen. Das Pferd des Cowgirls war schneller. Gleich darauf kam ein anderer Cowboy und machte das Mädchen an. Diese gab ihm einen linken Haken und fällte den Mann. Daraufhin bekam sie einen Heiratsantrag von ihrem Cowboy. Diesen und die Einladung zu einem Picknick am See nahm sie an. Das Picknick beinhaltete nicht nur Essen und Getränke, sondern auch heißen Sex mit dem Verlobten.

Als letztes gab es noch ein riesiges, rundes Bett, in dem es mit zwei sexy Paaren zur Sache ging. Einer nach dem anderen wurde von den anderen dreien verwöhnt. Es wurde rundum geleckt, geblasen, geknabbert, gestreichelt, geküsst, penetriert – und viel gelacht. Dabei wurden hier und dort moderne Sexspielzeuge wie Penisringe mit Klitorisreizer, Massagestäbe, Paarvibratoren oder Masturbatoren verwendet.

Die Kameraeinstellungen von Julien waren gigantisch gut. Vor allem die Nahaufnahmen von Gabe und Regina. „Boah, ich sag dir, Lady, du siehst so appetitlich aus – und Gabe so kraftstrotzend. Du so klein und fein und er so groß und breit. Das macht einen so an. Und dazu dann die Tatsache, dass ihr so offensichtlich eine enge Bindung habt. So hatte ich beim Cut gestern Abend sofort wieder einen Ständer – das ist natürlich untertrieben."

Als sie nach abgeschlossenem Dreh das Material sichteten, wurden alle schon bei der ersten Szene wieder geil und fielen mit viel Gelächter übereinander her. „Genau so muss es sein. Es wäre natürlich interessant zu wissen, ob es auch anderen Menschen so geht."

„Ja, und es bleibt weiterhin interessant, weil das Material vorerst keinem gezeigt wird." Nan hatte einen strengen Ton, als sie dies verkündete.

„Hey, die von euch gedrehten Szenen sind einwandfrei. Ihr habt es richtig drauf."

„Cowboy, wir haben von dir schon so viele Einstellungen gesehen, dass wir wissen, wie du es willst!"

Leider war die Zeit der Dreharbeiten zu schnell um. „Schade, es hat so viel Spaß gemacht." Nan war wirklich traurig. Julien küsste ihre Nasenspitze. „Regina überlegt sich sicher bis zum nächsten Mal wieder ein paar Szenen. Sowas kann man außerdem jederzeit wiederholen. Wer weiß – vielleicht wird es beim nächsten Mal noch viel besser!"

AUGUST

Johns innigster Wunsch

Einige Wochen nach den Dreharbeiten kam ein weiterer Gast von Gabe. „Falls du mit ihm ins Bett gehen solltest, dann erschrick nicht, mein Schatz. Ich denke, wir haben die gleiche Kondomgröße."

John war ein Jahr älter als Regina und außerordentlich gutaussehend. Sie kannte ihn natürlich aus dem Kino und wusste, dass er verheiratet war. Er wirkte auf sie ausgelaugt und irgendwie trübsinnig. Also fragte sie ihn, ob er mit ihr ausreiten wollte. Er sagte zu, weil ihn das, wie er es ausdrückte, auf andere Gedanken bringen würde.

Tags darauf waren beide unterwegs. Zuerst schweigend. Dann sprach Regina über ein paar Besonderheiten der Gegend, machte ihn auf einen See aufmerksam, lenkte seine Aufmerksamkeit auf ein Wildtier. Ihr Begleiter war ein sehr guter Reiter. Aber das hatte sie vorher schon gewusst. Er tätschelte immer wieder den Hals des Wallachs und Regina merkte, dass zwischen den zweien schon nach kurzer Zeit eine Verbindung bestand.

Als er merkte, dass sie ihn beobachtete, lächelte er schief. „Ein Pferd belügt dich nicht. Wenn du ihm dein Vertrauen schenkst und es merkt, dass es auch dir vertrauen kann, dann hast du einen Freund, der mit dir durch dick und dünn geht. Dieser Kumpel hier hat wohl noch keine schlechten Erfahrungen gemacht, oder? Er hat mir sofort einen Vertrauensvorschuss gegeben."

„Wanderer ist ein wunderbares Pferd, das bisher noch nichts Schlimmes erleben musste. Das macht ihn total entspannt und er sieht Menschen als seine Freunde. Ich hoffe, das bleibt auch so."

Später sprach sie von allen möglichen Dingen, die ihr so passiert waren und brachte ihn so zum Lachen. Ihr Geplapper über Nichtigkeiten ließ ihren Gast entspannen und irgendwann lachte er lauthals, bis ihm die Tränen kamen. Genau das hatte sie beabsichtigt. Sie war zufrieden mit sich.

Bald darauf waren sie wieder zurück. „Danke. Der Ritt und deine ungezwungene Gesellschaft haben mir sehr gut getan.

Darf ich mich dir morgen auch wieder anschließen? Es pustet die Gedanken durch und lüftet die Seele aus."

So ritten sie eine ganze Woche miteinander aus und wurden gute Freunde. John, wie er sich nannte, brauchte einfach einen Freund, mit dem er ungezwungen lachen konnte. Und so saß er eines Abends mit Regina und ihrem Stallburschen Greg in der Ecke mit dem Heu und spielte Karten. Sie lachten viel und die Atmosphäre war sehr entspannt.

An nächsten Morgen sprach Greg seine Chefin an. „Ich habe mit meinem Idol Karten gespielt. Das ist einfach gigantisch! In meinen Augen ist er einer der besten Schauspieler, die es gibt – natürlich abgesehen von meinem Onkel. Er hat mir auch ein spezielles Autogramm gegeben – mit Bild von ihm auf einem Pferd und persönlicher Widmung und einem Gruß von Reiter zu Reiter. Ist das nicht klasse?

Regina, er hat dich immer wie verhungert angelechzt, wenn er meinte, keiner würde ihn beachten. Vor allem hat er bei jeder Gelegenheit auf deinen Po gestarrt. Ich denke, du würdest ihn wohl nicht von der Bettkante stoßen, oder?"

„Danke, Greg. Gut zu wissen, wie es auf dich gewirkt hat. Nein, würde ich wohl nicht. Aber ich werde ihn auch nicht ermutigen. Wenn wirklich, dann soll es ganz alleine seine Entscheidung sein."

„Ja, das verstehe ich. Schließlich ist es sein Gewissen."

Kurze Zeit darauf kam John und sie ritten über die Wiesen. Sie machten an einer Anhöhe einen kurzen Stopp. Er sprang vom Pferd und stellte sich neben Reginas Stute, um die Reiterin aufzufangen. Sie rutschte in seine Arme und diese schlossen sich fest um sie, sobald sie festen Boden unter den Füßen hatte. Zuerst war es nur eine freundschaftliche Umarmung. Dann ging ein Ruck durch John und er drückte sie näher an sich, dass sie seine Erektion spürte.

„Ich weiß nicht, was es ist, was mich an dir fasziniert und gefangen nimmt. Anfangs dachte ich, du wärst halt eine Frau mit recht hübschem Aussehen, aber mehr nicht. Doch es ist so viel mehr dahinter.

Du bist witzig, hast Humor und Hirn, wirst von Tag zu Tag attraktiver und bist sehr sensibel. Deine Person ist so vielschichtig, dass ich immer wieder etwas neu entdecke. Ich komme mir vor wie ein kleiner Junge, der unbedingt etwas Verbotenes will. Werde ich es wenigstens einmal bekommen?"

Damit drückte er sie nochmals leidenschaftlich an sich und sie erwiderte die Umarmung dieses Mal mit Passion. Dieser Mann hatte eine besondere Ausstrahlung – nicht nur auf der Leinwand.

„Wenn du wirklich willst, dann ist meine Antwort ja, denn ich mag dich. Egal, wie du dich entscheidest, nehme ich es hin. Aber ich möchte auf keinen Fall später Liebesschwüre oder gar Vorwürfe hören."

„Keine Liebesschwüre, keine Vorwürfe, versprochen! Hast du irgendwo eine Decke?"

Aha, er kann es nicht mehr erwarten und will gleich hier zur Sache gehen. Vielleicht auch besser in der freien Natur, als in einem Bett. Das sieht weniger nach Ehebruch aus.

Sie schnallte ihre Decke vom Sattel ab und gab sie ihm. Und sie gab ihm demonstrativ einen Gummi, den sie immer in der Hosentasche hatte. Er warf sich die Decke über die Schulter, umfasste sie zärtlich und geilte sie mit seinen Berührungen und seiner Zunge auf. „Ich habe einen besonderen Wunsch. Darf ich den äußern?" „Nur zu", ermunterte sie ihn.

„Meine Frau hat einen Widerwillen dagegen, von hinten genommen zu werden. Aber ich sehne mich so sehr danach, dass ich diese Phantasie schon seit Jahren mit mir herumtrage. Bisher war ich wahrhaftig immer treu, aber in den letzten paar Wochen wurde die Phantasie geradezu übermächtig. Und als ich das erste Mal dein einladendes Hinterteil vor mir sah, war es um mich geschehen. Immer, wenn ich etwas in der richtigen Höhe sehe, stelle ich mir dich darauf vor."

Seine Blicke suchten einen mächtigen Baumstamm, der in der Nähe lag und baten sie inständig, ihre Einwilligung zu geben.

„Warte mit dem Eindringen, bis ich dir mein O. K. gebe."

Regina nahm ihm die Decke wieder ab, legte sie auf das Ende des Stammes und begann, mit einem Blick nach hinten, lasziv ihre Hose nach unten zu streifen. Er handelte ganz schnell, packte sie, küsste ihren Nacken, und knetete ihre Brüste. Als sie merkte, das sie mehr als bereit war, gab sie ihm ein Zeichen. Er streifte den Gummi über, drückte ihren Oberkörper auf den Baumstamm und drang sogleich in sie ein. Er hatte wirklich ein ähnlich großes Gerät wie Gabe und sie fand es herrlich.

Vor lauter Begeisterung, dass die von ihm für die Erfüllung seiner Phantasie erwählte Frau auch noch tief genug für seinen extralangen Penis war, jubelte John. Er stieß in sie, als ob es kein Morgen gäbe.

Wow, so kraftvoll und voller Begeisterung. Er stöhnt, als ob tatsächlich sein Herzenswunsch in Erfüllung gehen würde.

Regina fühlte ihn intensiv in sich. Sie merkte, dass er sich beinahe nicht mehr zurückhalten konnte. Doch dann bekam er die Kurve doch noch, rastete kurz und machte dann kraftvoll weiter. Danach merkte Regina, dass John ruhiger wurde – und seine Bewegungen weicher. Er biss sie zärtlich in die Schultern und erregte sie dadurch noch mehr.

Als er seinen erfüllten Höhepunkt durch einen heiseren Schrei kundgetan hatte, drehte er sie zu sich und umarmte sie, wobei er sie fast zu fest drückte. „Danke", sagte er nur mit erstickter Stimme. Sie spürte eine Träne zwischen ihrer beider Wangen. Er hob sein Gesicht, blickte auf sie nieder und sie sah in seinen feuchten Augen Dankbarkeit, aber auch immer noch großen Hunger.

„Aber du hattest keinen Orgasmus. Das müssen wir nachholen." Er war in Hochstimmung.

„Nun, dann hilf mir einfach etwas mit deiner Hand am Kitzler. Dann kannst du deinem Traum ein zweites Mal freien Lauf lassen."

Sie drehte sich wieder von ihm weg und schon stieß er wieder in sie und begann mit der nächsten Runde. Und er half ihr tatsächlich exzellent. Ein Höhepunkt folgte dem nächsten. John war so verhungert nach seiner Sexphantasie, dass er nicht satt werden konnte. Nach dem vierten Orgasmus in Folge war er dann doch erledigt und musste sich setzen. Regina war ihrerseits ziemlich außer Atem. So ein Stehvermögen kannte sie nur von Robin.

„Ich danke dir, dass ich mit deiner Unterstützung endlich meine Phantasie ausleben konnte. Ich drohte schon, daran zugrunde zu gehen. Nie könnte ich zu einer Hure gehen. Und bei guten Freundinnen aus unserer Umgebung würde ich mich verraten.

Meine Frau liebe ich wirklich sehr und der Sex mit ihr – außer dieser einzigen Einschränkung – ist wunderbar. Nur diese eine verdammte Stellung wollte sie nie mit mir versuchen. Sie hat auch Panikattacken, wenn jemand sie von hinten umarmt. Ein Trauma aus ihrer Kindheit. Ich verstehe es und akzeptiere, dass sie das nicht möchte.

Aber wie das oft so ist: Wenn man sich in eine Phantasie hineinsteigert, kann man den Rest nicht mehr würdigen. Ich bin froh, diese Phantasie mit dir ausleben zu können. Es macht sehr viel Spaß. Nun kann ich auch den Sex mit meiner Frau wieder besser würdigen, weil ich die Erfahrung jetzt machen durfte."

In den restlichen Tagen von Johns Aufenthalt wurde seine Phantasie noch viele Male bedient: Auf dem Küchentisch, in der Dusche, über die Couchlehne. Jedes Mal fühlte es sich für Regina an, als wäre sie sein Rettungsanker und als wolle er sich die Eindrücke ins Gehirn brennen. Und jedes Mal wurde ein Marathon daraus.

Für Regina waren diese Sexspiele wunderbar, weil John immer darauf bedacht war, ihr einen Höhepunkt zu verschaffen. Trotzdem fehlte ihr Robin. Ihn konnte einfach niemand ersetzen, auch nicht ein John, der ähnlich ausgestattet war, wie er.

REGINAS TRAUM II

Zum Grundstück von Reginas Anwesen gehörten ausgedehnte Weideflächen und ein beachtliches Stück Wald. Dieser Wald war nicht dazu gedacht, Profite mit Holz zu machen. Er diente zur Sauerstoffaufbereitung und als Schutz für Wild, ganz viele Insekten und Pflanzen, die sich dort ansiedeln konnten, wie sie wollten. Nur die wenigen Wege wurden frei gehalten, damit Regina und ihre Freunde sie nutzen konnten. Oder eben auch Gäste, die dort gerne Spaziergänge machten.

Regina prasste nicht, ohne sich Dinge zu versagen, die sie für wichtig oder gut für sich und ihre Mitarbeiter oder Tiere hielt.

Ihre Mitarbeiter wurden alle überdurchschnittlich gut bezahlt, hatten gute Arbeitszeiten und wurden geschätzt. Ihre Vorschläge wurden immer gehört und oft auch umgesetzt. Das Klima zwischen ihnen allen war eher freundschaftlich als kollegial zu nennen.

Die Chefin hatte auch einmal im Monat – an wechselnden Tagen – einen Mitarbeiterabend eingeführt. Anwesenheit war hier Pflicht. Allerdings zählten zwei Stunden davon als Arbeitszeit. Danach konnte man die Veranstaltung verlassen.

Was allerdings kaum vorkam, denn diese Abende wurden legendär. Regina kochte selbst und bewirtete ihre Leute aufs Beste. Meist gab es deutsche Spezialitäten, manchmal auch einen selbstgemachten Likör oder, besonders vor Weihnachten, leckere Plätzchen. Manche dieser Köstlichkeiten begleiteten seit Jahren auch das eine oder andere Weihnachts- oder Geburtstagsgeschenk.

Es hatte sich eingebürgert, dass am Ende des Abends noch alle zusammenhalfen, die Küche wieder zu putzen. Wenn die Ferienwohnungen unbenutzt waren, durften die Mitarbeiter auch nach einem Belegschaftsessen dort übernachten. Waren sie belegt, wurden die Gäste meist auch eingeladen, mit ihnen zu speisen.

Nach und nach machten diese Abende auch die Runde bei Robins/Gabes Freunden. Alle schienen sich um so eine exklusive Einladung zu reißen, bei der es mehr wie in einer Familie zuging, als in einer kleinen Firma. Manchmal endete eine solche Einladung auch in Reginas Bett, was das Ganze noch attraktiver machte.

Zweimal im Jahr gab es einen Ausflug bzw. ein Essen, bei dem auch die Partner und Kinder der Mitarbeiter geladen waren. Auch diesen Termin wollte niemand versäumen. Denn es gab immer eine Überraschung für alle. Es hatte ein paar Monate gedauert, bis das perfekte Team im Restaurant zusammen war, aber nun war Regina glücklich, dass ihre Menschenkenntnis ihr geholfen hatte.

Alle ihre Leute standen ihr loyal gegenüber und erzählten auch keine Internas. Von prominenten Gästen organisierte Regina stets Autogramme. Musiker bat sie um eine kurze, interne Vorstellung nach Dienstschluss, welche diese meist mit Freude gaben, und Autoren lasen gerne aus ihren Romanen vor und holten sich neue Anregungen von der Belegschaft. Auch hierzu konnten die Familienangehörigen gebeten werden – und vielleicht ein guter Freund. Doch über allem hing die Schweigepflicht.

Regina wurde von ihren Mitarbeitern geliebt und respektiert, weil sie eine faire und freigiebige Chefin war. Jederzeit konnte man sich mit Problemen an sie wenden oder sie fragen, wenn es hieß, eine Entscheidung zu finden. Sie war eine gute Zuhörerin und hatte meistens richtig gute Ideen für Lösungen von Problemen.

Robin war, so oft es ihm möglich war, bei den internen Feiern zugegen. Die Belegschaft wusste um seine Karriere und hatte ihn als Mensch zu schätzen gelernt. Es wurde nicht über ihn getratscht, sondern nur respektvoll von diesem wirklich wunderbaren Freund der Chefin gesprochen, der alle mit Namen kannte und öfter kleine Geschenke brachte.

Die Belegschaft wusste, dass Robin einer der Gründe war, warum Regina so ausgeglichen und gut gelaunt war. Sie wusste auch, dass viele berühmte Gäste auf seine Empfehlung hin kamen und bemühten sich, aus jedem einzelnen einen Stammkunden zu machen. Was den Leuten auch recht gut gelang. Die teilweise persönliche Betreuung durch Regina und die Ausritte mit ihr waren ein weiterer Faktor, der dabei zählte.

Natürlich gab es Spekulationen über Intimitäten zwischen Regina und dem einen oder anderen Gast. Aber diese blieben intern und wurden nicht einmal in die Familien getragen, weil alle wussten, wie gut sie es mit ihren Jobs erwischt hatten – und dass Regina Tratscherei nicht billigte und diese durchaus ein Kündigungsgrund war. Und am Ende waren es ja auch nur Spekulationen.

Erst letztens hatte Regina bei einem ihrer Kochabende verkündet: „Jeder von euch bekommt von mir einen bezahlten Urlaubstag extra für seinen Geburtstag. Dieser kann am Geburtstag selbst oder am darauf folgenden Tag genommen werden. Auch splitten über die zwei Tage ist möglich. Wird er da allerdings nicht genommen, verfällt er."

„Das ist nur fair. Schließlich ist es ein Geburtstagsgeschenk. Das muss zeitnah genommen werden. Danke, Boss. Das ist wirklich super!" Greg tanzte durch den Raum und imitierte dabei Fred Astair.

SEPTEMBER

ROBIN UND NAN

Bei Robins nächstem Besuch empfing ihn Regina in einer Lakaien-Uniform. Mit der weißhaarigen Perücke sah sie wirklich zum Anbeißen aus.

„Mein Herr und Meister, wisst ihr, dass ich euch nun seit 15 Monaten auf diesem Gehöft zu Füßen liege?"

„Mein viellieber Lakai, Ihr seid immer noch mein bevorzugtes Spielzeug. Ohne euch wäre die Welt leer. Ein Jahr? Das muss gefeiert werden."

Zuerst küsste Robin Regina beinahe besinnungslos. Dabei suchte er nach einem Weg für seine Hände unter ihr Hemd. „Lutsch meinen Schwanz, Lakai.", befahl er daraufhin und dieser ging auf die Knie, um dem Herrn Befriedigung zu bringen. Es dauerte nicht lange, und Robins Begehren wurde immer intensiver. Gleich darauf zog er Regina auf die Beine, ihr die Hose vom Leib und penetrierte seinen „Lakaien" ausgiebig, dass dieser eine Welle der Lust nach der anderen empfand.

„Du bist einfach der Mann meiner Träume – Tag und Nacht, mit und ohne Sex, Robin!"

„Du kannst dir gar nicht vorstellen, wie oft und zu welchen Gelegenheiten ich von dir träume, mein Schatz." Robin vergrub sein Gesicht zwischen ihren Brüsten, die er inzwischen freigelegt hatte.

„Jede Frau, in die ich meine Rute versenke, ist in dem Moment der Vereinigung du. Durch diese Vorstellung funktioniert mein Business einwandfrei. Ich weiß zwar, dass das Original alle um Längen überstrahlt, aber das soll ja auch so sein. Du bist die Frau, die mir die meiste Lust schenken kann. Ich werde schon geil, wenn ich nur an dich denke." Robin umarmte Regina und bedeckte sie mit Küssen. „Ich liebe dich mit meinem ganzen Sein."

Er streichelte sie. „Nan kommt diese Woche noch. Und einen Tag später auch Julien. An dem Tag von Nans Ankunft muss ich nochmals zu einem Termin. Wirst du dich um sie kümmern?"

„Natürlich kümmere ich mich um die liebenswerte Nan. Das weißt du doch."

Die Tage und Nächte vergingen wie im Flug. Robin und Regina machten Spaziergänge, ritten aus, tanzten auf einem Ball und genossen die gemeinsamen Stunden in vollen Zügen. Sie unterhielten sich lange, hatten Sex zu den ungewöhnlichsten Zeiten und an den unmöglichsten Orten im Haus und sie kuschelten endlos.

Als Nan kam, war diese traurig und deprimiert, weil ihre ge-liebte Katze nur zwei Tage vorher gestorben war. Regina kannte Nan so gut, dass sie wusste, wie sie dazu beitragen konnte, diesen Abschiedsschmerz zu erleichtern.

„Komm mit", zog sie Nan nach einem kleinen Imbiss im Restaurant hinter sich her ins Haus und dort in den Wohnraum, in dem ein behagliches Feuer knisterte. „Zieh dich aus und leg dich hin" deutete sie auf das Yakfell und streifte ihren Mantel ab. Nan sah Regina nur kurz überrascht an. Was sie sah, ließ sie lächelnd dem Befehl folgen. Neben ihr stand ein Wesen in knappem Lack, das breitbeinig und mit in die Hüften gestemmten Armen Autorität zeigte.

Regina saugte an Nans Brüsten, leckte ihre Spalte und drang mit den Fingern in sie ein. Nach einer halben Stunde hatte Nan mehrere Höhepunkte durchlebt und wollte diese einseitige Situation nicht länger dulden. Sie riss ihrer Gastgeberin die Lackklamotten vom Leib und gab ihr die wunderbaren Minuten, die sie ihre Trauer vergessen ließen, in gleicher Weise zurück.

Am nächsten Tag kam Julien. Dieser und Nan fielen in der Gästewohnung erst übereinander her, bevor beide zum Haupthaus kamen. In der Zwischenzeit bereiteten Regina und Robin ein Essen zu, wobei es viele Küsse und Streicheleinheiten gab. Doch Regina blieb trotz Robins Bitten streng und ließ ihn nicht an ihre feuchte Spalte. „Nein, mein Lieber, wir bekommen jetzt gleich Gäste und da möchte ich das Essen fertig haben."

„Aber du bist doch schon bereit für mich."

„Stimmt. Aber du kannst jetzt noch etwas warten."

Robin öffnete, als Julien klopfte. „Lieber Freund, wegen dir und Nan hatte ich noch keine Chance für einen heißen Ritt. Was sagst du zu eurer Entschuldigung?"

Julien lachte lauthals. „Soll ich jetzt auch noch Mitleid mit dir haben? Du bist doch ein starker Mann. Nimm dir, was du willst! Oder soll ich dir helfen?" Inzwischen standen sie alle in der Küche und Julien umarmte Regina.

Doch, statt sie loszulassen, hielt er ihre Arme mit einer Hand an ihrem Rücken fest und hielt sie so, dass sie ihren Oberkörper beugen musste. Mit der anderen Hand befreite er seinen Schaft aus der Hose und bot ihn Regina an, die ihn mit ihren Lippen umfing. Von unten kam Nan, legte Reginas Brüste blank und saugte und spielte an den ihr entgegen hängenden Warzen, daneben reizte sie Reginas Kitzler, während Robin Reginas Rock nach oben schob und seinen steifen Schwanz in ihre fast schon triefend nasse Spalte schob und sie penetrierte, bis er seine Erfüllung fand.

Regina genoss die Situation. Sie wusste genau, ein einfaches NEIN oder STOPP hätte ihre Freunde von dieser Aktion abgehalten. Sie waren schon ein wilder Haufen. Und auf der sexuellen Ebene verstanden sich alle vier wirklich prima.

Kurz darauf saßen sie alle am Tisch und genossen die köstlichen Speisen, die Regina und Robin gekocht hatten.

„Wie sieht es aus? Hat einer von euch konkrete Vorstellungen, wie wir die nächsten Tage verbringen sollen?" Regina fragte ganz unschuldig.

„Oh ja, das habe ich", war Robin zu vernehmen. „Ich möchte täglich Sex in verschiedenen Variationen. Ich muss nicht jeden Tag zwingend dreizehn Höhepunkte haben. Aber in die Richtung würde ich es mir schon wünschen." Mit diesen Worten rückte er näher an Regina heran und versenkte sein Gesicht in ihrem Ausschnitt. „Wie die kleinen Kinder", bemerkte diese entschuldigend zu Nan. Die beiden lachten, denn Regina hatte sehr wohl bemerkt, dass Julien mit einer Hand an Nans Unterleib war.

Robin zeigte Regina neue Stellungen, die sie teilweise als wundervoll empfand. Dabei war der Sex mit Robin eigentlich immer herrlich. Er hatte es noch beinahe jedes Mal verstanden, sie zu einem Orgasmus zu peitschen.

Da Greg ein paar Tage zu seinem Onkel gefahren war und am Wochenende das Lokal geschlossen hatte, hatten die Vier Spielraum. So schoben die beiden Paare je eine heiße Nummer im Stall auf den Heuballen und auf der Futterkiste. Dann auf der Arbeitsfläche in der Küche und mit verschiedenen Stellungen und auf unterschiedlichen Tischen und Stühlen im Lokal.

Natürlich war Juliens Kamera fast immer dabei. Er war einfach ein Süchtiger. Aber in dem Fall war er nur auf die intimen

Regionen konzentriert, weil sich Regina bei den face-to-face-Akten weigerte, eine Maske zu tragen. „Ich möchte keine Maske zwischen uns haben. Ich will Robin spüren können. Außerdem musst du nicht alles filmen. Ich möchte auf keinen Fall, dass mein Lokal oder sonst was hier zu erkennen ist."

Als Julien und Nan abgereist waren, kuschelten Robin und Regina einen Abend noch lange. Sie lagen nackt nebeneinander auf der Couch neben dem Ofen mit dem prasselnden Feuer.

„Ich hätte nie gedacht, dass ich einmal einen Menschen so brauchen würde. Ich wüsste ehrlich nicht, was ich ohne dich täte. Wir sehen uns nicht so oft, aber in Gedanken bist du Tag und Nacht bei mir und ich habe immer Sehnsucht. Nach wie vor gibt es keine andere Frau, die es mit dir aufnehmen könnte. Weder auf der geistigen noch auf der sexuellen Ebene. Ich liebe dich, mein Engel! Und ich möchte mit dir alt werden."

„Ich weiß nicht, was ich sagen soll. Außer, dass es dieses Leben ohne dich für mich nicht geben kann. Auch ich liebe dich. Mit deiner Zärtlichkeit, deinem Humor und deinem Schwanz kann sich kein anderer Mann messen. Nimm mich, mein Geliebter. Küss mich willenlos und lass meine Knochen Wachs in deinen Händen werden. Füll meine heiße Spalte und schenk mir Befriedigung."

Robin ließ sich nicht lange bitten. Er legte sie zärtlich auf die Couch und küsste sie hingebungsvoll am ganzen Körper. Als sie es beinahe nicht mehr durchzustehen glaubte, vollzog er die Vereinigung und brachte ihr die ersehnte Befriedigung. Sie machten ganz einfachen Sex und waren begeistert. Jeder gab sich dem anderen hin – völlig schutz- und willenlos. Es fühlte sich an, wie eine Vorstufe zum Himmel.

Wie kam es eigentlich dazu, dass ich sexsüchtig bin? Ja, das bin ich mit Robin wirklich. Bei allen anderen habe ich keine Probleme mit einer einfachen, platonischen Freundschaft. Aber Robin möchte ich immer nur in mir spüren.

OKTOBER

HENRY

Robin spürte immer wieder interessante Männer auf. Es war fast schon magisch, was sich hier abspielte. Wieder einmal meldete er sich telefonisch bei Regina.

„Liebste, ich glaube, ich werde dir wieder jemanden schicken. Er ist Komponist und hat schon viele Welthits geschrieben. Und er ist ein etwas schräger Typ, aber sehr nett und absolut gutaussehend. Er sagt, die besten Ideen für die tollen Songs kommen ihm normalerweise nach einer heißen Nacht. Blöd für ihn, dass er schon länger keine heiße Nacht mehr erlebt hat. Henry sieht viel jünger aus, als er ist. Und ich bin mir sicher, er ist dein Typ."

„Na gut, dann schick ihn mir nächste Woche. Derzeit habe ich noch Besuch aus der Heimat. Aber nächste Woche sind die Ferienwohnungen wieder frei."

Und tatsächlich kam Henry in der folgenden Woche. Regina war gerade im Restaurant bei seinem Eintreffen. Alle anwesenden Damen starrten den Mann an, der durch die Türe trat und eine frische Brise mit ins Innere brachte. Er sah verdammt gut aus.

Eine Ausstrahlung wie ein Mantel-und-Degen-Held. Er sieht absolut umwerfend aus.

In Regina regte sich bei seinem Anblick Vorfreude. Sie wusste, dass dieser Leckerbissen auf zwei Beinen der ihre sein würde, während die anderen Damen im Raum in die Röhre sehen würden. Sie hieß den Gast willkommen und brachte ihm ein Getränk auf Kosten des Hauses und den Schlüssel für seine Wohnung.

Henry stellte sich vor und sah sie abschätzend von oben bis unten an. Als sein Blick sich wieder hob, hatte er ein strahlendes Lächeln im Gesicht und nickte anerkennend. *Ich habe ihn!*

Später am Tag kam Henry zu Reginas Haus. „Ich möchte nicht aufdringlich sein, aber wir beide wissen, weshalb ich hier bin. Ich brauche heißen Sex, um wieder richtig arbeiten zu können. Und ich hoffe, dass ich dir auf die eine oder andere Art Befriedigung verschaffen kann – und mir die richtige Inspiration. Darf ich?"

Regina öffnete die Tür und ließ ihn ein. Hinter Henry schloss sie die Türe wieder und führte ihn dann ins warme Wohnzimmer. Im Raum angekommen, packte Henry Regina, drückte sie gegen die Zimmerwand, küsste sie in die Beuge zwischen Hals und Schultern, während seine Hände ihre Brüste kneteten. „Du bist eine tolle Frau, Regina. Fast könnte ich neidisch auf Gabe werden."

Regina befreite seinen steifen Schwanz aus seiner Hose und zog ihm eigenhändig einen Pariser über. Dann bearbeitete sie ihn mit der Hand. Henry stöhnte, nahm Regina auf seine starken Arme und trug sie zur Couch. Dort ließ er sie nieder, zog ihr das Höschen unter ihrem Kleid aus. Dann stapelte er einige Kissen auf, legte Reginas Unterleib auf diesen Haufen und penetrierte sie anschließend mit Hingabe, während er ihre Beine über seinen Schultern hielt.

Nach kurzer Verschnaufpause bat Henry Regina, sich über eine Seitenlehne der Couch zu beugen. Während er ihre Brüste knetete und sie in die Schultern biss, drang er von hinten in sie ein. Regina genoss diese Spiele, in der Männer sie mit Respekt behandelten und sie heißen Sex hatten, weil sie wussten, was sie wollten.

Noch in der Nacht begann Henry zu arbeiten. Und schon mittags am folgenden Tag bat er sie um „eine weitere Unterredung, denn meine Ideen sprudeln nur so – und das soll so weitergehen".

Diese weitere Unterredung fand auf dem riesigen Bett im Spielzimmer statt. Regina genoss auch diese Konferenz mit Henry.

Sie merkte, dass ihr Gast latent sadistisch war. Allerdings konnte er sich gut beherrschen und sagte Regina immer, wenn er etwas machen wollte und fragte sie um ihre Einwilligung.

Er wollte Sex in der Dusche, Sex auf dem Fußboden im Flur, auf dem Esszimmertisch, im Bett, auf der Couch und am Ende sogar – es war ein recht warmer Herbsttag – im Garten mitten auf der Rasenfläche. Regina hatte ihren Spaß daran, denn Henry verhielt sich ihr gegenüber immer hochachtungsvoll, auch wenn er so tat, als würde er Befehle erteilen. Vorher fragte er immer, ob dies oder jenes in Ordnung wäre. Da Regina Henry attraktiv fand, wollte sie ihm keine Bitte verweigern.

Er wusste, dass sie keine käufliche Frau war, sondern nur tat, was sie wollte. Und da dies zu seinem Vorteil war, war er ihr gegenüber sehr großzügig. Denn am letzten Abend ließ er einen Stapel Banknoten auf ihrem Küchentisch und etwas Schriftliches liegen. „Ich weiß, dass du kein Geld verlangst. Da du aber auch nicht ohne leben kannst und mir sehr geholfen hast, möchte ich, dass du das Bündel annimmst. Dieses Dokument sichert dir die Tantiemen für ein paar meiner Songs auf Lebenszeit zu.

Außerdem wünsche ich mir, dass du einen meiner Songs für einen neuen Kinofilm singst. Ein Teil der Tantiemen wird dann natürlich auch dir gehören. Es ist ein Stück, das deutsch gesungen werden soll und im Stil von Zarah Leander. Ich glaube, deine Stimme ist genau richtig und du kannst das R auch rollen wie sie. Bitte sag, dass du es machst." Damit legte er einen Vertrag auf den Tisch.

„Oh, eine Aufnahme für dich mache ich sehr gerne. Ich bin ein großer Fan deiner Musik."

Zwei Monate später war der neue Film vertont und auf dem Markt. Regina ging natürlich mit Gabe ins Kino und war ganz stolz über „ihren" Song, der so gut ins Schema passte.

DER REGISSEUR

Nur kurze Zeit später kam ein Regisseur von Weltruhm, gemeinsam mit einem Drehbuchautor zu Regina und mietete sich in eine ihrer Ferienwohnungen ein.

Gabe hatte sich auf einem Fest mit dem Regisseur unterhalten und erwähnt, dass eine Freundin von ihm einen wunderbaren Fundus an „Geschichten aus dem wahren Leben" hatte und es sicher inspirierend für ihn wäre, sich mit ihr zu unterhalten. Was dem Herrn aber noch wichtiger war: Sie war Deutsche und da er einen Film drehen wollte, der zum Teil in Deutschland angesiedelt war, brauchte er Informationen.

Schon am ersten Abend nach ihrer Ankunft unterhielten sich die drei bei Wein und gutem Essen. Regina erzählte Anekdoten aus ihrem Leben und der Autor schrieb eifrig mit. „Sie haben ja wirklich schon herrliche Situationen erlebt. Das gefällt mir.

Brauchen Sie dann noch den viel besprochenen Kick anderswo?"

„Nein, den brauche ich nicht mehr. Das ganz normale Leben reicht mir eigentlich schon."

An mehreren Abenden führten sie lange Gespräche und Regina passierte etwas, was in ihrem Leben normal zu sein schien. Sie musste die beiden Männer, die sich sauwohl zu fühlen schienen, förmlich aus dem Haus werfen. „Meine Herren, morgen ist auch noch ein Tag und ich bin wirklich müde und würde gerne zu Bett gehen."

Eine Woche später fuhren die beiden wieder ab. „Danke für die Informationen. Wenn wir diese verarbeiten, erhalten Sie natürlich einen Anteil an den Einnahmen. Was mir auch sehr wichtig ist: Ich habe jetzt eine genauere Vorstellung von Europa und besonders von Deutschland. Diese Menschen waren für mich immer wie Aliens. Nun habe ich schon einen wesentlich konkreteren Einblick in das deutsche Wesen und auch in manche geschichtlichen Zusammenhänge.

Darf ich anrufen oder schreiben, wenn ich weitere Fragen habe? Ich werde Sie definitiv an den Tantiemen für mein neues Werk beteiligen."

„Aber natürlich dürfen Sie. Und über eine Beteiligung wäre ich entzückt."

NOVEMBER

Zwei Wochen später war auch Robin wieder bei Regina. Sie empfing ihn vor ihrer Haustüre. „Willkommen, mein Schatz! Wie freue ich mich, dich wieder in die Arme schließen zu dürfen." Damit umarmte sie ihn. Er raubte ihr einen Kuss – und damit auch den Atem. Er nahm sie auf seine starken Arme und trug sie über die Schwelle. Mit dem Absatz warf er die Türe zu und trug Regina in den ersten Stock.

„Ich habe ein neues Spielzeug und möchte es ausprobieren." Beide entledigten sich in Windeseile ihrer Kleidung. Dann packte Robin einen Penisring aus, der eine Klitorisstimulierung hatte. Er zog den Ring über sein erigiertes Glied und sah Regina herausfordernd in die Augen. „Sieht echt geil aus, das Teil – vor allem auf deinem Teil.", sagte sie kurzatmig. Denn bei seinem leckeren Anblick war ihr wieder einmal die Luft weggeblieben. Sie konnte es immer noch kaum glauben, dass dieser wunderbare Mann sie aus so vielen tausend Frauen auserkoren hatte, seine Partnerin zu sein. „Geil wie mein ganzer Liebhaber! Komm her und fick mich, bevor ich noch rasend werde vor Sehnsucht."

„So liebe ich meinen Frechdachs. Immer bereit für Neuigkeiten – und meinen Schwanz. Ich liebe dich und kann nicht mehr ohne dich!"

Und mit diesen Worten drang er in ihre feuchten Tiefen. Sobald ihre Klitoris Kontakt mit dem Stimulierungsring bekam, überfielen sie lustvolle Schauer. „Oh, ich liebe dich und deine Ideen. Mit dir wird es mir nie langweilig! Es ist herrlich. Mach weiter. Fester, Liebster!" Gabe gab alles und beide flogen sie zu Höhen, die sie noch nicht gekannt hatten.

Mit dem neuen Spielzeug dauerte ihr Akt so lange wie noch nie. Beide waren sie begeistert. Denn auch der Orgasmus hatte eine neue Qualität.

JOHN

John meldete sich bei Regina. „Meine Liebe, ich habe mich an meinen letzten freien Tagen in deiner Ferienwohnung so wohl gefühlt, dass ich gerne wiederkommen würde. Hast du denn eine Wohnung frei?"

„Ja, du hast Glück. Eine der Wohnungen kann ich dir die nächsten zwei Wochen überlassen. Wann kommst du?"

„Übermorgen komme ich aus Arizona. Ich habe aber nur ein-einhalb Tage und muss dann weiter. Sattel mir schon mal den großen Wallach, Süße."

„Ich schicke dir Greg zum Flughafen. Sieh zu, dass dich keiner erkennt dort."

Als John angereist war, machten er und Regina erst einmal einen langen Ausritt. Sie sprachen nicht viel und beide konnten es wirklich genießen.

Später standen sie im Stall. John umarmte Regina. „Danke. Das hatte ich jetzt wirklich nötig. Diesen Abstand zur Familie und zum Set brauche ich manchmal einfach. Zu meinem großen Glück fehlt mir nur noch eines für den Moment: eine Frau, die sich von hinten ficken lässt."

Regina lachte. „Und du meinst, ich wäre diese Frau?" Schelmisch blickte sie ihn an.

„Sagen wir, ich hoffe es sehr!"

„Okay. Wir sind diesen Nachmittag alleine. Wo willst du deine Phantasie diesmal ausleben?"

„Gleich hier im Stall. Die Heuballen dort hinten scheinen mir eine ideale Höhe zu haben."

John packte sofort sein aufrechtes Gemächt aus und streifte einen Gummi über. Dann packte er Regina und trug sie zu den Ballen. Sie streifte ihre Hose nach unten und kniete sich auf den Ballen. John zog ihr das Shirt über den Kopf und knetete mit Hingabe ihre kleinen Brüste, während er sie an Hals und Nacken küsste, sie in die Schultern biss und mit einer Hand ihre Klitoris stimulierte.

Sobald er fühlte, dass sie bereit war für ihn, drang er mit kräftigen Stößen in sie ein. Daran, dass er es eilig hatte und die Penetration sehr heftig war, merkte sie, dass sich bei John wieder einiges aufgestaut hatte.

Wie immer, pausierte John nach einem Höhepunkt nur kurz und ging dann recht bald in die nächste Runde. Nach diesmal sechs Orgasmen in Folge konnte er nicht mehr und sie verlegten ihr Treffen ins Haupthaus.

Am nächsten Morgen kam John nochmals zu Regina, bevor er wieder zum Flughafen musste. „Wie wäre es mit einem kleinen Vormittagsfick, meine Liebe?" Sie lachte. „Deine kleinen Ficks kenne ich inzwischen. Das sind die reinen Marathons. Aber nur zu, ich habe Lust darauf. Komm und füll mich ganz aus."

Sie führte ihn ins Spielzimmer, in dem sie inzwischen sogar eine hängende Matratze hatte, die höhenverstellbar war. Regina kniete sich darauf und John übernahm die Höheneinstellung. Gleich darauf ging die Rammlerei wieder los. Bei wiederum sechs Orgasmen zog er sie viermal mit in himmlische Gefilde. Das ganze Intermezzo mit John genoss sie sehr.

„Danke. Das war wieder mal meine Rettung. Ich bin so froh, dass es dich gibt, Regina. Du kannst dir gar nicht vorstellen, wie froh!" Er zeigte seine Erleichterung mit einem dicken Stapel Banknoten, das er ihr überließ. „Ich glaube, meine Frau ist dir auch dankbar, obwohl sie nichts von dir weiß. Wir haben seit meinem ersten Besuch hier wieder ein viel besseres Verhältnis. Darf ich wiederkommen?"

„Wenn es gerade passt, natürlich. Respektvolle Männer wie du sind bei mir meist willkommen."

Er umarmte sie zum Abschied. „Danke für deine Freundschaft und dein Verständnis. Und natürlich für die innige Aufnahme meines Schwanzes, wann immer mich meine Phantasien zu überwältigen drohen."

DEZEMBER

RAMON AGAIN

Nicht lange nach Johns Abreise stand Ramon wieder auf Reginas Gästeliste. Denn es war einer dieser berühmten Belegschaftsabende angesagt. Ramon hatte den Wunsch geäußert, so einen Abend miterleben zu dürfen.

Er kam zwei Tage vorher und besuchte sofort Regina in ihrem Heim. Diese war gerade an der Arbeit an einem Drehbuch.

„Willkommen Ramon! Komm herein. Du kommst mir gerade recht. Ich möchte gerade einen Liebesakt im Stehen beschreiben und brauche die Empfindungen frisch."

Ramons Gesicht hellte sich auf. „Ich bin dir gerne zu Diensten. Sag mir nur, wo."

„Ich denke, hier ist im Moment der wärmste Platz dafür." Er schob sie mit einer Dringlichkeit an die nächste Wand, die sie erstaunte. Er erklärte sich sofort: „Ich habe Notstand und brauche schnellstens deine heiße Spalte, oder ich werde noch verrückt."

Ramon drückte Regina an die Wand, während er sich schnell einen Pariser überzog. Dann zerrte er ihr das Kleid vom Leib und hob sie ohne Mühe hoch. Erst setzte er sie sich auf die Schultern und leckte ihre Muschi, bis diese triefte. Dann ließ er sie wieder nach unten sinken. Geschickt drang er in sie ein und begann, sich mit und in ihr zu bewegen. Sie genoss diesen Akt, der so gar nichts Romantisches an sich hatte, in vollen Zügen. Mit „Ja, ja"-Rufen peitschte sie ihn sogar noch auf, noch härter in sie zu dringen. Nach einem gemeinsamen Höhepunkt waren beide völlig verschwitzt und zufrieden.

„Genau deshalb bin ich gekommen. Weil ich weiß, dass ich hier den Himmel finde. Denn du bist für mich ein strahlender Engel, der mich für eine Weile von meiner Not zu erlösen weiß."

Ramon sah nach dem Akt um einiges entspannter aus als vorher. Was nicht hieß, dass es bei dem einen blieb.

Das Mitarbeiteressen war sehr schmackhaft. Ramon trug mit heiteren Anekdoten einiges zum Gelingen bei und dies wurde von der Belegschaft sehr geschätzt. Die darauffolgende Nacht verbrachten Regina und Ramon in ihrem Spielzimmer mit ausgiebiger Gymnastik. Am nächsten Morgen verabschiedete er sich völlig übernächtigt, aber zufrieden und flog wieder nach Hause.

HENRY

„Darf ich dich bitte besuchen? Ich muss einen Vertrag erfüllen und habe keine Ideen, und noch schlimmer: keine Frau." Henrys Stimme am Telefon klang verzweifelt.

„Manchmal muss ich schon lachen, wie einfach für euch Männer alles ist. Wenn du keine andere Möglichkeit siehst, deine Kreativität anzuzapfen, helfe ich dir natürlich. Aber du kannst dir etwas einfallen lassen dafür, dass ich gleich für dich Zeit habe."

Nur zwei Tage später hatte Henry eine Ferienwohnung bezogen und verbrachte sofort ein paar Stunden bei Regina. Er fickte sie hart und lang, so dass sie hinterher ein paar Stunden schlief. Doch der Einsatz zahlte sich aus. Tags darauf spielte er Regina drei wundervolle Melodien vor, die sie zu Tränen rührten.

Später saßen sie auf ein Glas Wein zusammen. Henry sah Regina so intensiv an, dass ihr etwas unwohl wurde.

„Ich denke, ich bin eifersüchtig auf Gabe. Er hat so ein Glück, dass du ihm gehörst."

Regina blieb ruhig und sachlich, obwohl sie innerlich kochte.

„Nur, damit wir das ein- für allemal klarstellen: Ich gehöre nur mir alleine. Wie jeder Mensch nur sich selbst gehört. Gabe hat weder ein Anrecht auf meine Verfügbarkeit oder meinen Körper noch meine Liebe.

Zuneigung und Liebe ist immer ein Geschenk, das freiwillig gegeben wird und auch nur dann einen Wert hat. Was aber niemals zu einem Verfügungsrecht desjenigen führt, welcher dieses große Geschenk erhält. Es ist jederzeit rückrufbar."

„Aber ..."

„Kein aber! Ich gehöre so wenig Gabe wie er mir gehört. Ich bin keine Sache – wie auch kein anderer Mensch eine Sache oder ein Ding ist. Punkt.

Hier verhält es sich nicht wie im Kindergarten, wo die Kinder lernen: geschenkt ist geschenkt und wiederholen ist gestohlen. Ich kann dir meine Zuneigung jederzeit kündigen. Und damit musst du dann leben. Ob dir das gefällt oder nicht.

Das einzige, was du machen kannst, ist in dem Fall, zu versuchen, meine Zuneigung wieder zu gewinnen, indem du dich ihrer wert erweist.

Denk bitte mal drüber nach, wie du dich fühlen würdest, wenn deine angenommene Partnerin meint, du würdest ihr allein gehören."

Henry schnappte nach Luft – und machte dann den Mund wieder zu. Er dachte nach und kam zu dem Schluss, dass Regina im Recht war. Er hatte die Sache noch nie so betrachtet, konnte aber alles nachvollziehen, nachdem er sich vorgestellt hatte, wie es wäre, wenn seine Frau ihn als ihren Besitz betrachten würde.

„Ich glaube, wir sollten alle überdenken, mit welchen Vorstellungen wir erzogen wurden und was davon richtig oder was falsch ist.

Also, für Eifersucht gibt es keinen Grund. Du bekommst von mir Zeit und Zuneigung, weil ich mich dafür entschieden habe. Du hast einen großen Einfluss darauf, wie es in Zukunft mit uns läuft."

Sie hatten nochmals ein sexuelles Intermezzo, was weiteren zwei Musikstücken verhalf, das Licht der Welt zu erblicken, dann reiste Henry wieder ab.

Er ließ zwei VIP-Karten zu einem besonderen Event, die Flugtickets für die Reise und die Buchungsbestätigung eines exklusiven Hotels zurück.

PAUL

„Hey, meine Liebe, hast du Zeit für ein paar Runden heißen Ficks?"

„Das kann ja nur unser Youngster Paul sein. Wenn ich nur an unser letztes Mal denke, wird mir schon ganz heiß. Komm nur, ich habe nichts anderes vor. Es ehrt mich, dass so ein junges Kerlchen wie du von sich aus zu mir kommt."

Und am nächsten Tag stand Paul mit einem stilvollen Silberring mit zierlichen Mustern für Regina auf ihrer Schwelle.

Sie ließ ihn ein und für die nächste Stunde sagte keiner von ihnen auch nur ein Wort. Paul war ein raffinierter Liebhaber und trieb Regina in Höhen, wo sie die Bodenhaftung wahrhaftig verlor.

„Es ist Wochenende und von deiner Belegschaft ist nur Greg auf dem Hof. Darf ich denn ausnahmsweise hier bei dir bleiben? Ich glaube, ich brauche noch eine Einweisung für den Morgen danach."

„Na gut, bleib diese Nacht hier. Paul, sehe ich das jetzt wirklich?" Er hatte schon wieder einen Steifen und starrte sie an. „Ich sagte ja, bei dir habe ich durchgehend einen Ständer. Da geht es mir wie deinem Liebsten. Er hat mir davon erzählt, dass er in deiner Nähe vollkommen sexsüchtig ist. Wenn ich den Ständer am Set auch immer so prompt hätte, wäre ja alles in Ordnung.

Aber auch da hilft es mir inzwischen, an dich zu denken. Das klappt tatsächlich. Darf ich mir mit deiner Hilfe nochmals Erleichterung schaffen? Es ist fast unheimlich, wie begehrenswert ich dich finde."

„Nur zu, die Zeit mit dir ist nie langweilig. Ich bin gerne mit dir zusammen!"

Paul lachte und verschaffte ihnen beiden einen unglaublichen Höhepunkt. Danach lagen sie eng verschlungen im Bett.

„Weißt du, es gibt in meinem Leben eine Frau, die ich sehr schätze. Ich glaube, ich bin auf dem besten Weg, mich in sie zu verlieben. Sie ist sechsundzwanzig Jahre und eine echte Schönheit. Und sie ist äußerst intelligent. Die erste Hürde ist jedenfalls schon genommen und deine Tipps haben mir gute Dienste geleistet. Nun möchte ich auf keinen Fall einen Fehler machen bei ihr. Sie ist mir sehr wichtig."

Er brütete eine Weile vor sich hin. „Du bist mir auch wichtig: Als Freundin, ein wenig auch als Mutterersatz, als große Schwester und die Frau, mit der Sex einfach unheimlich Spaß macht ohne große Verpflichtung. Ich wünsche mir von dir die Erlaubnis, immer wieder zu kommen, auch wenn ich eine Frau für mich finde."

Regina streichelte seine Wange. „Du bist jederzeit bei mir willkommen, solange du keinen Besitzanspruch anmeldest. Auch, wenn du keinen Sex möchtest, sondern nur einen Rat oder eine Umarmung." Eng umschlungen schliefen sie ein. Es war nicht ihre Art, neben einem anderen als Robin zu schlafen, aber in dem Fall war es gut so, denn sonst hätte sie nicht erlebt, was noch kam in dieser Nacht.

Ein Schrei in unmittelbarer Nähe ließ Regina auffahren. Paul schlug um sich, nahm aber nichts wahr. Regina nahm ihren Schützling in ihre Arme und streichelte ihn unentwegt. Nach einiger Zeit beruhigte sich Paul und kam halb zu sich.

Er klammerte sich an Regina, bis er seinen Traum völlig abgestreift hatte.

„Wovon hast du geträumt?"

„Von meinem Vater. Er hat mich als kleiner Junge missbraucht. Es war so schrecklich. Manchmal erlebe ich es in den Nächten wieder."

„Lass dir von professioneller Seite helfen. Und sag es deiner Freundin. Ich denke, wenn du dir helfen lässt, dann wird es irgendwann erträglicher für dich."

Sie hielt ihn immer noch in ihren Armen und seine Umklammerung wurde etwas leichter.

Etwas später bewegte Paul sich wieder. „Bitte, ich brauche jetzt eine normale Frau!" presste er zwischen den Zähnen hervor.

„In Ordnung. Ich bin bereit für dich." war ihre Antwort. Sie verstand, was er brauchte.

Kaum war sie bereit für seinen Penis, versenkte er ihn in animalischer Wildheit und penetrierte sie so hart, dass es schon fast brutal zu nennen war. Doch es dauerte erstaunlicherweise gar nicht so lange, bis er seine Erfüllung fand und regelrecht über ihr zusammenbrach.

„Danke." Paul schlief tatsächlich wieder ein und hatte in dieser Nacht auch keinen schlimmen Traum mehr.

Am Morgen konnte sich Paul an nichts mehr erinnern. Regina erzählte ihm alles und merkte an, dass eine junge Frau unter Umständen nicht begeistert wäre, wenn er so mit ihr umginge wie er mir ihr in dieser Nacht. Deshalb sei es besonders wichtig, dass er Unterstützung suchte und seine Freundin einweihte, bevor sie eine gemeinsame Nacht miteinander verbrachten.

„Wenn du sie wirklich liebst, dann musst du ihr dein Vertrauen entgegenbringen und ihr erzählen, was war. Wenn du das nicht kannst, wird es vermutlich immer zwischen euch stehen."

Es war ihm alles sehr peinlich und er entschuldigte sich bei Regina für seine Grobheit. „Ich kann mich wirklich an nichts mehr erinnern. Es tut mir sehr leid, dass ich dich verletzt habe – vor allem, weil es keine äußerliche Verletzung war." Er nahm sie nun liebevoll in seine Arme und zeigte ihr, dass er es ernst meinte mit seiner Entschuldigung.

Schon wieder Weihnachten

Es war schon wieder Weihnachtszeit. Regina sinnierte über ihr Leben. Sie war glücklich – und das seit nun über eineinhalb Jahren. Es hatte Jahrzehnte gedauert, bis sie mit ihrer eigenen Sexualität im Reinen gewesen war und bis sie einen Menschen gefunden hatte, den sie wirklich lieben konnte und der auch sie liebte.

Mit Robin passte einfach alles. Sie hatten eine ähnliche Einstellung zum Leben und viele gemeinsame Interessen. So gingen sie gemeinsam tanzen, waren mit den Pferden unterwegs, gingen ins Kino, ins Theater oder in Konzerte unterschiedlicher Musikstile.

Der Sex war immer noch so unglaublich wunderbar wie an ihrem ersten Tag. Regina war angekommen an ihrem großen Ziel. Natürlich würde es immer noch viele kleine Ziele geben, aber solange die Partnerschaft mit Robin so ein Glücksgefühl in ihr auslöste, brauchte sie sich keinerlei Sorgen zu machen.

Auch dieses Weihnachten würden sie eine kleine Party machen und seine Familie besuchen. Aber sie würden sich auch ganz sicher einen Tag nur für sich alleine nehmen, an dem sie ihrer beider Phantasien ausleben würden – egal, wie diese aussahen.

Regina lächelte sich jeden Morgen im Spiegel an und sagte ihrem Abbild, dass sie sich liebte und dankte dem Universum für ihr Glück. Und heute sagte sie etwas mehr: „So sieht also eine Frau in ihren Fünfzigern aus, die glücklich ist und ihr Leben in vollen Zügen genießen kann."

Die Badezimmertüre, die halb offen war, wurde komplett aufgestoßen und Robin stellte sich hinter seine Geliebte. Er legte die Arme um sie, drückte ihr einen Kuss auf den Mund und strahlte dann auch in den Spiegel. „Siehst du, mein Schatz, und so sieht ein Mann aus, der sein Glück mit einer wunderbaren Frau gefunden hat. Ich liebe dich!"

LITERATUR-EMPFEHLUNGEN

Hier noch ein paar Literaturempfehlungen von Isabell und mir an alle Leserinnen und Leser. Es handelt sich hierbei sowohl um Fachliteratur als auch um einfach gut zu lesende Bücher bzw. Texte mit Tiefgang oder Humor über Frauen.

Criado-Perez, Caroline: Unsichtbare Frauen – Wie eine von Daten beherrschte Welt die Hälfte der Bevölkerung ignoriert; btb Verlag in der Verlagsgruppe Random House München, 2020

Beard, Mary: Frauen & Macht; Fischer Verlag GmbH Frankfurt am Main, 2018

Ngozi Adichie, Chimamanda: We all should be feminists; CPI books Leck, 2014

Clarin Hanna: Fröscheküssen für Anfänger; Books on Demand Norderstedt, 2019

Koidl, Roman Maria: Scheißkerle – warum es immer die falschen sind; Hoffmann und Campe Verlag Hamburg, 2010

Keay, Julia: Mehr Mut als Kleider im Gepäck – Frauen reisen im 19. Jahrhundert durch die Welt; Frederking & Thaler München, 2004

Favilli, Elena und Cavallo, Francesca: Good Night Stories for Rebel Girls – 100 Außergewöhnliche Frauen; Carl Hanser Verlag München, 2017

Karnath, Lorie: Verwegene Frauen – Weiblicher Entdeckergeist und die Erforschung der Welt; F. A. Herbig Verlagsbuchhandlung GmbH München, 2009

Solnit, Rebecca: Wenn Männer mir die Welt erklären; btb Verlag in der Verlagsgruppe Random House München, 2017

Ray, Lady Bitch: Bitchism; Vagina Style Verlag/Panini Books Stuttgart, 2012

Wolf, Naomi: Vagina: Eine Geschichte der Weiblichkeit; Rowohlt Taschenbuch Hamburg, 2019

Press, Joy und Reynolds, Simon: Sex Revolts – Gender, Rock und Rebellion; überarbeitete Neuauflage im Ventil Verlag Mainz, 2020 (engl. Orig. 1995)

Gay, Roxanne: Bad Feminist: Essays; btb Verlag in der Verlagsgruppe Random House GmbH München, 2019

Ensler, Eve: The Vagina Monologues; Villard New York, 1998

„Die berühmtesten Frauen der Weltgeschichte" und „Legendäre Frauen"; Reihe Marixwissen, Verlagshaus Römerhaus Usingen

INHALT

Donna BellaVita

Donna BellaVita ist ein Pseudonym, das zur vorliegenden Geschichte um ein Vielfaches besser passt, als jeder normale Name, den man so haben kann.

Ich bin über 50 Jahre alt und Single. Seit einigen Jahren beschäftige ich mich mit Equal Pay und anderen Frauenthemen wie Femiziden, Misogynie etc. Die intensive Beschäftigung damit machte mich zwangsläufig zur überzeugten Feministin.

Wer nun glaubt, dass ich als Feministin eine Männerhasserin bin, ist auf dem Holzweg. Ich habe in meinem engeren Freundeskreis einige Männer (u. a. auch Feministen), die ich sehr schätze und auf einer nicht sexuellen Ebene liebe.

Allerdings fühle ich mich im Alltag und vor allem im Arbeitsleben (und nicht nur ich!) leider zu oft von Männern ausgegrenzt und abgewertet – und zwar aufgrund meines Geschlechts. Das ist eine nicht zu rechtfertigende Missachtung von Personen sowie Verschwendung von Talenten und Erfahrungen. Dies macht mich traurig, aber auch zornig.

Denn in meiner Auffassung von Menschsein gibt es kein Geschlecht, das dem anderen in irgendeiner Weise übergeordnet ist bzw. sein darf. In meiner Weltanschauung ist der Charakter des Menschen ausschlaggebend und das Maß, in dem er sich für eine Gemeinschaft zum Wohle aller einsetzt. Beides ist gerade in unserer Zeit existenziell.

Je öfter ich mit Freunden und Bekannten beiderlei Geschlechts spreche, desto mehr kristallisiert sich heraus, dass es viele Menschen gibt, deren sexuelle Erfahrungen gar nicht so umfassend sind, wie sie ihre Umwelt glauben lassen.

Mein Erfahrungsschatz in der Beziehung ist zwar durch die nicht gelebten Partnerschaften sicher bei weitem nicht so umfangreich wie bei anderen Frauen meines Alters. Dafür sind meine Erlebnisse ziemlich bunt, möchte ich behaupten. Ob sie besser oder schlechter sind, ist nicht relevant. Ich finde außerdem, dass sich niemand zu schämen braucht für seine Überzeugung oder auch fehlende Möglichkeiten.

Wichtig ist Respekt und Wertschätzung zwischen den Partnern – ob nun diese Partnerschaft nur vorübergehend ist oder permanent. Wenn wir diesen Grundstock schaffen, dann können wir in allen Lebensbereichen viel Spaß haben!

ISABELL BUTTRON

Isabell Buttron lebt und arbeitet seit vielen Jahren in Basel. Die gebürtige Deutsche hat sich nach einer längeren Zwischenstation in der österreichischen Landeshauptstadt Wien hauptsächlich wegen der kulinarischen Annehmlichkeiten und des pünktlichen ÖPNV dauerhaft in der Schweiz niedergelassen. Dort geht die studierte Biologin vielfältigen Interessen nach. Rivella (das Schweizer Nationalgetränk) mag sie aber immer noch nicht.

DANKE

Ein ganz herzliches DANKE an alle Menschen, die zur Veröffentlichung dieses Buches beigetragen haben:

Meinem weiblichen Coach, die mich bestärkt hat, dieses Projekt überhaupt zu veröffentlichen.

Meiner Korrektorin/Lektorin, die sich überreden ließ, meine „Operation pikant" zu lesen und meine Tipp- und Denkfehler auszumerzen.

Den wenigen Freundinnen, die ich eingeweiht habe und die mir durch ihre Neugierde keine Chance ließen, mich aus der Sache zurückzuziehen.

Da unsere Verbindungen in unserem Umfeld bekannt sind, verzichte ich darauf, diese wertvollen Unterstützer/innen namentlich zu nennen. Sonst wäre mein Pseudonym völlig umsonst.

Ein großes Dankeschön geht an Isabell Buttron in Basel, die mir Bilder ihres wunderschönen Gebäcks und ihr „Edukatives Vorspiel" zur Verfügung gestellt hat und mir noch einige gute Ideen mit auf den Weg zum fertigen Buch mitgegeben hat.